抗战时期的西南联合大学校门

抗战时期的西南联合大学校舍

抗战时期的西南联合大学图书馆

西南联大博物馆／供图

西南联合大学校务委员会常委、清华大学校长梅贻琦

西南联合大学校务委员会常委、北京大学校长蒋梦麟

西南联合大学校务委员会常委、南开大学校长张伯苓

西南联合大学阅览室

朱自清

浦江清    杨振声

西南联大名师课
诗词曲赋

西南联大博物馆 编
朱自清 等 著

人民东方出版传媒
People's Oriental Publishing & Media
东方出版社
The Oriental Press

图书在版编目（CIP）数据

诗词曲赋 / 西南联大博物馆编；朱自清等著 . -- 北京：东方出版社，2025.8
（西南联大名师课）
ISBN 978-7-5207-3710-4

Ⅰ.①诗…　Ⅱ.①西…②朱…　Ⅲ.①古典诗歌—基本知识—中国
Ⅳ.① I207.2

中国国家版本馆 CIP 数据核字（2023）第 200936 号

诗词曲赋
SHICI QUFU

作　　者：	西南联大博物馆编　朱自清等著
责任编辑：	陈钟华　姚　伟
责任校对：	曾庆全
出　　版：	东方出版社
发　　行：	人民东方出版传媒有限公司
地　　址：	北京市东城区朝阳门内大街 166 号
邮　　编：	100010
印　　刷：	三河市龙大印装有限公司
版　　次：	2025 年 8 月第 1 版
印　　次：	2025 年 8 月北京第 1 次印刷
开　　本：	880 毫米 ×1230 毫米　1/32
印　　张：	11
字　　数：	224 千字
书　　号：	ISBN 978-7-5207-3710-4
定　　价：	59.80 元
发行电话：	（010）85924663　85924644　85924641

版权所有，违者必究

如有印装质量问题，我社负责调换，请拨打电话：（010）85924602　85924603

丛书编委会

主　编：李红英

副主编：朱　俊　铁发宪

编　委（按姓氏笔画为序排列）：

马艺萌　王　欢　朱　俊　李红英　李　娅

张　沁　祝　牧　姚　波　铁发宪

序

致敬，怀抱薪火者

走进西南联大旧址，很多人，包括我自己，浸润其中经常是情到深处泪自流。这所在抗战烽火中诞生的高等学校，在短短的 8 年多时间里，创造了中国乃至世界教育史上一个苦难而又光辉的奇迹：

8 年中，在战火纷飞、衣食难继的条件下，联大师生中走出了 2 位诺贝尔奖获得者、8 位"两弹一星"功勋奖章获得者、5 位国家最高科技奖获得者、175 位院士、9 位党和国家领导人以及大批蜚声中外的杰出人才。联大的师生经历了革命、建设、改革的各个历史时期，走过苦难却为历史留下丰碑，为今人留下启迪。

一

西南联大，为国立西南联合大学的简称，是抗战烽火中由国立北京大学、国立清华大学和私立南开大学在云南昆明合组而成的一所综合性大学。

1937 年卢沟桥事变发生后，平津沦陷。为保存中国教育的火种，沦陷区高校纷纷内迁。1937年8月，上述三所高校迁至长沙，组成国立长沙临时大学。然而，日军铁蹄步步进逼，长沙很快又岌岌可危。于是，长沙临大师生又分三路奔赴昆明。其中一路由近300名师生组成的"湘黔滇旅行团"，横跨湘、黔、滇三省，历时68天，行程3500里。在这支队伍中，有黄钰生、闻一多、曾昭抡等11名教师。联大师生"刚毅坚卓"的品格，于此可见一斑！

1938年4月，师生陆续抵昆，长沙临时大学改称"国立西南联合大学"，5月4日正式开课。1946年5月4日，西南联大宣告结束，三校胜利复员北返，留师范学院在昆明独立设置，定名国立昆明师范学院，1950年改名昆明师范学院，1984年更名为云南师范大学。

这是一所在一无所有基础上结茅立舍的大学！"昆明有多大，联大就有多大"。联大教授任之恭在《一位华裔物理学家的回忆录》中写道："这个大学在昆明最初创立时，除了人，什么也没有。……过了一些时间，都有了临时的住地，或靠借、或靠租。……一旦有了土地，便修建许多茅草顶房屋，用作教室、宿舍和办公室。"

这是一所在躲空袭、"跑警报"中完成教学的战时高校！昆明虽是大后方，但1938年9月后屡遭日本飞机的空袭，"跑警报"成了联大师生的家常便饭。华罗庚在敌机轰炸中差点丧命，金岳霖在"跑警报"中丢失了几十万字的手稿。为了安全，教授们不得不疏散到昆明周边的城郊居住。

即便在如此极度简陋和艰难的环境中，西南联大师生精诚团结、和衷共济,坚持教书救国、读书报国,坚持为国育才,鼎力治学研究,服务抗战救国,引领风气之先,为赓续中华民族的文化血脉创造了中国乃至世界教育史上的奇迹。

梅贻琦、闻一多、朱自清、郑天挺、陈寅恪、钱穆、罗庸、冯友兰、潘光旦、汤用彤、沈从文、唐兰、陈梦家、叶企孙、吴有训、华罗庚、陈省身、吴大猷、王竹溪、赵忠尧、曾昭抡、施嘉炀……大师云集、名家荟萃,真可谓山河破碎时,群星正闪耀。

回望这一个个载入中国教育史、文化史、科学史的名字,他们既是有杰出学术造诣、启迪学生智慧的学问之师,更是操守高洁、能以伟岸人格力量砥砺学生心灵的品行之师。他们以杰出的学识、伟岸的人格力量,以及爱国、科学、民主的精神,影响着那些胸怀读书报国之志的年轻人:杨振宁、李政道、邓稼先、朱光亚、黄昆、郑哲敏、汪曾祺、穆旦、许渊冲、马识途……

大学之"大",在大师之"大"。西南联大的实际主持者梅贻琦先生有句名言:"所谓大学者,非谓有大楼之谓也,有大师之谓也。"西南联大秉持的正是这样的办学理念,凝聚当时的一众教育精英。大师,是大学的灵魂所在。师之所存,道之所往;道之所在,人之所向;英才聚焉,故成其大。

"多难殷忧新国运,动心忍性希前哲。"是爱国主义精神,支撑着联大师生在危难之中能够弦歌不辍,在战火之下依然桃李芬芳。

"千秋耻,终当雪。中兴业,须人杰。"是教育救国的信念,激励他们为国育才,为民族复兴治学,为后人留下了一座座不朽的科学、人文成果的丰碑。

2020年1月20日,习近平总书记考察调研西南联大旧址时指出:"国难危机的时候,我们的教育精华辗转周折聚集在这里,形成精英荟萃的局面,最后在这里开花结果,又把种子播撒出去,所培养的人才在革命建设改革的各个历史时期都发挥了重要作用。"

是的,只有教育"精英荟萃",才有科学与文化"播撒种子、开枝散叶"的可能。有了西南联大的一众名师,才有了国难当头之际,科学与文化的薪火在中华大地上传承不绝的壮观一幕!

致敬,怀抱薪火者!

二

国之大事,在祀与戎。

西南联大旧址及博物馆是西南联大在昆明办学8年的重要物质载体,蕴含着丰厚的历史文化资源,她记载着联大师生的艰难与困苦、成就与辉煌,体现着西南联大在特定的抗战历史条件下为赓续中华民族的文化血脉坚韧不屈的担当与责任。

祀,既是纪念,更要传承。

我们传承和弘扬联大精神,不仅要对西南联大历史文化遗产进行保护,更要通过展陈、宣传、教育、课堂教学等多元、立体方式还原、呈现西南联大的历史,作时代阐释。现在,呈现在读者面前的这套"西南联大名师课"丛书,就是我们整理、编纂和研究西南联大知识分子群体的作品，用各种形式传播他们在极端困难下取得的、至今仍不过时的各种成果。丛书共10册，分为《中国历史》、《中国文学》、《中国哲学》、《诸子百家》、《诗词曲赋》、《文化常识》、《人文精神》、《科学精神》、《世界文学》、《世界哲学》10个主题。编纂这套反映西南联大名师学术思想和精湛教学水平的课程讲义，是为了向大师们致敬，也是为传承和弘扬好西南联大精神，讲好西南联大教育救国故事的一个新成果。

丛书在文章编选上，遵循以下原则：

择师重"名"。丛书精选的名师有52位，他们多为影响力较大、在一个或多个学术领域中富有专长的名师，基本上代表了一个时代的学术文化高峰。

选文重"精"。为尽可能展现名师的学术风貌，丛书文章的收录范围，并不限于联大8年时间。丛书所选文章共300余篇，编辑团队用过的备选底本数量则在此10倍以上，以确保能从这些名师的著述中，筛选出具有通识性、思辨性和时代价值的经典文章。

阅读重"易"。丛书立足于让读者读得精、读得懂，尽量精选联大名师著述中通俗易懂、具有可读性和易读性的文章，让读者能获得更好的阅读体验，更加方便地受到优秀文化的滋养。

按照以上编选原则，我们在尊重并保持原作风格与面貌的基础上，进行了仔细编校，纠正了个别讹误。

历史，是最鲜活的，因为它总能给当下的人带来智慧和启迪。因此，我们认为，本丛书的编选，既是对历史的留存，也是为时代讲述。相信，本丛书的出版，能对大家感知西南联大名师课堂的魅力，感受他们的学术风范、家国情怀和人格魅力，有所助益。

是为序。

西南联大博物馆馆长 李红英

编纂说明

"西南联大名师课"丛书,是为了彰显西南联大学术成果、传承和弘扬西南联大精神而编写。在编纂宗旨上,我们借鉴西南联大"通识为本,专识为末"的教育理念,精选多位西南联大名师留下的经典名篇,编为10册,分别是《中国历史》、《中国文学》、《中国哲学》、《诸子百家》、《诗词曲赋》、《文化常识》、《人文精神》、《科学精神》、《世界文学》、《世界哲学》。

何谓"名师"呢?编者认为,所谓名师,就是指在西南联大工作或学习过的"西南联大知识分子群"中比较有代表性的人物。这些人,既有在西南联大任教时,就已经是其所属学术领域的知名学者,如梅贻琦、陈寅恪、朱自清、闻 多、冯友兰等,又有在西南联大任教时间不长,但名字也保存在"国立西南联合大学教职员录"中,还包括获得西南联大聘任而未到任,但名字印刻在"国立西南联合大学教授名录"上的著名学者,如顾毓琇、胡适等。为了体现西南联大文化薪火的传承不绝,本丛书还收录了在西南联大毕业后留在西南联大任教、后来成为各自领域的名家,如历史学家丁则良、古典文学家李嘉言、哲学家任继愈、翻译家王佐良、诗人和翻译家查良铮(穆旦)等人的作品。

在编纂体例上,丛书采用专题讲述的形式。每一册根据主题分为若干篇，每篇下又分为若干讲，均围绕本篇主题讲授。

丛书所选作品有的来自作者的课堂讲义或演说（如在昆明广播电台的广播演说），有的来自作者较为经典的文章或著作。丛书统一以"课"名之，一是凸显作者的"名师"身份，二是体现本丛书所选内容比较通俗易懂，就像他们课堂授课一般娓娓道来。但不可否认，由于时代原因，文中某些字词的用法，与现今略有差异，同时，每位名师在讲述风格、行文习惯等方面，以及作品的体例、格式等方面，也有所不同。为保证本丛书的可读性、准确性和连续性，以及文字、标点符号用法的规范性，我们按照国家有关编校规程，对入选内容作了仔细编校，纠正了个别讹误，并对原文进行了统一体例的处理。

具体编校方式如下：

1. 坚持尊重原作的原则，确保编校工作只是进行技术性处理，不损害作品的原意。

2. 编者所加注释，均以脚注形式出现，并在结尾处标明"编者注"加以区分；作品的出处及参考文献，以尾注形式出现。

3. 入选的部分作品，编者进行了节选。对节选内容，均在作品标题尾部注明"（节选）"字样，加以说明。

4. 文中表示纪年的数字，皆改为阿拉伯数字。为保持全书体例一致，原作正文中表示公元纪年的名称如"西元"、"纪"、"西"、"西历"等，统一为"公元"。同时，编者对表示公元纪年的方法也进行了统一处理，皆以"公元××××年"表示。文中表示时段的数字,统一为"××××—××××年"形式。

5. 为确保作品原貌,对因语言习惯变迁造成的部分文字差异,除确为硬伤、错别字外,对不影响理解作品原意的文字、半文半白的表述中的中文数字,均未作修改,如"的"、"地"、"得"、"底"的用法,"那末"(今作"那么")、"长三十公尺"等。

6. 作品中出现的译名,与现今通用译名有不尽一致之处,为忠实原作原貌,皆未作改动。

7. 因各年代版本的不同,有些引文与现今版本文字略有出入。在忠实于作者表述的基础上,依据权威版本进行了核对修改。

8. 为更清晰地表达文章内容,本丛书对部分作品,进行重拟标题和分节的处理。

9. 为保障读者的阅读体验,对原作中的标点符号,在不改变原作内容的前提下,本丛书根据2012年开始实施的《标点符号用法》,对部分作品的标点符号进行了规范。

总之,编者希望本丛书能让广大读者从民族危亡时期这些名师的著述中,窥见那一代学人的奋斗与风貌,传承西南联大师生们铸就的优良传统,汲取增强自身文化基础、提升自我认知水平的有益养分。

编 者

目录 | contents

第一篇 先秦风骚

《诗经》与《楚辞》四讲

朱自清：《诗经》/ 003

杨振声：《诗经》里面的描写 / 010

游国恩：《楚辞》在文学史上的位置 / 023

闻一多：什么是九歌 / 033

第二篇 古诗之流

汉赋及其流变四讲

朱自清：辞赋 / 053

浦江清：汉赋的分期和代表性作家 / 061

李嘉言：有关扬雄 / 075

陈寅恪：读《哀江南赋》/ 079

第三篇 八代雅韵

汉魏南北朝诗歌五讲

傅斯年：五言诗之起源 / 091

朱自清：《古诗十九首》释（节选）/ 100

胡　适：《孔雀东南飞》的时代考 / 111

浦江清：陶渊明的人生态度与陶诗的艺术特色 / 122

浦江清：北朝民歌 / 130

第四篇 盛唐气象

唐代诗歌五讲

浦江清：唐代诗歌兴盛之原因 / 139

闻一多：四杰 / 144

罗　庸：唐诗及盛唐诗人 / 152

陈寅恪：白居易、元稹与新乐府 / 160

李嘉言：李贺与晚唐 / 175

第五篇 双峰并峙

宋词与宋诗五讲

罗　庸：词体演变及北宋词人 / 185

罗　庸：南宋诗人与词人 / 189

浦江清：苏轼的诗与词 / 192

浦江清：陆游的诗词 / 202

浦江清：辛弃疾的词 / 210

第六篇 市井新声

元明散曲四讲

邵循正：元代的文学与社会 / 219

胡　适：读曲小记 / 227

浦江清：关汉卿的代表作《窦娥冤》/ 237

浦江清：《西厢记》三题 / 246

第七篇 诗体解放

现代新诗四讲

朱自清：新诗 / 259

冯　至：中国的新诗 / 271

李广田：论新诗的内容与形式 / 275

闻一多：《女神》之时代精神 / 286

第八篇 诗意人生

诗词与人生五讲

朱自清：诗教——温柔敦厚 / 299

罗　庸：思无邪 / 314

罗　庸：诗的境界 / 319

钱　穆：释诗言志——读文随笔之一 / 324

浦江清：苏轼的超然与达观 / 328

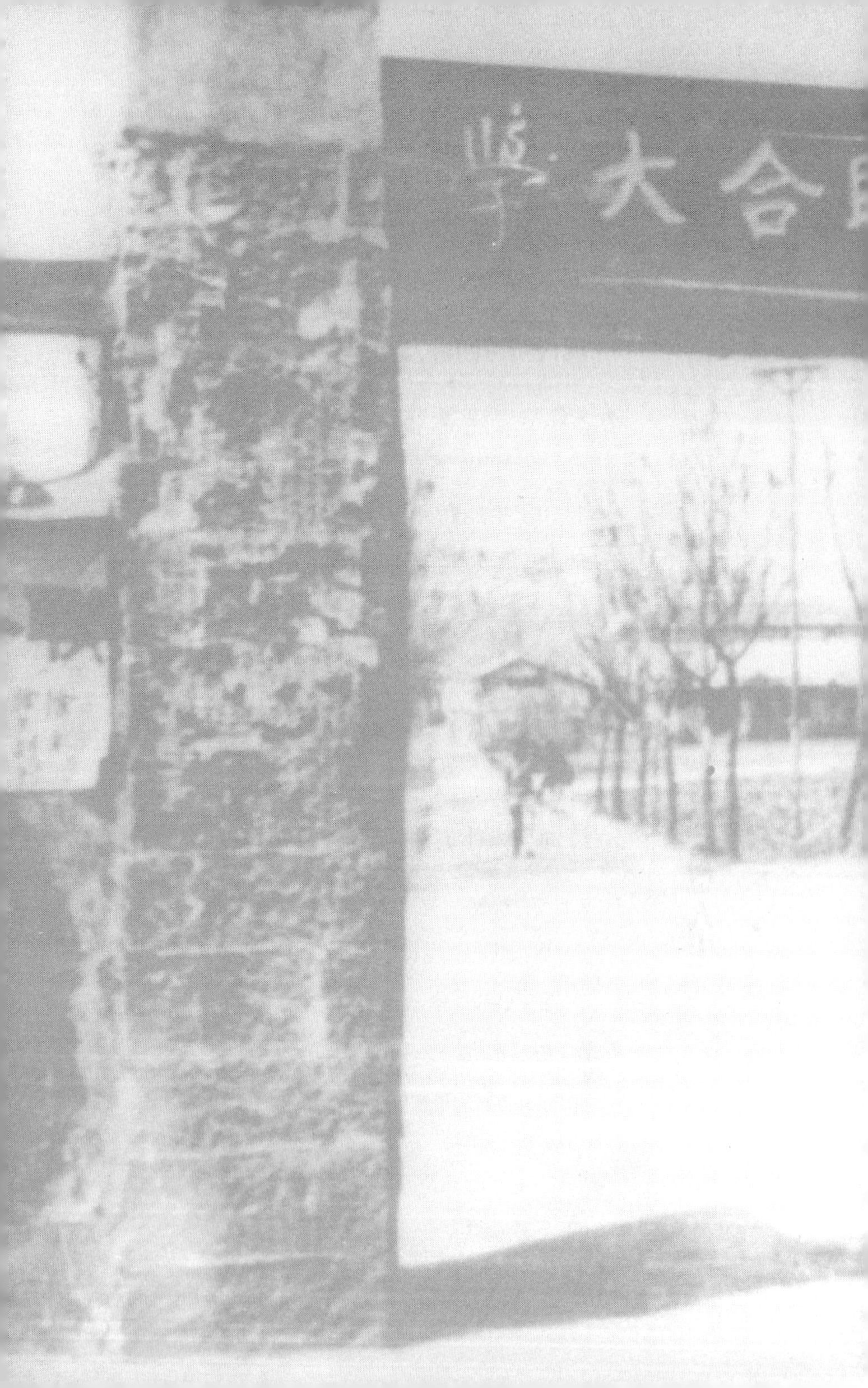
學大合

第一篇 先秦风骚

《诗经》与《楚辞》四讲

1937—1946

1898—1948

朱自清:《诗经》

诗的源头是歌谣。上古时候，没有文字，只有唱的歌谣，没有写的诗。一个人高兴的时候或悲哀的时候，常愿意将自己的心情诉说出来，给别人或自己听。日常的言语不够劲儿，便用歌唱；一唱三叹的叫别人回肠荡气。唱叹再不够的话，便手也舞起来了，脚也蹈起来了，反正要将劲儿使到了家。碰到节日，大家聚在一起酬神作乐，唱歌的机会更多。或一唱众和，或彼此竞胜。传说葛天氏的乐八章，三个人唱，拿着牛尾，踏着脚（《吕氏春秋·古乐》篇），似乎就是描写这种光景的。歌谣越唱越多，虽没有书，却存在人的记忆里。有了现成的歌儿，就可借他人酒杯，浇自己块垒；随时拣一支合适的唱唱，也足可消愁解闷。若没有完全合适的，尽可删一些、改一些，到称意为止。流行的歌谣中往往不同的词句并行不悖，就是为此。可也有经过众人修饰，作为定本的。歌谣真可说是"一人的机锋，多人的智慧"了（英美吉特生《英国民歌论说》。译文据周作人《自己的园地·歌谣》章）。

歌谣可分为徒歌和乐歌。徒歌是随口唱，乐歌是随着乐器唱。徒歌也有节奏，手舞足蹈便是帮助节奏的；可是乐歌的节奏更规律化些。乐器在中国似乎早就有了，《礼记》里说的土鼓土槌儿、芦管儿("土鼓"、"蒉桴"见《礼运》和《明堂位》,"苇籥"见《明堂位》),也许是我们乐器的老祖宗。到了《诗经》时代,有了琴瑟钟鼓,已是洋洋大观了。歌谣的节奏,最主要的靠重叠或叫复沓;本来歌谣以表情为主,只要翻来覆去将情表到了家就成,用不着费话。重叠可以说原是歌谣的生命,节奏也便建立在这上头。字数的均齐,韵脚的调协,似乎是后来发展出来的。有了这些,重叠才在诗歌里失去主要的地位。

有了文字以后,才有人将那些歌谣记录下来,便是最初的写的诗了。但记录的人似乎并不是因为欣赏的缘故,更不是因为研究的缘故。他们大概是些乐工,乐工的职务是奏乐和唱歌;唱歌得有词儿,一面是口头传授,一面也就有了唱本儿。歌谣便是这么写下来的。我们知道春秋时的乐工就和后世阔人家的戏班子一样,老板叫作太师。那时各国都养着一班乐工,各国使臣来往,宴会时都得奏乐唱歌。太师们不但得搜集本国乐歌,还得搜集别国乐歌。不但搜集乐词,还得搜集乐谱。那时的社会有贵族与平民两级。太师们是伺候贵族的,所搜集的歌儿自然得合贵族们的口味;平民的作品是不会入选的。他们搜得的歌谣,有些是乐歌,有些是徒歌。徒歌得合乐才好用。合乐的时候,往往得增加重叠的字句或章节,便不能保存歌词的原来样子。除了这种搜集的歌谣以外,太师们所保存的还有贵族们为了特种事情,如祭祖、宴客、房屋落成、出兵、打猎等等作的诗。这些可以说是典礼的诗。又有讽谏、颂美等等的献诗;献诗是臣下作了献给君上，准备让乐工唱给君上听的，可以说是政治的诗。太师们保存下这些唱本儿，带着乐谱；唱词儿共有三百多篇，当时通称作"诗三百"。到了战国时代，贵族渐渐衰落，平民渐渐抬头，新乐代替了古乐，职业的乐工纷纷散走。乐谱就此亡失，但是还有三百来篇唱词儿流传下来，便是后来的《诗经》了。（今《诗经》共三百十一篇，其中六篇有目无诗，实存三百零五篇。）

"诗言志"是一句古话；"诗"（䜣）这个字就是"言"、"志"两个字合成的。但古代所谓"言志"和现在所谓"抒情"并不一样；那"志"总是关联着政治或教化的。春秋时通行赋诗。在外交的宴会里，各国使臣往往得点一篇诗或几篇诗叫乐工唱。这很像现在的请客点戏，不同处是所点的诗句更加上政治的意味。这可以表示这国对那国或这人对那人的愿望、感谢、责难等等，都从诗篇里断章取义。断章取义是不管上下文的意义，只将一章中一两句拉出来，就当前的环境，作政治的暗示。如《左传》襄公二十七年，郑伯宴晋使赵孟于垂陇，赵孟请大家赋诗，他想看看大家的"志"。子太叔赋的是《野有蔓草》。原诗首章云："野有蔓草，零露漙兮，有美一人，清扬婉兮。邂逅相遇，适我愿兮。"子太叔只取末两句，借以表示郑国欢迎赵孟的意思；上文他就不管。全诗原是男女私情之作，他更不管了。可是这样办正是"诗言志"；在那回宴会里，赵孟就和子太叔说了"诗以言志"这句话。

到了孔子时代，赋诗的事已经不行了，孔子却采取了断章取义的办法，用诗来讨论做学问做人的道理。"如切如磋，如琢如磨"

(《卫风·淇奥》的句子），本来说的是治玉；他却将玉比人，用来教训学生做学问的功夫（《论语·学而》）。"巧笑倩兮，美目盼兮，素以为绚兮"（"巧笑倩兮，美目盼兮。"《卫风·硕人》的句子；"素以为绚兮"一句今已佚），本来说的是美人，所谓天生丽质。他却拉出末句来比方作画，说先有白底子，才会有画，是一步步进展的；作画还是比方，他说的是文化，人先是朴野的，后来才进展了文化——文化必须修养而得，并不是与生俱来的（《论语·八佾》）。他如此解诗，所以说"思无邪"一句话可以包括"诗三百"的道理（"思无邪"，《鲁颂·駉》的句子；"思"是语词，无义）；又说诗可以鼓舞人，联合人，增加阅历，发泄牢骚，事父事君的道理都在里面（《论语·阳货》）。孔子以后，"诗三百"成为儒家的六经之一，《庄子》和《荀子》里都说到"诗言志"，那个"志"便指教化而言。

但春秋时列国的赋诗只是用诗，并非解诗；那时诗的主要作用还在乐歌，因乐歌而加以借用，不过是一种方便罢了。至于诗篇本来的意义，那时原很明白，用不着讨论。到了孔子时代，诗已经不常歌唱了，诗篇本来的意义，经过了多年的借用，也渐渐含糊了。他就按着借用的办法，根据他教授学生的需要，断章取义的来解释那些诗篇。后来解释《诗经》的儒生都跟着他的脚步走。最有权威的毛氏《诗传》和郑玄《诗笺》，差不多全是断章取义，甚至断句取义——断句取义是在一句、两句里拉出一个两个字来发挥，比起断章取义，真是变本加厉了。

毛氏有两个人：一个毛亨，汉时鲁国人，人称为大毛公；一个毛苌，赵国人，人称为小毛公。是大毛公创始《诗经》的注解，传给小毛公，在小毛公手里完成的。郑玄是东汉人，他是专给毛《传》作《笺》的，有时也采取别家的解说；不过别家的解说在原则上也还和毛氏一鼻孔出气，他们都是以史证诗。他们接受了孔子"无邪"的见解，又摘取了孟子的"知人论世"（见《孟子·万章》）的见解，以为用孔子的诗的哲学，别裁古代的史说，拿来证明那些诗篇是什么时代作的，为什么事作的，便是孟子所谓"以意逆志"（见《孟子·万章》）。其实孟子所谓"以意逆志"倒是说要看全篇大意，不可拘泥在字句上，与他们不同。他们这样猜出来的作诗人的志，自然不会与作诗人相合；但那种志倒是关联着政治教化而与"诗言志"一语相合的。这样的以史证诗的思想，最先具体的表现在《诗序》里。

《诗序》有《大序》、《小序》。《大序》好像总论，托名子夏，说不定是谁作的。《小序》每篇一条，大约是大、小毛公作的。以史证诗，似乎是《小序》的专门任务；传里虽也偶然提及，却总以训诂为主，不过所选取的字义，意在助成序说，无形中有个一定方向罢了。可是《小序》也还是泛说的多，确指的少。到了郑玄，才更详密的发展了这个条理。他按着《诗经》中的国别和篇次，系统的附和史料，编成了《诗谱》，差不多给每篇诗确定了时代；《笺》中也更多的发挥了作为各篇诗的背景的历史。以史证诗，在他手里算是集大成了。

《大序》说明诗的教化作用；这种作用似乎建立在风、雅、颂、赋、比、兴所谓"六义"上。《大序》只解释了风、雅、颂。说风是风化（感化）、讽刺的意思，雅是正的意思，颂是形容盛德的意思。这都是按着教化作用解释的。照近人的研究，这三个字大概都从音乐得名。风是各地方的乐调，《国风》便是各国土乐的意思。雅就是"乌"字，似乎描写这种乐的呜呜之音。雅也就是"夏"字，古代乐章叫作"夏"的很多，也许原是地名或族名。雅又分《大雅》《小雅》，大约也是乐调不同的缘故。颂就是"容"字，容就是"样子"；这种乐连歌带舞，舞就有种种样子了。风、雅、颂之外，其实还该有个"南"。南是南音或南调，《诗经》中《周南》、《召南》的诗，原是相当于现在河南、湖北一带地方的歌谣。《国风》旧有十五，分出二南，还剩十三；而其中邶、鄘两国的诗，现经考定，都是卫诗，那么只有十一《国风》（卫、王、郑、齐、魏、唐、秦、陈、桧、曹、豳）了。颂有《周颂》、《鲁颂》、《商颂》，《商颂》经考定实是《宋颂》。至于搜集的歌谣，大概是在二南、《国风》和《小雅》里。

　　赋、比、兴的意义，说法最多。大约这三个名字原都含有政治和教化的意味。赋本是唱诗给人听，但在《大序》里，也许是"直铺陈今之政教善恶"（《周礼·大师》郑玄注）的意思。比、兴都是《大序》所谓"主文而谲谏"；不直陈而用譬喻叫"主文"，委婉讽刺叫"谲谏"。说的人无罪，听的人却可警诫自己。《诗经》里许多譬喻就在比兴的看法下，断章断句的硬派作政教的意义了。比、兴都是政教的譬喻，但在诗篇发端的叫作兴。《毛传》只在有兴的地方标出，不标赋、比；想来赋义是易见的，比、兴虽都是曲折成义，但兴在发端，往往关系全诗，比较更重要些，所以便特别标出了。《毛传》标出的兴诗，共一百十六篇，《国风》中最多，《小雅》第二；按现在说，这两部分搜集的歌谣多，所以譬喻的句子也便多了。

（原载朱自清:《经典常谈》，文光书店1946年版）

1890—1956

杨振声:《诗经》里面的描写

《诗经》既是孔子删定的,那么,论《诗》的话,当然也要以他的为最早,且最有文学批评的价值了。可是,他这番删《诗》的工作,虽是替我们保存下古代诗歌的文学;而他对于论《诗》的雅言,却没有一句及于《诗》的文学的。试看,他的《诗》评,不是论《诗》的功用,就是论《诗》的教训,再不然,就是论《诗》的玄理。

其论《诗》的功用的,如:

教训伯鱼的话,"不学《诗》,无以言。"(《论语·季氏》)

鼓励弟子学《诗》的话:"小子何莫学夫《诗》!《诗》,可以兴,可以观,可以群,可以怨。迩之事父,远之事君,多识于鸟兽草木之名。"(《阳货》)

叹息门人学《诗》不能应用的话:"诵诗三百,授之以政,不达;使于四方,不能专对。虽多,亦奚以为!"(《子路》)

其后如司马迁论"《诗》记山川溪谷禽兽草木牝牡雌雄,故长于风"(《史记·太史公自序》),刘勰论《诗》"酬酢以为宾荣,吐纳而成身文"(《文心雕龙·明诗》篇),一类的诗论盖出于此。

其论《诗》的教训的,如:

"诗三百,一言以蔽之曰,思无邪。"(《为政》)

"《关雎》乐而不淫,哀而不伤。"(《八佾》)

子谓伯鱼曰:"女为《周南》、《召南》矣乎?人而不为《周南》、《召南》,其犹正墙面而立也与!"《何晏集解》引马融曰:"《周南》、《召南》,国风之始,乐得淑女以配君子。三纲之首,王教之端,故人而不为,如向墙而立。"

其后如《小戴礼》所谓"温柔敦厚,诗教也"。(《经解》篇)

又如《舍神雾》引孔子曰:"诗者,天地之心,君德之主,百福之宗,万物之户。"(《艺文类聚》五十六引)又云:"诗者,持也。"(《礼内则疏》引)"在于敦厚之教,自持其心;讽刺之道,可以扶持邦家者也。"(成伯屿《毛诗指说》引)

以及扬雄所谓"《典》、《谟》之篇,《雅》、《颂》之声,不温纯深润,则不足以扬鸣烈而章缉熙"(《解难》)一类论《诗》的话,盖出于此。

其论《诗》的玄理的,如:

唐棣之华,偏其反而,岂不尔思,室是远而,子曰:"未之思也,夫何远之有?"(《子罕》)

子贡曰:"贫而无谄,富而无骄,何如?"子曰:"可也,未若贫而乐,富而好礼者也。"子贡曰:"《诗》云如切如磋,如琢如磨,其斯之谓与?"子曰:"赐也始可与言诗已矣!……"(《学而》)

子贡问曰:"巧笑倩兮,美目盼兮,素以为绚兮,何谓也?"子曰:"绘事后素。"曰:"礼后乎?"子曰:"起予者商也,始可与言

诗已矣！"（《八佾》）

孔子论《诗》，总不出这三种意义。所以后世讲《诗经》的也总不敢越雷池一步。一来是看准《诗经》是一部经典，不敢妄议它的文学；二来也要借重圣人，拾其余唾。其讲功用及玄理方面，本来难为继也，所以没大影响；而讲教训方面，却使毛公朱子一班解诗的贤人，处处附会风化美刺之说，把一部充满文学性的诗歌集子，讲成了《文昌帝君阴骘文》一类的东西（朱子虽较毛公少些妄谬，却也总不脱教化之观念），岂非蒙西子以不洁吗？

除了以上儒家的讲法外，还有几个文学家的讲法，也只论到《诗经》为后世某种文体所由生，如《汉书·艺文志》之论赋出于《诗》，挚虞《文章流别》之论汉《郊庙歌》出于《诗》之三言，《俳谐倡乐》出于《诗》之五言，乐府出于《诗》之六言之类，以及刘勰《文心雕龙》之论赋颂歌赞皆出于《诗经》（《宗经》、《明诗诠赋》、《颂赞》诸篇）。而却鲜有论及《诗经》本身上之文学性者。及至唐宋人好作文论诗话，对于《诗经》的文学，始稍有论及一二语者。例如苏轼《商论》谓"《诗》之宽缓而和柔，《书》之委曲而繁重者，皆周也。商人之《诗》，骏发而严厉，其《书》简洁而明肃"，不过总是片语只言，非专论《诗》之文学者。至王渔洋在他的《渔洋诗话》里，稍稍论及《诗经》之写物，举《燕燕》、《竹竿》、《小戎》、《七月》、《东山》、《无羊》诸篇为例，而谓为"恐史道硕戴嵩画手，未能如此极妍尽态也"。不过那仍是诗话家的讲法，笼统言之而已。前八年傅斯年先生在他的《宋朱熹诗经集传和诗序辨》一文（《新潮》一卷四号）中论及《诗经》的文学，举出《诗经》的四种特色，一是真实，二是朴素无饰，三是体裁简当，四是音节自然。他说的很明透爽快，算是自有《诗经》以来第一篇老老实实论过《诗经》文学的文字。

我这一篇专从《诗经》描写的方面上来说。本来要论《诗经》的文学，描写与声韵两方面，都是重要的。只为历来论《诗经》声韵的很多，已有专书可以帮忙，此处更不必赘及，故专论《诗经》的描写。为由简及繁，讨论方便起见，故又分《诗经》的描写为写物，写景，写情诸层。更于每一层下，进而分为某一种物，写某一种景而比较讨论之。

一、《诗经》的写物

写物既要写得像，又要写得活。要写得像，必先要观察得细，细，写出才有分别，有分别才不至于写鹄似鹜，写虎类犬。要写得活，必先要体贴得微，微，才能得到他的生机，有生机才不呆，才不死。《诗经》的写物，就妙在写得像，写得活上。

1. 写光的分别。写烛光则曰"庭燎晰晰"；写小星之光便与烛光不同，则曰"嘒彼小星，三五在东"。写明星之光又与小星之光不同，则曰"明星有烂"、"明星煌煌"。写月光又与星光不同，则曰"月出皎兮"、"月出皓兮"。写日光又与月光不同，而曰"杲杲出日"。至其写电光则又与日光不同，而曰"烨烨震电"。这是何等有分寸的形容！

2. 写水的分别。写小水则曰"河水清且涟猗",写春水则"溱与洧方涣涣兮",写大水则曰"汶水滔滔"、"淇水汤汤"。至写"河水洋洋,北流活活",简直听到水声了。

3. 写声的分别。写虫声则曰"喓喓草虫",写黄鸟之声则曰"其鸣喈喈",写雁声则曰"哀鸣嗷嗷",写鸡声则曰"鸡鸣胶胶",写鹿声则曰"呦呦鹿鸣"。至于"大车啍啍"是写大车迟重之声,与"有车邻邻"的轻快之声不同。"椓之丁丁"是兔罝上的杙触地声,与"坎坎伐檀兮"的斧斫木声不同。"其泣喤喤"写小儿之哭声,与"啜其泣矣"的女子饮泣声不同。至其写马嘶到了"萧萧马鸣,悠悠旆旌",其声音之感人,真比画出一幅田猎图来还要深远几倍!

4. 写草木的分别。写葛叶之密茂曰"维叶莫莫",写桃叶之疏松曰"其叶蓁蓁"。写竹之秀挺曰"绿竹猗猗",写麦之密茂曰"芃芃其麦"。写秋晨怀人则曰"蒹葭苍苍,白露为霜",写故墟感旧则曰"彼黍离离,彼稷之苗"。写桑叶之肥润则曰"其叶沃若",写荇草之桀骜,则曰"维荇骄骄"。至其写"昔我往矣,杨柳依依,今我来思,雨雪霏霏"则依依有伤别之情,雨雪感岁之已晚,真是景中有人,人中有情,情中看景了!

5. 写鸟虫的分别。写虫之动则曰"蜎蜎者蠋",写兔之跳则曰"跃跃毚兔","四骐翼翼"写马列之齐整;"翩翩者鵻"写鸟飞之翱翔。至于写"燕燕于飞"而曰"差池其羽",写"仓庚于飞"则又曰"熠耀其羽"矣。虽两物相去不远,用字必称情而施。其细密有如此者。

6. 写风云雨露的分别。写露曰"野有蔓草，零露瀼瀼"。写雨曰"我来自东，零雨其濛"。写雪曰"雨雪瀌瀌，见晛曰消"。情伤则风冷，故曰"习习谷风，以阴以雨"；心哀而风暴，故曰"南山烈烈，飘风发发"。至于"悠悠苍天"，是心悲而呼告；"旻天疾威"，是气愤而怨怼。外景固因情而变，写景写不到心中之景，则景是死景，人是木人。

7. 写人的分别。"赳赳武夫"与"佻佻公子"，其强弱相形，庄肃与轻薄相比如何？"琐兮尾兮，流离之子"与"容兮遂兮，垂带悸兮"之童子，其贫富相形，失志与得志相比又如何？至"桃李"（《召南·何彼襛矣》，华如桃李）、"舜英"（《郑风·有女同车》，颜如舜华）以比美人之容；"切磋琢磨"（《卫风·淇奥》，如切如磋，如琢如磨）以喻君子之德；"牂羊坟首"想见饿民之槁瘠；"营营青蝇"恶夫逸人之谮愬，则更为拟如其伦了。而《卫风·硕人》之写美人，曰"手如柔荑，肤如凝脂，领如蝤蛴，齿如瓠犀，螓首蛾眉。巧笑倩兮，美目盼兮"，更是何等细腻！

8. 写动作的分别。"子仲之子，婆娑其下"是写男子之舞容；"将翱将翔，佩玉将将"是写女子之蹁跹。候所欢不见，则情急而"搔首踟蹰"，盼所欢不来，则犹幸其"将其来施"。至写"十亩之间兮，桑者闲闲兮"，寥寥数字，便画出一幅《武陵源》来！

二、《诗经》的写景

写景要写得分别，朝景不是晚景，晚景不是夜景。要写得自然，春景不是夏景，秋景不是冬景。要写得入微，把景写到景中人的眼中景。要写得动情，把读者化为眼中景的景中人。还要写得简省，盖得其要则必定简省，不简省总为不得其要。

1. 写夜景，如"夜如何其？夜未央，庭燎之光。君子至止，鸾声将将"（《小雅·庭燎》），庭中有候人的，有答问的。街上有车铃之声，到门之客。处处人与景合。

2. 写天将晓，如"女曰，'鸡鸣'，士曰，'昧旦'，'子兴视夜，明星有烂'"（《郑风·女曰鸡鸣》），不唯问答之词，意味堪想，而末二句且画出手指明星相语之状了。又如"'鸡既鸣矣，朝既盈矣'。'匪鸡则鸣，苍蝇之声'……'虫声薨薨，甘与子同梦，会且归矣，无庶予子憎'"（《齐风·鸡鸣》），都是画声画情的笔墨。

3. 写朝景，如"雝雝鸣雁，旭日始旦"，虽止二句，却有声有色。

4. 写黄昏，如"鸡栖于埘，日之夕矣，羊牛下来"（《王风·君子于役》），对此暮景，不由你不起怀人之情。

5. 写天黑而所期不到，曰："东门之杨，其叶牂牂，昏以为期，明星煌煌！"（《陈风·东门之杨》）想见晚风吹树，候人不来之情。

6. 写男女相得之夜，则曰："绸缪束薪，三星在天，今夕何夕，见此良人！子兮子兮，如此良人何？"（《唐风·绸缪》）景是美景，人是活人。

7. 写夜饮，则曰"湛湛露斯，匪阳不晞；厌厌夜饮，不醉无归"

(《小雅·湛露》)。上二句既是比喻，又是即景。

又如夜景之"风雨潇潇，鸡鸣胶胶"是何等动人情景！

其至写征人之初归，则如《豳风·东山》二章之"我徂东山，慆慆不归，我来自东，零雨其濛。……果臝之实，亦施于宇。伊威在室，蟏蛸在户。町疃鹿场，熠耀宵行"。又如三章之"……鹳鸣于垤，妇叹于室，洒扫穹窒，我征聿至。有敦瓜苦，烝在栗薪，自我不见，于今三年"，又如四章之"其新孔嘉，其旧如之何"，写得多入微，多入情！

8. 写阳春之美丽，则如《豳风·七月》二章之"春日载阳，有鸣仓庚。女执懿筐，遵彼微行，爰求柔桑。春日迟迟，采蘩祁祁，女心伤悲，殆及公子同归"。末二句亏作者体贴得出！……又如五章写岁晚之情，"五月斯螽动股，六月莎鸡振羽。七月在野，八月在宇，九月在户，十月蟋蟀，入我床下。穹窒熏鼠，塞向墐户。嗟我妇子，曰为改岁，入此室处"，写家人依依之情，何等自然，何等感人！

9. 写田家风味，则如《小雅·无羊》之"尔羊来思，其角濈濈；尔牛来思，其耳湿湿。或降于阿，或饮于池，或寝或讹。尔牧来思，何蓑何笠，或负其餱。……麾之以肱，毕来既升"，是何等生动的一幅田家画！

三、《诗经》的写情

写情要体贴得深，表现得浅；还要含蓄的多，说尽的少。唯是体贴得深，才找到人人心中共有之情；既是人人心中共有心情，自然可以用人人口中欲说之话来表现了。情是人人共有而不自觉的，话是人人要说而说不出的。那么，你的写情在读者看来，几乎句句是替他说的。唯你能使他觉到句句是替他写的，然后句句都能打入他的胸坎中去。所以说要体贴得深，表现得浅。可是单只打入他的胸坎中还不够，还要使他去想。怎样能使他去想。你把要说的话都说完了，他把要听的话也都听完了，那就一切都完事，他是不用再去想。你把要使他想的话，没说到能使他想的程度，他听了你的话，也没感到去想的机会，那也就一切罢休，他也没法再去想。你必须把话说到一个程度，使他虽欲不想而不能；同时你也不要把话说到一个程度，使他虽欲想而无余。所以要含蓄的多，说尽的少。唯独你言之不尽，然后他才思之有味呢。《诗经》写情写得好，就只在它说的浅显，说的含蓄。写情也有种种情的不同，所以以下也分别的来说。

1. 写怀人的。诗歌每每起于怀思，故《诗经》中怀人之作特别的多些。他的写法颇不一样，今举出几个例来比较比较。

a. 直叙的，如：

参差荇菜，左右流之；窈窕淑女，寤寐求之。求之不得，寤寐思服；悠哉悠哉，辗转反侧。(《周南·关雎》)

彼采葛兮，一日不见，如三月兮。(《王风·采葛》)

角枕粲兮，锦衾烂兮，予美亡此。谁与独旦！(《唐风·葛生》第三章)

夏之日，冬之夜，百岁之后，归于其居！（同上，第四章）

自伯之东，首如飞蓬。岂无膏沐，谁适为容！（《卫风·伯兮》）

君子于役，不知其期，曷至哉？鸡栖于埘，日之夕矣，牛羊下来。君子于役，如之何勿思！（《王风·君子于役》）

这写得多么自然，多么浅易，同时又多么动情！

b. 衬叙的：衬叙不是如何铺陈思念之苦，只用旁的事映衬出来，便觉音在弦外，意在言外了。如：

采采卷耳，不盈顷筐，嗟我怀人，置彼周行。（《周南·卷耳》）

终朝采绿，不盈一匊。予发曲局，薄言归沐。（《小雅·采绿》

c. 反叙的：相思苦极，愿不相思；说不相思，更是相思。例如：

无田甫田，维莠骄骄，无思远人，劳心忉忉。（《齐风·甫田》）

……我姑酌彼金罍，维以不永怀！（《周南·卷耳》第二章）

焉得谖草，言树之背……（《卫风·伯兮》第四章）传"萱草令人忘忧"。

d. 写思极而怨的，如：

青青子衿，悠悠我心，纵我不往，子宁不嗣音？（《郑风·子衿》）

子惠思我，褰裳涉溱；子不我思，岂无他人？狂童之狂也且！（《郑风·褰裳》）写轻薄之情，真是声口如画了。

e. 写思而不可致的，如：

蒹葭苍苍，白露为霜。所谓伊人，在水一方。溯洄从之，道阻且长；溯游从之，宛在水中央！（《秦风·蒹葭》）

皎皎白驹，在彼空谷。生刍一束，其人如玉。毋金玉尔音，而有遐心！（《小雅·白驹》第四章）

蒹葭白露，空谷白驹，写得何等清空！使人不能不悠然遐想，兴景仰之思了。而其人如玉，宛在水中央，又是何等可望而不可即的情景！

2. 写怀归而不得的。前举《东山》之诗，是写征人归来的情景，《采薇》之诗，是写自怀归以至归来的情景，其已尽情尽致了。而其写怀归不得的，如：

陟彼屺兮，瞻望母兮。母曰："嗟！予季行役，夙夜无寐！上慎旃哉，犹来无弃！"（《魏风·陟岵》第二章）

写怀归而不从自己想父母兄弟方面写，偏从父母兄弟想自己方面写。体贴出父母兄弟之想己，而自己之想父母兄弟，更深一层了。文章真是加倍的深透。又如《卫风·河广》篇写女子思归，只曰："谁谓河广？一苇杭之；谁谓宋远？跂予望之。"不写她如何想回娘家，旁人如何以道远阻止她，而却突如其来的写出她的驳辩之辞。那事前的心中盘算，都宛然纸上了。这是何等省简的写法！何等耐人寻味的写法！又如《竹竿》第四章之"淇水悠悠，桧楫松舟；驾言出游，以写我忧"，写怀归不得，万般无聊的情怀，使读者不能不油然而生同情之感也。

3. 写送别的。后世送别的诗，几乎没有一个诗人的集子里找不出好几首来。可是能有多少像《邶风·燕燕》篇那么以极少字写极多情的！

燕燕于飞，差池其羽。之子于归，远送于野。瞻望弗及，泣涕如雨！

妇人之礼送迎不出门（《郑笺》语），今不但出门，而且远送于野；不但远送于野，而且客去后还在那儿瞻望；不但在那儿瞻望，而且直望到不见了。既到了望不见，则不能不凄然兴孤零之感，泣涕如雨了。

4. 写怀旧的。如《王风·黍离》："彼黍离离，彼稷之苗。行迈靡靡，中心摇摇，知我者，谓我心忧，不知我者，谓我何求！悠悠苍天，此何人哉！"

后世感怀，吊古的，不知有多少，却难得这么沉痛的。至其写兄弟之谊，如《小雅·常棣》之"……兄弟阋于墙，外御其务，……"，《郑风·扬之水》之"……终鲜兄弟，唯予与女。无信人之言，人实迋女"，真是又曲尽又委婉。写达观，如《唐风·山有枢》之"……子有衣裳，弗曳弗娄；子有车马，弗驰弗驱；宛其死矣，他人是愉"，读了真起"行乐须及时，何能待来兹"之感。写恶如《小雅·巷伯》之"……取彼谮人，投畀豺虎，豺虎不食，投畀有北；有北不受，投畀有昊"，写得谮人有多可恶！写忧谗如《小雅·小旻》篇之"……战战兢兢，如临深渊，如履薄冰"，写得谗言有多可怕！写畏乱如《小雅·四月》篇"……匪鹑匪鸢，翰飞戾天；匪鳣匪鲔，潜逃于渊"、《小雅·苕之华》篇"……知我如此，不如无生"、《桧风·隰有苌楚》篇"……夭之沃沃，乐子之无知"都是极沉痛的话。

至其长篇的如《邶风》之《谷风》,《卫风》之《氓》,委婉曲尽,哀思动魂,都是中国长诗中不可多得的作品。

合拢起来讲,《诗经》的写物写景写情,都算很好(特别是《国风》、《小雅》)。从一面说:唯其写物写得生动,所以合物为景,那景才真实;也唯景能真实,所以因景生情,那情才深切。再反来说,必有真实的情,才有真实的景。因为景的本身是素白的,无情采的。必染上情的颜色才有颜色;感了情晕(情晕一词,见唐钺《修辞格》)才有意义。跟下还可说必有真实的景,才有真实的物。(这自然是指心理上的真实,不是指物理上的真实;是一时特别的真实,不是永久普遍的真实。)因为物必与其他景中之物联起来看,才有生动;必在一个一定的背景衬起来看,才有个性。所以物之生动,必是由于全景的真实;而全景的真实,又必生于情感的深切。

《诗经》经过汉儒一番训诂的功夫,章句讲对了而又文意讲错了;再经过宋儒一番义理的功夫,文章讲对了而诗意讲错了。盼望将来它能再经一番文学的功夫,恢复它诗的本意。我们才前而对得住古人,后而对得住来者。

(原载《现代评论》第二周年增刊,1927年)

1899—1978

游国恩:《楚辞》在文学史上的位置

我国文学的发祥地,最初是在黄河流域。而文学发生的程序以韵文为最早。一部《诗经》便可代表我国古代北方的文学,虽然其中也有一小部分是南方的诗歌。我们试把《诗经》随便翻一翻,便知他们大半是以四言为主体,其中虽也有一,二,三,五,六,七,八,九字的句子,然而总算是极少数。这种四言体的诗歌,在文学史上竟盛行了六七百年。

到了公元前 400 年间(周安王时),我国文学始起绝大的变化,这便是南方——楚国——文学的勃兴。《楚辞》既崛起于楚,他俨然与北方文学对峙争雄,不到一百年,北方文学的势力竟渐渐的衰落下来,《楚辞》遂取而代之。

《楚辞》的价值不在他能传《诗经》的统,是在他能够革新,能够脱离"三百篇"的旧腔调而独立,为我国文学史上特辟一个新纪元,并且能够影响于后来,造成文学界中一派绝大的势力。这个革新文学的运动者,头一个便是屈原。计自《楚辞》的萌芽以迄于大盛,这中间遥遥数百年,我称他为"《楚辞》时代"。

我觉得《楚辞》的价值在任何文学之上,现在分作四方面来说:

一、表现的自由

凡事"穷则变,变则通",文学也是如此。顾炎武在《日知录》里说:"《三百篇》之不能不降而《楚辞》,《楚辞》之不能不降而汉魏,汉魏之不能不降而六朝,六朝之不能不降而唐也,势也。"他这话很能明白文学变迁的道理。四言诗到战国时已经不适用了。因为他太规则,太束缚了,无论言情或体物,都不能自由表现,所以《楚辞》的作者不得不从事于文体的解放,把从前的形式完全破坏他而建立一种新文体,然后可以畅所欲言。例如《诗经·王风·采葛》云:

彼采萧兮,一日不见,如三秋兮!

这首是《诗经》中很好的情诗,而《楚辞·九歌·少司命》云:

入不言兮出不辞,乘回风兮载云旗。悲莫悲兮生别离!乐莫乐兮新相知!

我们读了以后,只觉得后者的音调和情绪总比前者更要宛转而缠绵些。这便是字句的长短,与形式的束缚和自由的关系。又如《王风·大车》云:

大车槛槛,毳衣如菼。岂不尔思?畏子不敢。

这是写男女欲淫奔而有所顾忌的诗。《九歌·湘夫人》中也有同样的描写。例如：

鸟何萃兮蘋中？罾何为兮木上？沅有芷兮醴有兰，思公子兮未敢言。

他们的高下。是一望而能辨别的。又如《郑风·野有蔓草》云：

野有蔓草，零露漙兮。有美一人，清扬婉兮；邂逅相遇，适我愿兮。

在"三百篇"中，这总算情诗的上乘，而《楚辞》的《越人歌》则不然。《越人歌》云：

今夕何夕兮，搴洲中流？今日何日兮，得与王子同舟？蒙羞被好兮，不訾诟耻。心几烦而不绝兮，得知王子。山有木兮木有枝，心说君兮君不知！

这首歌是从越歌翻译出来的。(《越人歌》本来不在《楚辞》集内，朱子则收入《楚辞后语》。其实他是《楚辞》的祖先，体裁也和《楚辞》相同，所以拿来比较。) 他所咏的事情和"野有蔓草"一诗差不多，而这歌终觉要胜十倍。

此外如《邶风》的《柏舟》《谷风》与《静女》,《卫风》的《氓》与《伯兮》,《郑风》的《将仲子》,《唐风》的《葛生》,《陈风》的《防有鹊巢》与《月出》等篇虽然都是绝好的言情诗,但大半为四言所限,不能如《楚辞》的自由;体物的诗也是这样。由此可知韵文如拘形式,是艺术上的大忌。

其次我再拿翻译的诗来证明《楚辞》的体裁比拘限形式的韵文更适用。试看拜伦(Byron)的《哀希腊》(*The Isles of Greece*)一诗:

The isles of Greece！ The isles of Greece！
Where burning Sappho loved and sung,
Where grew the arts of war and peace,
Where Delos rose, and phoebus sprung！
Eternal summer gilds them yet,
But all, except the sun, is set.

苏曼殊译的是:

巍巍希腊都,生长奢浮好,情文何斐亹！荼辐思灵保。征伐和亲策,陵夷不自葆。长夏尚滔滔,颓阳照空岛。

胡适之先生译的是:

嗟汝希腊之群岛兮,实文教武术之所肇始。诗媛沙浮尝歌咏于斯兮,亦羲和素娥之故里。今惟长夏之骄阳兮,纷灿烂其如初。我徘徊以忧伤兮,哀旧烈之无余。

苏氏所译把原文的意思改变了许多。因他用五言诗翻译，太不自由，万不能直译出来。胡先生用《楚辞》体来译，虽不能说怎样的好，至少总可以当得住一个"信"字；这就是他们所采用的文学形式不同的缘故。所以我们如果要主张废旧诗，只有《楚辞》这种体裁可以不废，因为他有相当的适用。

二、辞赋的祖

《楚辞》这种文体是从前北方所无的，后来各种辞赋莫不出于他。这又可分为三方面来说：

（一）形式。明徐师曾《文体明辨》云："《楚辞》者，《诗》之变也。……屈平后出，本《诗》义以为'骚'，盖兼'六义'，而'赋'之义居多。厥后宋玉继作，并号'楚辞'，自是辞赋之家悉祖此体。"他又分辞赋为四体：1. 古赋（即骚体赋），2. 俳赋（即不纯粹的骈体赋），3. 文赋（即散体赋），4. 律赋。他以《离骚》至《九辩》为古赋的祖，而以司马相如《长门赋》，班婕妤《自悼赋》及《捣素赋》，张衡《思玄赋》，陆机《叹逝赋》，潘岳《秋兴赋》，韩愈《闵己赋》及《别知赋》，柳宗元《闵生赋》及《梦归赋》等数十篇属之；以《卜居》、《渔父》为文赋的祖，而以扬雄《长杨赋》，杜牧《阿房宫赋》，欧阳修《秋声赋》，苏轼前后《赤壁赋》，苏过《飓风赋》等篇属之。但我谓俳赋出于古赋，律赋又出于俳赋，溯厥渊源，都是《楚辞》一脉相传的儿孙。至于后来辞赋种种形式，如起首托为问答或故事，中间用歌词，篇末用"诨"或"系"等等也无一不是从《楚辞》出来的。

（二）内容。辞赋以规讽为本，这也是起源于《楚辞》。刘勰说："讥桀纣之猖披，伤羿浇之颠陨，规讽之旨也。"（《文心雕龙·辨骚》）《楚辞》如《离骚》及《九章》中都有许多讽谏的话，是不可掩的。后来辞赋家窃取此旨，往往变成"劝百讽一"的结果。那便是扬雄所谓词人之赋了。又辞赋以铺张为能事，这也是受了《楚辞》中《招魂》《大招》等篇的影响。

（三）音韵。后世辞赋家往往欢喜用"联绵字"入辞赋，这也是受了《楚辞》的教训。例如《离骚》中的"纯粹"，"耿介"，"謇謇"，"冉冉"，"郁邑"，"岌岌"，"芳菲菲"，"唏嘘"，"逍遥"，"相羊"，"周流"，"啾啾"等字，《悲回风》里的"穆眇眇"，"莽茫茫"，"邈漫漫"，"缥绵绵"，"愁悄悄"，"翩冥冥"等字，《九辩》里的"怃怃"，"湛湛"，"习习"，"阗阗"，"锵锵"，"委蛇"等字，的确与音调上极有关系。后来司马相如作《长门赋》便照样模仿起来；但最多的便是《子虚》《上林》二赋，或用重言，或用双声，或用叠韵，或一句双声，一句叠韵，错杂相间。自此以后，这一点竟成为辞赋中重要的特质。

三、骈俪文的祖

骈俪文是我国的美文，在文学史上的价值是不可磨灭的。先秦古籍中虽间有排偶的句子，然大抵极质朴而无华彩。一直到《楚辞》才有清华朗润的骈体词句，例如《九歌·湘君》云：

采薜荔兮水中，搴芙蓉兮木末。心不同兮媒劳，恩不甚兮轻绝。
……
朝骋骛兮江皋，夕弭节兮北渚，鸟次兮屋上，水周兮堂下。

又如《湘夫人》云：

麋何为兮庭中？蛟何为兮水裔？
……
捐余袂兮江中，遗余褋兮澧浦。

又如《大司命》云：

令飘风兮先驱，使冻雨兮洒尘。

这些句子都是刘勰所谓"言对"。他说："言对为美，贵在精巧。"（《文心雕龙·丽辞》）他们比后人死板的偶句自然要精巧的多了。又如《离骚》云：

吕望之鼓刀兮，遭周文而得举。宁戚之讴歌兮，齐桓闻以该辅。

这便是刘勰所谓"事对"。又如《东皇太一》云：

蕙肴蒸兮兰藉，奠桂酒兮椒浆。

这便是洪迈所谓"当句对"。他说:"唐人诗文或于一句中自成对偶,谓之'当句对',盖起于《楚辞》'蕙肴兰藉,桂酒椒浆'。"(《容斋随笔》)此外如《离骚》"朝饮木兰之坠露兮,夕餐秋菊之落英",及"制芰荷以为衣兮,集芙蓉以为裳"等句,真是绝好的俪词,后来骈文家苦心模仿,都不及他们的自然。

四、七言诗的祖

七言诗本起于"三百篇",其有"兮"字的,如《魏风·伐檀》的"胡取禾三百廛兮"等句,其无"兮"字的,如《齐风·著》的"尚之以琼华乎而"。《大雅·召旻》的"维昔之富不如时,维今之疚不如兹",《周颂·我将》的"仪式刑文王之典"及《周颂·敬之》的"学有缉熙于光明"等句。但七言诗在《诗经》中还极少,至《楚辞》里则渐渐的多了。例如《离骚》云:

汩余若将不及兮,恐年岁之不吾与。
……
何桀纣之猖披兮,夫唯捷径以窘步?

又如《九章·涉江》云:

与前世而皆然兮,吾又何怨乎今之人?余将董道而不豫兮,固将重昏而终身。

又如《九辩》云：

愿一见兮道余意，君之心兮与余异。车既驾兮揭而归，不得见兮心伤悲！

此外各篇关于七言的单句甚多，而《九歌》中《山鬼》、《国殇》两篇竟全是七言古风。若照明郭正域的话说来，把《招魂》中的"些"字及《大招》中的"只"字去掉了，那便是长篇的七言古诗。所以我谓七言诗的始祖也是《楚辞》。

因此我便联想到一个问题：照诗歌发生的常例讲来，自然是由四言而五言，由五言而七言；但事实上恰恰相反。《柏梁诗》的真假我们暂且不论，《灵枢经》至迟总是西汉人伪托的，其中《刺节真邪》篇有云：

凡刺小邪曰以大，补其不足乃无害，视其所在迎之界。……凡刺寒邪曰以温，徐往徐来致其神，门户已闭气不分，虚实得调其气存。

又伪托宋玉的《神女赋》（参看拙著《司马相如评传》，见上海《民国日报·文学旬刊》）大概也是西汉初年的产品，其中也有两句云：

罗纨绮缋盛文章，极服妙采照万方。

这些明明是七言诗。此外如《凡将》、《急就》等篇，莫不皆然。由此看来，七言诗竟比五言发生要早（《文选》所载苏李诗向以为是伪托的，即使非假，也与七言发生的时代差不多），在诗歌发生的常例上是很难解释的；现在我们既知道在他们以前，《楚辞》中已经有许多长篇的七言诗，那就不必疑惑了。

从来批评《楚辞》的甚多，或以"六义"相衡，或以"经"、"子"同语，大半是浮而不切的话，其最切实的莫如刘勰《辨骚》一篇，我且引他一段做我这篇的结论。《辨骚》云：

观其骨鲠所树，肌肤所附，虽取镕"经"意，亦自铸伟辞。故《骚经》、《九章》，朗丽以哀志；《九歌》、《九辩》，绮靡以伤情；《远游》、《天问》，瑰诡而惠巧；《招魂》、《招隐》（按当作《大招》），耀艳而深华；《卜居》标放言之致，《渔父》寄独往之才。故能气往轹古，辞来切今，惊采绝艳，难与并能矣。自《九怀》以下，遽蹑其迹，而屈宋逸步，莫之能追。故其叙情怨，则郁伊而易感；述离居，则怆怏而难怀；论山水，则循声而得貌；言节候，则披文而见时。……其衣被词人，非一代也。

（原载游国恩：《楚辞概论》，述学社1926年版）

闻一多：什么是九歌

一、神话的《九歌》

传说中九歌本是天乐。赵简子梦中升天所听到的"广乐九奏万舞"，即《九歌》与配合着《九歌》的韶舞（《离骚》"奏九歌而舞韶兮"）。《九歌》自被夏后启偷到人间来，一场欢宴，竟惹出五子之乱而终于使夏人亡国。这神话的历史背景大概如下：《九歌》韶舞是夏人的盛乐，或许只郊祭上帝时方能使用。启曾奏此乐以享上帝，即所谓钧台之享。正如一般原始社会的音乐，这乐舞的内容颇为猥亵。只因原始生活中，宗教与性爱颇不易分，所以虽猥亵而仍不妨为享神的乐。也许就在那次郊天的大宴享中，启与太康父子之间，为着有仍二女（即"五子之母"）起了冲突。事态扩大到一种程度，太康竟领着弟弟们造起反来，结果敌人——夷羿乘虚而入，把有夏灭了（关于此事，另有考证）。启享天神，本是启请客。传说把启请客弄成启被请，于是乃有启上天做客的故事。这大概是因为所谓"启宾天"的"宾"字（《天问》"启棘宾商"即宾天，《大荒西经》"开上三嫔于天"，嫔宾同），本有"请客"与"做客"二义，而造成的结果。请客既变为做客，享天所用的乐便变为天上的乐，而奏乐享客也就变为做客偷乐了。传说的错乱大概只在这一点上。其余部分说启因《九歌》而亡国，却颇合事实。我们特别提出这几点，是要指明《九歌》最古的用途及其带猥亵性的内容，因为这对于下文解释《楚辞·九歌》是颇有帮助的。

二、经典的《九歌》

《左传》两处以九歌与八风、七音、六律、五声连举（昭公二十年、二十五年），看去似乎九歌不专指某一首歌，而是歌的一种标准体裁。歌以九分，犹之风以八分，音以七分……那都是标准的单位数量，多一则有余，少一则不足。歌的可能单位有字、句、章三项。以字为单位者又可分两种。（一）每句九字，这句法太长，古今都少见。（二）每章九字，实等于章三句，句三字。句法又嫌太短。以上似乎都不可能。若以章为单位，则每篇九章，连《诗经》里都少有。早期诗歌似乎不能发展到那样长的篇幅，所以也不可能。我们以为最早的歌，如其是以九为标准的单位数，那单位必定是句——便是三章，章三句，全篇共九句。不但这样篇幅适中，可能性最大，并且就"歌"字的意义看，"九歌"也必须是每歌九句。"歌"的本音应与今语"啊"同，其意义最初也只是唱歌时每句中或句尾一声拖长的"啊……"（后世歌辞多以兮或猗、为、我、乎等字拟其音），故《尧典》曰"歌永言"，《乐记》曰"故歌之为言也，长言之也"。然则"九歌"即九"啊"。九歌是九声"啊"，而"啊"又必在句中或句尾，则九歌必然是九句了。《大风歌》三句共三用"兮"字，《史记·乐书》称之为"三侯之章"，兮侯音近，三侯犹言三兮。《五噫诗》五句，每句末于"兮"下复缀以"噫"，全诗共用五"噫"字，因名之曰"五噫"。九歌是九句，犹之三侯是三句，五噫是五句，都是可由其篇名推出的。

全篇九句即等于三章章三句。《皋陶谟》载有这样一首歌（下称《元首歌》）：

股肱喜哉！元首起哉！百工熙哉！
……
元首明哉！股肱良哉！庶事康哉！
……
元首丛脞哉！股肱惰哉！庶事隳哉！

唐立庵先生根据上文"箫韶九成"、"帝用作歌"二句，说它便是《九歌》。这是很重要的发现。不过他又说即《左传》文公七年郤缺引《夏书》"戒之用休，董之用威，劝之以九歌，勿使坏"之九歌，那却不然。因为上文已证明过，书传所谓九歌并不专指某一首歌，因之《夏书》"劝之以九歌"只等于说"劝之以歌"。并且《夏书》三句分指礼、刑、乐而言，三"之"字实谓在下的臣民，而《元首歌》则分明是为在上的人君和宰辅发的。实则《元首歌》是否即《夏书》所谓九歌，并不重要，反正它是一首典型的《九歌》体的歌（因为是九句），所以尽可称为《九歌》。

和《元首歌》格式相同的，在《国风》里有《麟之趾》、《甘棠》、《采葛》、《著》、《素冠》等五篇。这些以及古今任何同类格式的歌，实际上都可称为《九歌》。（就这意义说，《九歌》又相当于后世五律、七绝诸名词。）九歌既是表明一种标准体裁的公名，则神话中带猥亵性的启的九歌，和经典中教诲式的《元首歌》，以及《夏书》所称而郤缺所解为"九德之歌"的九歌，自然不妨都是九歌了。

神话的九歌，一方面是外形固守着僵化的古典格式，内容却在反动的方向发展成教诲式的"九德之歌"一类的九歌；一方面是外形几乎完全放弃了旧有的格局，内容则仍本着那原始的情欲冲动，经过文化的提炼作用，而升华为飘然欲仙的诗——那便是《楚辞》的《九歌》。

三、《东皇太一》、《礼魂》何以是迎送神曲

前人有疑《礼魂》为送神曲的，近人郑振铎、孙作云、丁山诸氏又先后一律主张《东皇太一》是迎神曲。他们都对，因为二章确乎是一迎一送的口气。除这内在的理由外，我们现在还可举出一般祭歌形式的沿革以为旁证。

迎神送神本是祭歌的传统形式，在《宋书·乐志》里已经讲得很详细了。再看唐代多数宗庙乐章及一部分文人作品，如王维《鱼山神女祠歌》等，则祭歌不但必须具有迎送神曲，而且有时只有迎送神曲。迎送的仪式在祭礼中的重要性于此可见了。本篇既是一种祭歌，就必须含有迎送神的歌曲在内，既有迎送神曲，当然是首尾

两章。这是常识的判断，但也不缺少历史的例证。以内容论，汉《郊祀歌》的首尾两章——《练时日》与《赤蛟》相当于《九歌》的《东皇太一》与《礼魂》(参看原歌便知)。谢庄又仿《练时日》与《赤蛟》作宋《明堂歌》的首尾二章(《宋书·乐志》:"迎送神歌，依汉《郊祀》三言四句一转韵。")，而直题作《迎神歌》、《送神歌》。由《明堂歌》上推《九歌》,《东皇太一》、《礼魂》是迎送神曲，是不成问题的。

或疑《九歌》中间九章也带有迎送意味，甚至明出迎送字样的(《湘夫人》"九嶷缤兮并迎",《河伯》"送美人兮南浦")，怎见九章不也有迎送作用呢？答：九章中的迎送是歌中人物自相迎送，或对假想的对象迎送，与二章为致祭者对神的迎送迥乎不同。换言之，前者是粉墨登场式的表演迎送的故事，后者是实质的迎送的祭典。前人混为一谈，所以纠缠不清。

除去首尾两章迎送神曲，中间所余九章大概即《楚辞》所谓《九歌》。《九歌》本不因章数而得名，已详上文。但因文化的演进，文体的篇幅是不能没有扩充的。上古九句的《九歌》，到现在——战国，涨大到九章的《九歌》，乃是必然的趋势。

四、被迎送的神只有东皇太一

《东皇太一》既是迎神曲，而歌辞只曰"穆将愉兮上皇"(上皇即东皇太一)，那么辞中所迎的，除东皇太一外，似乎不能再有别的神了。《礼魂》是作为《东皇太一》的配偶篇的送神曲，这里所送的，理论也不应超出先前所迎的之外。其实东皇太一是上帝，祭东皇太一即郊祀上帝。只有上帝才够得上受主祭者楚王的专诚迎送。其他九神论地位都在王之下，所以典礼中只为他们设享，而无迎送之礼。这样看来，在理论原则上，被迎送的又非只限于东皇太一不可。对于九神，既无迎送之礼，难怪用以宣达礼意的迎送神的歌辞中，绝未提及九神。

但请注意：我们只说迎送的歌辞，和迎送的仪式所指的对象，不包括那东皇太一以外的九神。实际上九神仍不妨和东皇太一同出同进，而参与了被迎送的经验，甚至可以说，被"饶"给一点那样的荣耀。换言之，我们讲九神未被迎送，是名分上的未被迎送，不是事实的。谈到礼仪问题，当然再没有比名分观念更重要的了。超出名分以外的事实，在礼仪的精神下，直可认为不存在。因此，我们还是认为未被迎送，而祭礼是专为东皇太一设的。

五、九神的任务及其地位

祭礼既非为九神而设，那么他们到场是干什么的？汉《郊祀歌》已有答案："合好效欢虞太一……《九歌》毕奏斐然殊。"《郊祀歌》所谓"九歌"可能即《楚辞》十一章中之九章之歌（详下），九神便是这九章之歌中的主角，原来他们到场是为着"效欢"以"虞太一"的。这些神道——实际是神所"凭依"的巫——按照各自的身份，分班表演着程度不同的哀艳的，或悲壮的小故事，情形就和近世神庙中演戏差不多。不同的只是在当时，戏是由小神们做给大神瞧的，而参加祭礼的人们是沾了大神的光而得到看热闹的机会；现在则专门给小神当代理人的巫既变成了职业戏班，而因尸祭制度的废弃，大神只是一只"土木形骸"的偶像，并看不懂戏，于是群众便索性把他撇开，自己霸占了戏场而成为正式的观众了。

九神之出现于祭场上，一面固是对东皇太一"效欢"，一面也是以东皇太一的从属的资格来受享。效欢时是立于主人的地位替主人帮忙，受享时则立于客的地位作陪客。作陪凭着身份（二三等的神），帮忙仗着伎能（唱歌与表情）。九神中身份的尊卑既不等，伎能的高下也有差，所以他们的地位有的作陪的意味多于帮忙，有的帮忙的意味多于作陪。然而作陪也是一种帮忙，而帮忙也有吃喝（受享），所以二者又似可分而不可分。

六、二章与九章

因东皇太一与九神在祭礼中的地位不同，所以二章与九章在十一章中的地位也不同。在说明这两套歌辞不同的地位时，可以有宗教的和艺术的两种相反的看法。就宗教观点说，二章是作为祭歌主体的迎送神曲，九章即真正的《九歌》，只是祭歌中的插曲。插曲的作用是凑热闹，点缀场面，所以可多可少，甚至可有可无。反之，就艺术观点说，九章是十一章中真正的精华，二章则是传统形式上一头一尾的具文。《楚辞》的编者统称十一章为《九歌》，是根据艺术观点，以中间九章为本位的办法。《楚辞》是文艺作品的专集，编者当然只好采取这种观点。如果他是《郊祀志》的作者，而仍采用了这样的标题,那便犯了反客为主和舍己从人的严重错误,因为根据纯宗教的立场,十一章应改称"楚《郊祀歌》",或更详明点,"楚郊祀东皇太一《乐歌》",而《九歌》这称号是只应限于中间的九章插曲。或许有人要说,启享天神的乐称《九歌》,《楚辞》概称祀东皇太一的全部乐章为《九歌》,只是沿用历史的旧名,并没有什么重视《九歌》艺术性的立场在背后。但他忘记诸书谈到启奏《九歌》时不满的态度。不是还说启因此亡国吗?须知说启奏《九歌》以享天神,是骂他胡闹,不应借了祭天的手段来达其"康娱而自纵"(《离骚》)的目的,所以又说"章闻于天,天用弗式"(《墨子·非乐》篇引《武观》)。他们言外之意,祭天自有规规矩矩的音乐,那太富娱乐性的《九歌》是不容搀进祭礼来以亵渎神明的。他们反对启,实即反对《九歌》;反对《九歌》的娱乐性,实即承认了它的艺术性。在认识《九歌》的艺术性这一点上,他们与《楚辞》的编者没有什么不同;不过在运用这认识的实践行为上,他们是凭那一点来攻击启,《楚辞》的编者是凭那一点来欣赏文艺而已。

七、九章的再分类

不但十一章中,二章与九章各为一题,若再细分下去,九章中,前八章与后一章(《国殇》)又当分为一类,八篇所代表的日、云、星(指司命,详后)、山、川一类的自然神(《史记·留侯世家》"学者多言无鬼神,然言有物",物即自然神),依传统见解,仿佛应当是天神最贴身的一群侍从。这完全是近代人的想法。在宗教史上，因野蛮人对自然现象的不了解与畏惧，倒是自然神的崇拜发生得最早。次之是人鬼的崇拜，那是在封建型的国家制度下，随着英雄人物的出现而产生的一种宗教行为。最后，因封建领主的逐渐兼并，直至大一统的帝国政府行将出现，像东皇太一那样的一神教的上帝才应运而生。八章中尤其《湘君》《湘夫人》等章的猥亵性的内容（此其所以为淫祀），已充分暴露了这些神道的原始性和幼稚性。（**苏雪林女士提出的人神恋爱问题，正好说明八章宗教方面的历史背景，详后。**）反之，《国殇》却代表进一步的社会形态，与东皇太一的时代接近了。换言之，东君以下八神代表巫术降神的原始信仰，国殇与东皇太一则是进步了的正式宗教的神了。我们发觉国殇与东皇太一性质相近的种种征象，例如祭国殇是报功，祭东皇太一是报德，国殇在祀家的系统中当列为小祀，东皇太一列为大祀等等都是。这些征象都使国殇与东皇太一贴近，同时也使他去八神疏远。这就是我们将九章又分为八神与《国殇》二类的最雄辩的理由。甚至假如我们愿走极端，将全部十一章分为二章（《东皇太一》《礼魂》），一章（《国殇》），与八章三个平列的大类，似亦无不可，我们所以不那样做，是因为那太偏于原始论的看法。在历史上，东皇太一、国殇，与八神虽发生于三个不同的文化阶段，而各有其特殊的属性，但那究竟是历史。在《九歌》的时代，国殇恐怕已被降级而与八神同列了。至少楚国制定乐章的有司，为凑足九章之歌的数目以合传统《九

《歌》之名，已决意将国殇排入八神的班列，而让他在郊祀东皇太一的典礼里，分担着陪祀意味较多的助祀的工作。（看歌辞八章与《国殇》皆转韵，属于同一型类，制定乐章者的意向益明。）他这安排也许有点牵强，但我们研究的是这篇《九歌》，我们的任务是了解制定者用意，不是修改他的用意。这是我们不能不只认八章与《国殇》为一大类中之两小类的另一理由。

为醒目起见，我们再将上述主要各点依一种新的组织制成下表。

						歌辞			
神道及其意义						内容的特征与情调		外形	
客体	东君、云中君、湘君、湘夫人、大司命、少司命、河伯、山鬼	自然神物	淫祀	助祀		九曲（九章）	用独白或对话的形式抒写悲欢离合的情绪	似风（恋歌）	哀艳	长短句	转韵
	国殇	鬼	小祀	陪祀	报功	叙述战争的壮烈，颂扬战争的英勇	似雅（挽歌）	悲壮	七字句	
主体	东皇太一	神	大祀	正祀	报德	迎神曲送神曲（二章）	铺叙祭礼的仪式和过程	似颂（祭歌）	肃穆	长短句	不转韵

有些意思，因行文的限制，上文来不及阐明的，大致已在表中补足了。

八、"赵代秦楚之讴"

《汉书·礼乐志》曰：

> 武帝定郊祀之礼，祠太一于甘泉……乃立乐府，采诗夜诵，有赵、代、秦、楚之讴。以李延年为协律都尉，多举司马相如等数十人造为诗赋，略论律吕，以合八音之调，作为十九章之歌。以正月上辛用事圜丘，使童男女七十人俱歌，昏祠至明。

"有赵、代、秦、楚之讴"对我们是一句至关重要的话，因为经我们的考察，九章之歌所代表诸神的地理分布，恰恰是赵、代、秦、楚。现在即依这国别的顺序，逐条分述如下：

1.《云中君》。罗膺中先生曾据"览冀州兮有余"及《史记·封禅书》"晋巫祠五帝东君、云中君，……"之语，说云中即云中郡之云中。这是一个重要的发现。云中是赵地（《史记·赵世家》："武灵王……欲从云中、九原直南袭秦。"），赵是三晋之一，正当古冀州城。

2.《东君》。依照以东方殷民族为中心的汉族本位思想，日神羲和是女性（《大荒南经》"有女子名曰羲和……帝俊之妻，生十日"，《七发》"归神日母"），但《九歌》的日神东君是男性（《九歌》诸神凡称君的皆男性），可能他是一位客籍的神。《史记·赵世家》索隐引谯周曰"余尝闻之，代俗以东西阴阳所出入，宗其神谓之王父母"，阴阳指日月（《大戴记·曾子天圆》篇"阳之精气曰神，阴之精气曰灵"），似乎以日为阳性的男神，本是代俗。据《封禅书》，东君也是晋巫所祠，代地本近晋，古本歌辞次第，《东君》在《云中君》前（今本错置，详拙著《楚辞校补》），是以二者相次为一组的。《史记·封禅书》及《索隐》引《归藏》亦皆东君、云中君连称。这种排列，大概是依农业社会观念，象征着两个对立的重要自然现象——晴与雨的。云中君在赵，东君的地望想必与他相近，不然是不会和他排在一起的。

3.《河伯》，《穆天子传》。"天子西征，骛行至于阳纡之山，河伯无（冯）夷之所都居"，据《尔雅·释地》与《淮南子·地形》篇，阳纡是秦的泽薮，可见河伯本是秦地的神，所以祭河为秦国的常祀。《史记·六国年表》"秦灵公八年，初以君主妻河"，《封禅书》"及秦并天下，令祠官所常奉天地名山大川鬼神……水曰河，祠临晋"是其证。《封禅书》又曰"昔秦文公出猎，获黑龙（按即水神玄冥），此其水德之瑞，于是秦更命河曰德水"，这是秦祀河的理论根据。

4.《国殇》。歌曰"带长剑兮挟秦弓"，罗先生据此疑国殇即《封禅书》所谓"南山巫祠南山秦中。秦中者二世皇帝"。我们以为说国殇是秦人所祀则可，以为即二世则不可。二世是赵高逼死在望夷宫中的，并非死于疆场。且若是二世，《九歌》岂不降为汉代的作品？但截至目前，我们尚无法证明《九歌》必非先秦楚国的乐章。

5. 6.《湘君》、《湘夫人》。这还是南楚湘水的神。即令如钱宾四先生所说,湘水即汉水,那还是在楚境。

7. 8.《大司命》、《少司命》。大司命见于金文《洹子(即田桓子)孟姜壶》,而《风俗通·祀典》篇也说"司命……齐地大尊重之",似乎司命本是齐地的神。但这时似乎已落籍在楚国了。歌中空桑、九坑皆楚地名可证。(《大招》"魂乎归徕,定空桑只"。九坑《文苑》作九冈,九冈山在今湖北松滋县,即昭公十一年《左传》"楚子……用隐太子于冈山"之冈山。)《封禅书》且明说"荆巫祠司命"。

9.《山鬼》。顾天成《九歌解》主张《山鬼》即巫山神女,也是《九歌》研究中的一大创获。详孙君作云《九歌·山鬼考》。我们也完全同意。然则山鬼也是楚神。

以上除2、4二项证据稍嫌薄弱,其余七项可算不成问题,何况以2.属代,以4.属秦,充其量只是缺证,并没有反证呢?"赵、代、秦、楚之讴"是汉武因郊祀太一而立的乐府中所诵习的歌曲,《九歌》也是楚祭东皇太一时所用的乐曲。而《九歌》中九章的地理分布,如上文所证,又恰好不出赵、代、秦、楚四国的范围,然则我们推测《九歌》中九章即《汉志》所谓"赵、代、秦、楚之讴",是不至离事实太远的。并且《郊祀歌》已有《九歌》毕奏斐然殊"之语,这"《九歌》"当亦即"赵、代、秦、楚之讴"。《礼乐志》称祭前在乐府中练习的为"赵、代、秦、楚之讴",《郊祀歌》称祭时正式演奏的为"《九歌》",其实只是一种东西。(《礼乐志》所以不称"《九歌》"而称"赵、代、秦、楚之讴",那是因为

"有赵、代、秦、楚之讴"一语是承上文"采诗夜诵"而言的。上文说"采诗",下文点明所采的地域,文意一贯。)由上言之,赵、代、秦、楚既恰合九章之歌的地理分布,而《郊祀歌》又明说出《九歌》的名字,然则所谓"赵、代、秦、楚之讴"即《九歌》,更觉可靠了。总之,今《楚辞》所载《九歌》中作为祀东皇太一乐章中的插曲的九章之歌,与夫汉《郊祀歌》所谓"合好效欢虞太一,……《九歌》毕奏斐然殊"的《九歌》,与夫《礼乐志》所谓因祠太一而创立的乐府中所"夜诵"的"赵、代、秦、楚之讴",都是一回事。

承认了九章之歌即"赵、代、秦、楚之讴",我们试细玩九章的内容,还可发现一个有趣的现象。九章之歌依地理分布,自北而南,可排列如下:

《东君》	代
《云中君》	赵
《河伯》(《国殇》)	秦
《大司命》、《少司命》、《山鬼》	楚
《湘君》、《湘夫人》	南楚

国殇是人鬼,我们曾经主张将他和那八位自然神分开。现在我们即依这见解,暂时撇开他,而单独玩索那代表自然神的八章歌辞。这里我们可以察觉,地域愈南,歌辞的气息愈灵活,愈放肆,

愈顽艳，直到那极南端的《湘君》《湘夫人》，例如后者的"捐余袂兮江中，遗余褋兮醴浦"二句，那猥亵的含意几乎令人不堪卒读了。以当时的文化状态而论，这种自北而南的气息的渐变，不是应有的现象吗？

九、楚《九歌》与汉《郊祀歌》的比较

虽然汉郊祀太一是沿用楚国的旧典，虽然汉祭礼中所用以娱神的《九歌》也就是楚人在同类情形下所用的《九歌》，但汉《郊祀歌》十九章与楚《九歌》十一章仍大有区别。汉歌十九章每章都是祭神的乐章，因为汉礼除太一外，还有许多次等的神受祭。但楚歌十一章中只首尾的《东皇太一》与《礼魂》（相当于汉歌首尾的《练时日》与《赤蛟》），是纯粹祭神的乐章。其余九章，正如上文所说，都只是娱神的乐章。楚礼除东皇太一外，是否也有纯粹陪祭的次等神如汉制一样，今不可知。至少今《九歌》中不包含祭这类次等神的乐章是事实。反之，楚歌将娱神的乐章（九章）与祭神的乐章（二章）并列而组为一套歌辞。汉歌则将娱神的乐章完全屏弃，而专录祭神的乐章。总之楚歌与汉歌相同的是首尾都分列着迎送神曲，不同的是中间一段，一方是九章娱神乐章，一方是十七章祭次等神的乐章。这个不同处尤可注意。汉歌中间与首尾全是祭神乐章（迎送神曲也是祭神乐章），他的内容本是一致的，依内容来命名，当然该题作"《郊祀歌》"。楚歌首尾是祭神，中间是娱神，内容既不统一，那么命名该以何者为准，便有选择的余地了。若以首

尾二章为准，自然当题作"楚《郊祀歌》"。现在他不如此命名，而题作"《九歌》"，可见他是以中间九章娱神乐章为准的。以汉歌与楚歌的命名相比较，益可证所谓《九歌》者是指十一章中间的九章而言的。

十、巫术与巫音

苏雪林女士以"人神恋爱"解释《九歌》的说法，在近代关于《九歌》的研究中，要算最重要的一个见解，因为她确实说明了八章中大多数的宗教背景。我们现在要补充的，是"人神恋爱"只是八章的宗教背景而已，而不是八章本身。换言之，八章歌曲是扮演"人神恋爱"的故事，不是实际的"人神恋爱"的宗教行为。而且这些故事之被扮演，恐怕主要的动机还是因为其中"恋爱"的成分，不是因为那"人神"的交涉，虽则"人神"的交涉确乎赋予了"恋爱"的故事以一股幽深、玄秘的气氛，使它更富于麻醉性。但须知道在领会这种气氛的经验中，那态度是审美的，诗意的，是一种 make believe，那与实际的宗教经验不同。《吕氏春秋·古乐》篇曰："楚之衰也，作为巫音。"八章诚然是典型的"巫音"，但"巫音"断乎不是"巫术"，因为在"巫音"中，人们所感兴趣的，毕竟是"音"的部分远胜于"巫"的部分。"人神恋爱"也许可以解释《山海经》所代表的神话的《九歌》，却不能字面的 literally 说明《楚辞》的《九歌》。严格地讲，二千年前《楚辞》时代的人们对《九歌》的态度，和我们今天的态度，并没有什么差别。同是欣赏艺术，所差的是，他们是在祭坛前观剧——一种雏形的歌舞剧，我们则只能从纸上欣赏剧中的歌词罢了。在深浅不同的程度中，古人和我们都能复习点原始宗教的心理经验，但在他们观剧时，恐怕和我们读诗时差不多，那点宗教经验是躲在意识的一个暗角里，甚至有时完全退出意识圈外了。

（原载《文艺春秋》第 5 卷第 2 期，1947 年 8 月）

合大學

第二篇 古诗之流
汉赋及其流变四讲

1937—1946

朱自清：辞赋

屈原是我国历史里永被纪念着的一个人。旧历五月五日端午节，相传便是他的忌日；他是投水死的，竞渡据说原来是表示救他的，粽子原来是祭他的。现在定五月五日为诗人节，也是为了纪念的缘故。他是个忠臣，而且是个缠绵悱恻的忠臣；他是个节士，而且是个浮游尘外、清白不污的节士。"举世皆浊我独清，众人皆醉我独醒"（《楚辞·渔父》），他的身世是一出悲剧。可是他永生在我们的敬意尤其是我们的同情里。"原"是他的号，"平"是他的名字。他是楚国的贵族，怀王时候，作"左徒"的官。左徒好像现在的秘书。他很有学问，熟悉历史和政治，口才又好。一方面参赞国事，一方面给怀王见客，办外交，头头是道。怀王很信任他。

当时楚国有亲秦、亲齐两派；屈原是亲齐派。秦国看见屈原得势，便派张仪买通了楚国的贵臣上官大夫、靳尚等，在怀王面前说他的坏话。怀王果然被他们所惑，将屈原放逐到汉北去。张仪便劝怀王和齐国绝交，说秦国答应割地六百里。楚和齐绝了交，张仪却说答应的是六里。怀王大怒，便举兵伐秦，不料大败而归。这时候想起屈原来了，将他召回，教他出使齐国。亲齐派暂时抬头。但是亲秦派不久又得势。怀王终于让秦国骗了去，拘留着，就死在那里。这件事是楚人最痛心的,屈原更不用说了。可是怀王的儿子顷襄王,却还是听亲秦派的话,将他二次放逐到江南去。他流浪了九年,秦国的侵略一天紧似一天;他不忍亲见亡国的惨象,又想以一死来感悟顷襄王,便自沉在汨罗江里。

《楚辞》中《离骚》和《九章》的各篇,都是他放逐时候所作。《离骚》尤其是千古流传的杰作。这一篇大概是二次被放时作的。他感念怀王的信任,却恨他糊涂,让一群小人蒙蔽着,播弄着。而顷襄王又不能觉悟;以致国土日削,国势日危。他自己呢,"信而见疑,忠而被谤"(《史记·屈原传》),简直走投无路;满腔委屈,千端万绪的,没人可以诉说。终于只能告诉自己的一支笔,《离骚》便是这样写成的。"离骚"是"别愁"或"遭忧"的意思(王逸《离骚经序》,班固《离骚赞序》)。他是个富于感情的人,那一腔遏抑不住的悲愤,随着他的笔奔迸出来,"东一句,西一句,天上一句,地下一句"(刘熙载《艺概》中《赋概》),只是一片一段的,没有篇章可言。这和人在疲倦或苦痛的时候,叫"妈呀"、"天哪"一样;心里乱极了,闷极了,叫叫透一口气,自然是顾不到什么组织的。

篇中陈说唐、虞、三代的治,桀、纣、羿、浇的乱,善恶因果,历历分明;用来讽刺当世,感悟君王。他又用了许多神话里的譬喻和动植物的譬喻,委曲的表达出他对于怀王的忠爱,对于贤人君子的向往,对于群小的深恶痛绝。他将怀王比作美人,他是"求之不得","辗转反侧";情辞凄切,缠绵不已。他又将贤臣比作香草。

"美人香草"从此便成为政治的譬喻,影响后来解诗、作诗的人很大。汉淮南王刘安作《离骚传》说:"《国风》好色而不淫,《小雅》怨诽而不乱,若《离骚》者,可谓兼之矣。"(《史记·屈原传》)"好色而不淫"似乎就指美人香草用作政治的譬喻而言;"怨诽而不乱"是怨而不怒的意思。虽然我们相信《国风》的男女之辞并非政治的譬喻,但断章取义,淮南王的话却是《离骚》的确切评语。

《九章》的各篇原是分立的,大约汉人才合在一起,给了"九章"的名字。这里面有些是屈原初次被放时作的,有些是二次被放时作的。差不多都是"上以讽谏,下以自慰"(王逸《楚辞章句序》);引史事,用譬喻,也和《离骚》一样。《离骚》里记着屈原的世系和生辰,这几篇里也记着他放逐的时期和地域;这些都可以算是他的自叙传。他还作了《九歌》、《天问》、《远游》、《招魂》等,却不能算自叙传,也"不皆是怨君"(《朱子语类》一四○);后世都说成怨君,便埋没了他的另一面的出世观了。他其实也是一"子",也是一家之学。这可以说是神仙家,出于巫。《离骚》里说到周游上下四方,驾车的动物,驱使的役夫,都是神话里的。《远游》更全是说的周游上下四方的乐处。这种游仙的境界,便是神仙家的理想。

《远游》开篇说,"悲时俗之迫厄兮,愿轻举而远游",篇中又说,"临不死之旧乡"。人间世太狭窄了,也太短促了,人是太不自由自在了。神仙家要无穷大的空间,所以要周行无碍;要无穷久的时间,所以要长生不老。他们要打破现实的、有限的世界,用幻想创出一个无限的世界来。在这无限的世界里，所有的都是神话里的人物；有些是美丽的，也有些是丑怪的。《九歌》里的神大都可爱；《招魂》里一半是上下四方的怪物，说得顶怕人的，可是一方面也奇诡可喜。因为注意空间的扩大，所以对于天地、山川、日月、星辰，在在都有兴味。《天问》里许多关于天文地理的疑问，便是这样来的。一面惊奇天地之广大，一面也惊奇人事之诡异——善恶因果，往往有不相应的；《天问》里许多关于历史的疑问，便从这里着眼。这却又是他的入世观了。

要达到游仙的境界，须要"虚静以恬愉"、"无为而自得"，还须导引养生的修炼功夫，这在《远游》里都说了。屈原受庄学的影响极大，这些都是庄学；周行无碍，长生不老，以及神话里的人物，也都是庄学。但庄学只到"我"与自然打成一片而止，并不想创造一个无限的世界；神仙家似乎比庄学更进了一步。神仙家也受阴阳家的影响；阴阳家原也讲天地广大，讲禽兽异物的。阴阳家是齐学。齐国滨海，多有怪诞的思想。屈原常常出使到那里，所以也沾了齐气。还有齐人好"隐"。"隐"是"遁词以隐意，谲譬以指事"（《文心雕龙·谐隐》篇)，是用一种滑稽的态度来讽谏。淳于髡可为代表。楚人也好"隐"。屈原是楚人，而他的思想又受齐国的影响，他爱用种种政治的譬喻，大约也不免沾点齐气。但是他不取滑稽的态度，他是用一副悲剧面孔说话的。《诗大序》所谓"谲谏"，所谓"言之者无罪，闻之者足以戒"，倒是合适的说明。至于像《招魂》里的铺张排比，也许是纵横家的风气。

《离骚》各篇多用"兮"字足句，句读以参差不齐为主。"兮"字足句，三百篇中已经不少；句读参差，也许是"南音"的发展。"南"本是南乐的名称；三百篇中的二《南》，本该与《风》、《雅》、《颂》分立为四。二《南》是楚诗，乐调虽已不能知道，但和《风》、《雅》、《颂》必有异处。从二《南》到《离骚》，现在只能看出句读由短而长、由齐而畸的一个趋势；这中间变迁的轨迹，我们还能找到一些，总之，决不是突如其来的。这句读的发展，大概多少有音乐的影响。从《汉书·王褒传》，可以知道《楚辞》的诵读是有特别的调子的（《汉书·王褒传》："宣帝时……征能为《楚辞》。九江被公召见诵读。"），这正是音乐的影响。屈原诸作奠定了这种体制，模拟的日见其多。就中最出色的是宋玉，他作了《九辩》。宋玉传说是屈原的弟子；《九辩》的题材和体制都模拟《离骚》和《九章》，算是代屈原说话，不过没有屈原那样激切罢了。宋玉自己可也加上一些新思想；他是第一个描写"悲秋"的人。还有个景差，据说是《大招》的作者；《大招》是模拟《招魂》的。

　　到了汉代，模拟《离骚》的更多，东方朔、王褒、刘向、王逸都走着宋玉的路。大概武帝时候最盛，以后就渐渐的差了。汉人称这种体制为"辞"，又称为"楚辞"。刘向将这些东西编辑起来，成为《楚辞》一书。东汉王逸给作注，并加进自己的拟作，叫作《楚辞章句》。北宋洪兴祖又作《楚辞补注》。《章句》和《补注》合为《楚辞》标准的注本。但汉人又称《离骚》等为"赋"。《史记·屈原传》说他"作《怀沙》之赋"；《怀沙》是《九章》之一，本无"赋"名。《传》尾又说:"宋玉、唐勒、景差之徒,皆好辞而以赋见称。"《汉书·艺文志·诗赋略》列"屈原赋二十五篇",就是《离骚》等。大概"辞"是后来的名字,专指屈、宋一类作品;赋虽从辞出,却是先起的名字,在未采用"辞"的名字以前,本包括"辞"而言。所以浑言称"赋",称"辞赋",分言称"辞"和"赋"。后世引述屈、宋诸家,只通称"楚辞",没有单称"辞"的。但却有称"骚"、"骚体"、"骚赋"的,这自然是《离骚》的影响。

荀子的《赋》篇最早称"赋"。篇中分咏"礼"、"知"、"云"、"蚕"、"箴"(针)五件事物,像是谜语;其中颇有讽世的话,可以说是"隐"的支流余裔。荀子久居齐国的稷下,又在楚国作过县令,死在那里。他的好"隐",也是自然的。《赋》篇总题分咏,自然和后来的赋不同,但是安排客主,问答成篇,却开了后来赋家的风气。荀赋和屈辞原来似乎各是各的;这两体的合一,也许是在贾谊手里。贾谊是荀卿的再传弟子,他的境遇却近于屈原,又久居屈原的故乡;很可能的,他模拟屈原的体制,却袭用了荀卿的"赋"的名字。这种赋日渐发展,屈原诸作也便被称为"赋";"辞"的名字许是后来因为拟作多了,才分化出来,作为此体的专称的。辞本是"辩解的言语"的意思,用来称屈、宋诸家所作,倒也并无不合之处。

《汉书·艺文志·诗赋略》分赋为四类。"杂赋"十二家是总集,可以不论。屈原以下二十家,是言情之作。陆贾以下二十一家,已佚,大概近于纵横家言。就中"陆贾赋三篇",在贾谊之先;

但作品既不可见，是他自题为赋，还是后人追题，不能知道，只好存疑了。荀卿以下二十五家，大概是叙物明理之作。这三类里，贾谊以后各家，多少免不了屈原的影响，但已渐有散文化的趋势；第一类中的司马相如便是创始的人。——托为屈原作的《卜居》、《渔父》，通篇散文化，只有几处用韵，似乎是《庄子》和荀赋的混合体制，又当别论。——散文化更容易铺张些。"赋"本是"铺"的意思，铺张倒是本来面目。叮是铺张的作用原在讽谏；这时候却为铺张而铺张，所谓"劝百而讽一"（《汉书·司马相如传赞》引扬雄语）。当时汉武帝好辞赋，作者极众，争相竞胜，所以致此。扬雄说，"诗人之赋丽以则，辞人之赋丽以淫"（《法言·吾子》篇）；"诗人之赋"便是前者，"辞人之赋"便是后者。甚至有诙谐嫚戏，毫无主旨的。难怪辞赋家会被人鄙视为倡优了。

东汉以来，班固作《两都赋》，"极众人之所眩曜，折以今之法度"（《两都赋序》）；张衡仿他作《二京赋》，晋左思又仿作《三都赋》。这种赋铺叙历史地理，近于后世的类书；是陆贾、荀卿两派的混合，是散文的更进一步。这和屈、贾言情之作，却迥不相同了。此后赋体渐渐缩短，字句却整炼起来。那时期一般诗文都趋向排偶化，赋先是领着走，后来是跟着走；作赋专重写景述情，务求精巧，不再用来讽谏。这种赋发展到齐、梁、唐初为极盛，称为"俳体"的赋。（"俳体"的名称，见元祝尧《古赋辨体》。）"俳"是游戏的意思，对讽谏而言；其实这种作品倒也并非滑稽嫚戏之作。唐代古文运动起来，宋代加以发挥光大，诗文不再重排偶而趋向散文化，赋体也变了。像欧阳修的《秋声赋》，苏轼的前、后《赤壁赋》，虽然有韵而全篇散行，排偶极少，比《卜居》、《渔父》更其散文的，这称为"文体"的赋。（"文体"的名称，见元祝尧《古赋辨体》。）唐、宋两代，以诗赋取士，规定程式。那种赋定为八韵，调平仄，讲对仗；制题新巧，限韵险难。这只是一种技艺罢了。这称为"律赋"。对"律赋"而言，"俳体"和"文体"的赋都是"古赋"；这"古赋"的名字和"古文"的名字差不多，真正"古"的如屈、宋的辞，汉人的赋，倒是不包括在内的。赋似乎是我国特有的体制；虽然有韵，而就它全部的发展看，却与文近些，不算是诗。

（原载朱自清：《经典常谈》，文光书店1946年版）

1904—1957

浦江清：汉赋的分期和代表性作家

汉赋一类是骚体，直接楚辞，如贾谊之赋，司马相如《大人赋》、《长门赋》等，内容也同于屈宋，包含牢骚、愁郁、出世、神仙之类；第二类介乎诗文之间，可以说是"文体的赋"，如《子虚》、《上林》、《东都》、《西都》之类，描写田猎、苑囿、帝都的，从《招魂》的侈陈声色玩好化来。《七发》为其枢纽。此类真是贵族的文学。

从巫的文学到士大夫文学（屈宋），到文人的朝廷供奉文学（枚皋、司马相如），到学者的夸博学的文学（班固、张衡、左思），这就是从楚辞到汉赋发展的脉络。

一、汉赋的分期

前期。武帝前后之辞赋作家，为创始的，此时代之作家有贾谊、严忌、枚乘、司马相如、淮南王安、淮南群臣、吾丘寿王、倪宽、枚皋、严助、朱买臣等，均有赋见《汉书·艺文志》。

其中推贾谊、枚乘、司马相如为重要。贾谊为文学博士，年最少，为人所忌，迁长沙王太傅，渡湘水吊屈原。《吊屈原赋》、《鹏鸟赋》、《情誓》皆骚体骚赋，为楚辞之继作者。枚乘（字叔），初为吴王濞郎中，后为梁孝王客，遂入辞赋之环境中，其人天才极高，《七发》是一大创作，结构上奇特，远承《招魂》，近开文体之赋。司马相如等皆受其影响。"七"成一体，亦犹"九"成一体，《七激》、《七兴》、《七依》、《七说》、《七蠲》、《七举》、《七广》、《七辩》等，唯陈思王《七启》、张景阳《七命》在《文选》中。司马相如（长卿），蜀郡成都人也，景帝时为武骑常侍，景帝不好辞赋，遂从梁孝王去，与枚乘、邹阳、严忌竞为辞赋。武帝读《子虚赋》而善之，相如乃因狗监杨得意而进，文人无行，开供奉文学之先泽。《子虚赋》、《上林赋》迎合君王游猎之美，所谓"讽一而劝百"。《大人赋》迎合武帝好神仙。《长门赋》仰承陈皇后旨意而作。

后期。从西汉末到东汉末。此时期辞赋作家均为模拟者。创造性弱，模仿性强，虽然亦有杰出人才。扬雄（子云）一生模仿他人。模仿《周易》作《太玄》，模仿《论语》作《法言》，模仿《尔雅》作《方言》，模仿《离骚》作《反离骚》、《广骚》，模仿《九章》作《畔牢愁》。扬雄亦是成都人，尤喜模仿司马相如。司马相如有《凡将篇》，扬雄有《训纂篇》；司马相如有《子虚》、《上林》，扬雄有《羽猎》、《长杨》；司马相如有《封禅文》，扬雄有《剧秦美新》。其《解嘲》、《解难》仿东方朔《答客难》。他自以为作赋不难，能读千赋则能为之。其著作推《甘泉赋》尚不依傍，连珠修辞是其创作。（章实斋云源于韩非之《储说》。）唯其晚年悔作辞赋，以为赋"劝而不止"，不能收讽喻之功。

到东汉，辞赋家还有冯衍（敬通）、班固（孟坚）、张衡（平子）、傅毅（武仲）、李尤（伯仁）、崔骃、赵壹（元叔）等。班固之大事业为《汉书》，仿《史记》而开断代为史之例。班固之《幽通赋》，冯衍之《显志赋》，张衡之《思玄赋》远仿《离骚》、《九章》。班固之《两都赋》，张衡之《两京赋》、《南都赋》远仿《上林赋》、《子虚赋》。班固之《答宾戏》、崔骃之《达旨》、张衡之《应闲》、蔡邕之《释诲》皆远仿东方朔、近规扬雄之《解嘲》。傅毅有《七激》，李尤有《七叹》，赵壹作《刺世疾邪赋》仿《离骚》、《九章》。

赋盛行于汉代，是两汉四百年间主要的文学样式之一，是有一定价值的。但也应该看到，汉赋开供奉文学先河，是文过于情的文学，汩没周秦诸子之思想。其形式也助长了骈文的生成和发展。

汉赋的模仿者，不绝于史。左思《三都赋》以下无可取。魏晋六朝出抒情小赋，唐盛律赋。

二、代表性辞赋作家

（一）贾谊

贾谊（公元前200—前168年），洛阳人。博学的儒生。他的学问出于张苍（秦博士，谊从之受左氏）及河南守吴公。《汉书·贾谊传》曰："吴公闻其秀材，召置门下，甚幸爱。"吴公为李斯同乡，曾学于李斯。文帝初立，征吴公为廷尉。吴公荐贾谊，文帝以为博士，是年谊二十余。谊欲改正朔、易服色制度、定官名、兴礼乐。使列侯就国的议论，亦自谊发之。文帝欲以谊为公卿，为诸权势所嫉，因谪为长沙王太傅。谊渡湘水，作《吊屈原赋》，用楚辞体，吊屈原而悲己遇。

为长沙王太傅三年,有鹏鸟飞入谊舍,止于坐隅。鹏似鸮,不祥鸟也。谊既伤谪居,作《鹏鸟赋》以自广。此赋设为鹏鸟与主人问答之词。尽管贾谊究其学问是儒家,但以赋显示的是道家老庄思想的影响。赋曰:"其生兮若浮,其死兮若休。"很达观,与庄子"劳我以生……休我以死"类同。"真人恬漠兮,独与道息。释智遗形兮,超然自丧。寥廓忽荒兮,与道翱翔。"这即庄子《大宗师》篇关于真人的观念。"且夫天地为炉兮,造化为工;阴阳为炭兮,万物为铜。"此前一句亦取之庄子《大宗师》。从中可以看出,其人生观与宇宙观是一致的,亦是老庄的。足见老庄哲学思想支配中国文学的作用是很大的。

《吊屈原赋》、《鹏鸟赋》均牢骚抑郁,直接《离骚》、《九辩》一派。故司马迁将屈原、贾谊合为一传为《屈原贾生列传》,甚奇。两赋均载于《史记》。

岁余,文帝征贾谊,见于宣室。上固感鬼神事,而问鬼神之本。遂拜贾谊为梁怀王太傅。梁怀王,文帝少子,好诗书者。居数年,怀王坠马死,谊自伤为傅无状,常哭泣,后岁余,亦死。年仅三十三岁,当在文帝十二年。

除赋外,贾谊有《过秦论》、《陈政事疏》等重要文章,尤以《过秦论》为著。谊为西汉文中名手。

(二)枚乘

枚乘(?—前140年),字叔,淮阴人。为吴王濞门下郎中。吴初怨约谋逆,枚乘上书谏吴王,弗听。去而之梁,为梁孝王刘武幕客。汉景帝用晁错削藩之策,吴王与六诸侯国谋反举兵,枚乘再上书谏吴王，王不听。汉既平七国叛乱，乘由是知名，景帝拜为弘农都尉。枚乘以病去官，复游梁，为辞赋。后梁孝王薨，归淮阴。武帝以安车蒲轮征之，道死。

《汉书·艺文志》有枚乘赋九篇，《七发》见《文选》，为汉赋代表作。发者，启发也。《文选》李善注曰："《七发》者，说七事以起发太子也，犹《楚辞·七谏》之流。"

《七发》文分七段。楚太子有疾，而吴客往问之，谓："太子之病，可无药石针刺灸疗而已，可以要言妙道说而去也，不欲闻之乎？"下陈七事：（1）声音，（2）美味，（3）良乘，（4）台观，（5）田猎，（6）观涛（广陵之曲江，有谓扬州，有谓钱塘，说至此，楚太子病已好八九），（7）"奏方术之士有资略者，若庄周、魏牟、杨朱、墨翟、便蜎、詹何之伦，使之论天下之精微，理万物之是非。孔、老览观，孟子持筹而算之，万不失一，此亦天下要言妙道也，太子岂欲闻之乎？"太子涩然汗出，霍然病已。

《七发》言王侯的娱乐最高境界为"要言妙道"，放弃声色之娱，犬马之乐。"要言妙道"的娱乐，在声色犬马之上，是在让王侯提倡学术耳。

《七发》文笔纵横跌宕，变韵文为散文，奇偶相生，绝不板滞，为其文艺手腕之成功者。此后鲍明远得之，李白得之，江淹则柔媚矣。

作《七发》由《招魂》脱胎而出，开汉赋之法门，下开《子虚》《上林》。"七"后成为特别的体例。如曹植作《七启》，傅毅作《七激》，张衡作《七辩》，崔骃作《七依》均好。

《七启》,《文选》有,内言玄微子隐居大荒之庭,镜机子闻而往说焉。言美室、美味,玄微子不为动。镜机子又劝之出仕,做功业。玄微子动乃下山。盖写其自己欲出而立功业耳。

(三)司马相如

司马相如(约公元前179—前118年),字长卿,蜀郡成都人。小时名犬子,慕蔺相如为人,更名相如。以赀为郎,事景帝为武骑常侍。景帝不好辞赋,是时梁孝王来朝,从游说之士齐人邹阳、淮阴枚乘、吴严忌夫子之徒,相如见而说之。因病免,客游梁,相如得与诸生、游士居数年,乃著《子虚》之赋。

梁孝王薨,相如归而家贫,依临邛令王吉。相如善鼓琴,其人游侠文艺之才子。以琴挑卓王孙女,文君夜奔相如。返成都家徒四壁立,复至临邛,设酒肆,文君当垆,卓王孙厌之,与钱百万。相如卓文君事为千古艳闻。

蜀人杨得意为狗监,进相如,武帝召见,相如谓《子虚赋》言诸侯之事,不足观,为天子作田猎之赋,成《上林赋》。《子虚赋》不能单独存在,有头无尾,必续为《上林》时修改,增入亡是公一个人物,令《子虚》不能单立,两篇相合成为一篇。

此篇设楚人子虚先生与乌有先生、亡是公三人问对之词。子虚,虚言也,为楚称(述云梦之事)。乌有先生者,乌有此事也,为齐难(难子虚之奢言淫乐为伤义)。亡是公者,亡是人也。欲明天子之义,故虚借此三人为辞。楚使子虚使于齐,楚王请其观齐之田猎,回来后与乌有先生、亡是公谈话。子虚说猎禽兽不多,但很乐,因观猎时与齐王谈话,言及楚之田猎的规模:"楚有七泽,尝见其一,未睹其余也。臣之所见,特其小小者耳,名曰云梦。"齐王无以应,而乌有先生则夸其有大海,"吞若云梦者八九",亡是公听罢大笑曰:"楚则失矣,而齐亦未为得也。""且夫齐楚之事又乌足道乎!君未睹夫巨丽也,独不闻天子之上林乎?"于是乃盛赞上林有宫殿、马匹、服饰、饮食,其壮观的场面非齐楚所能比。

《上林赋》中描写,及夕阳西下,听乐工奏乐,快乐的一天过去了,"酒中乐酣,天子芒然而思,似若有亡,曰:'嗟乎,此太奢侈!朕以览听余闲,无事弃日,顺天道以杀伐,时休息于此,恐后世靡丽,遂往而不返,非所以为继嗣创业垂统也。'"于是乃撤酒罢猎,辟上林为农田,"发仓廪以救贫穷"。于是天子"游于六艺之囿,驰骛于仁义之途",从礼乐诗书中得到娱乐。其功德可比三皇五帝。否则"忘国家之政,贪雉兔之获,则仁者不由也"。对天子有所讽,系儒家思想之体现。

司马相如与董仲舒、贾谊等皆是礼乐提倡者,然汉赋过于靡丽。扬雄曰:"讽一而劝百。"盖指写田猎过于礼乐,及至东汉扬雄则不愿作赋了。

武帝好神仙,司马相如又献《大人赋》。此赋描写得道的人,是道家思想。《大人赋》与屈原《远游》大意相同,词句亦见抄袭之痕迹。《大人赋》序云:相如拜为孝文园令。见上好仙道……乃遂就《大人赋》。赋开头曰:"世有大人兮,在乎中州。宅弥万里兮,曾不足以少留。悲世俗之迫隘兮,揭轻举而远游。乘绛幡之素蜺兮,载云气而上浮。"屈原《远游》云:"悲时俗之迫厄兮,愿轻举而远游。质菲薄而无因兮,焉托乘而上浮。"何其似也。

武帝初宠陈皇后，后贬后于冷宫（长门宫），陈后闻相如赋时得进上览，以百金运动相如作赋，遂成《长门赋》，感悟武帝，陈后复得奉。顾炎武《日知录》辨之，谓陈后前卒，不及见相如之为武帝郎也。《长门赋》是骚体，以感情论，是四赋中最亲切有味的。

《西京杂记》言司马相如为《上林》、《子虚》赋，"意思萧散，不复与外事相关。控引天地，错综古今，忽然如睡，焕然而兴。几百日而后成"。又曰，或问相如以作赋，"相如曰：合綦组以成文，列锦绣而为质，一经一纬，一宫一商，此赋之迹也。赋家之心，包括宇宙，总览人物，斯乃得之于内，不可得而传"。

司马相如奉武帝命抚蜀地，先后写了散文《喻巴蜀檄》和《难蜀父老》。还作了《哀秦二世赋》。

司马相如病卒茂陵，武帝使人至其家，得遗文《封禅书》。

（四）枚皋、东方朔、朱买臣、严助

枚皋（少孺），本枚乘小妻之子，至长安上书百阕，自陈枚乘之子，武帝大喜，拜为郎。皋不通经术，好诙笑类俳倡，为赋颂好嫚戏。文思甚疾，为赋多于相如。凡可读者百二十篇，其尤嫚戏不可读者尚数十篇。

东方朔（曼倩），平原厌次人。滑稽善辩，说话诙谐，多讽刺。为官但不得重任。《汉书·艺文志》载其作品二十二篇，其《答客难》寓讽谏之意。

朱买臣（翁子），吴人。《汉书·艺文志》载朱买臣赋三篇。

严助，会稽吴人。《汉书·艺文志》载其赋三十五篇。

（五）扬雄

扬雄（公元前53—公元18年），字子云，蜀郡成都人。与相如同乡，齐名。少而好学，博览无所不见。为人简易佚荡，口吃不能剧谈，默而好深湛之思。能文，学问第一，人往往以酒奉他问字。读《离骚》悲屈原之志，作《反离骚》。自岷山投诸江流，以吊屈原，又仿《离骚》作一篇，命曰《广骚》，又仿《惜诵》以下至《怀沙》卷，名曰《畔牢愁》。成帝时，客有荐雄文似相如者，上方郊祀甘泉，雄作《甘泉赋》以讽。《甘泉赋》中连珠修辞是他独创的（陆机亦作连珠），赋名大噪。

成帝又欲以禽兽夸胡[①]人，发民入南山，西至褒斜，东至弘农，南驱汉中，捕熊、罴、虎、豹等，载以槛车，输长杨射熊馆，以网为周阹，纵禽兽其中，令胡人手搏之，自取其获，皇帝亲临观焉。雄上《长杨赋》，聊因笔墨之成文章，故借翰林以为主人，子墨为客卿以讽。

哀帝时，扬雄闭门草《太玄》。仿东方朔《答客难》作《解嘲》，表明他不趋炎附势，自甘淡泊，一心写作《太玄》。赋起始曰："哀帝时，丁、傅、董贤用事，诸附离之者，或起家至二千石。时雄方草《太玄》，有以自守，泊如也。或嘲雄以玄尚白，而雄解之，号曰《解嘲》。"自谓《太玄》五千言，"深者入黄泉，高者出苍天"、"高明之家，鬼瞰其室，攫挐者亡，默默者存"。姚鼐评此文曰："此

[①] 我国古时以"胡"、"蛮"、"夷"、"异族"、"外族"等来称呼少数民族，有其时代局限性。本书尊重作者表述，此类问题不一一指出，请读者审慎看待。——编者注

文前半以取爵位富贵为说，后半以有所建立于世成名为说。……末数句言人之取名，有建功于世者，有高隐者，有以放诞之行使人惊异，若司马长卿、东方朔，亦所以致名也。今进不能建功，退不能高隐，又不肯失于放诞之行，是不能与数子者并，惟著书以成名耳。"其《太玄》学《易》，又作《法言》，学《论语》。

晚年，扬雄感到赋"讽一而劝百"的无奈。《汉书·扬雄传》里说："雄以为赋者将以风也，必推类而言，极丽靡之辞，闳侈巨衍，竟于使人不能加也。既乃归之于正，然览者已过矣。往时武帝好神仙，相如上《大人赋》欲以风，帝反缥缥有凌云之志。由是言之，赋劝而不止，明矣。又颇似俳优淳于髡、优孟之徒，非法度所存、贤人君子诗赋之正也，于是辍不复为。"

当然，扬雄对赋的认识从早年"尝好辞赋"到晚年"辍不复为"是有一个过程的。他对赋也不是否定的，只是把赋分成"诗人之赋"和"辞人之赋"。在《法言·吾子》篇里，他说："诗人之赋丽以则，辞人之赋丽以淫。""丽"是共同的特性，"则"是合乎法度；"淫"是泛滥放荡。他以为屈原是诗人之赋的代表，而景差、唐勒、宋玉、枚乘及以后的赋家都归于辞人之赋的范围了。

扬雄对司马相如的赋很追崇。他在《答桓谭书》中曰："长卿赋不似从人间来，其神化所至耶？大谛能读千赋，则能为之。谚云：伏习象神，巧者不过习者之门。"他不讳言自己"每作赋，常拟之为式"。但他也批评司马相如"文丽用寡"、"华无根"。以雄比相如，相如以才胜，雄以学；相如创造，扬雄模拟。

《汉书·艺文志》称扬雄赋十二篇。又有《训纂》一篇、《仓颉训纂》一篇。雄通小学，多识奇字，又有《方言》传于世。

扬雄与刘歆友善。雄曰："余作赋，歆甚赞赏，不作赋，则失望。"

（六）班固

班固（32—92年），字孟坚，扶风安陵人。班彪长子，班超、班昭之兄，史家兼赋家，是一位学者。

班彪卒，固居乡里，续作《汉书》，有人"告固私改作国史者。有诏下郡，收固系京兆狱"。弟超诣阙上书，明其著述意，乃得召见。明帝除固为兰台令史。迁为郎，典校秘书。

自明帝永平中受诏为《汉书》，潜精积思二十余年，至章帝建初中始成。

时京师修缮宫室、城隍，而关中耆老犹望朝廷西顾，固感前世相如、寿王、东方之徒造构文辞，终以讽劝，乃上《两都赋》，盛称洛邑制度之美，以折西宾淫侈之论。《两都赋》托于西都宾及东都主人之辞，赋前有序，谓"赋者，古诗之流也"。以汉赋比之于《雅》、《颂》，"或以抒下情而通讽谕，或以宣上德而尽忠孝。雍容揄扬，著于后嗣，抑亦《雅》、《颂》之亚也"。其《两都赋》评议东都西都之优劣得失"极众人之所眩曜，折以今之法度"。《两都赋》前赋描写山川，肆陈物色，尽以辞胜，后赋称颂功德，宣布政化，盖以理胜。前赋文胜质，后赋质胜文也。《两都赋》真诗人之赋也。赋前有序，《东都赋》后有《明堂》、《辟雍》、《灵台》、《宝鼎》、《白雉》五首诗，三篇四言，两篇骚体七言。钟嵘列班固于下品，然《明堂》诸诗雍容和穆，极为典雅，《雅》、《颂》之余音也。

班固尚有《幽通赋》仿《离骚》,《典引》仿相如的《封禅书》,《答宾戏》仿东方朔的《答客难》。其《两都赋》仿相如的《子虚》、《上林》,而题目是帝都,比以田猎为内容更为宏伟阔大。班固是一位学者,他的作品把类于嘲戏、流于侈靡的赋提高了思想内容。《两都赋》为汉赋的最高峰,所以《昭明文选》选为第一。

(七)张衡

张衡(78—139年),字平子。南阳西鄂人。科学家、思想家,同时亦为赋家。祖父堪,蜀郡太守。衡少善属文,游于三辅,因入京师,观太学,通五经,贯六艺。从容淡静,不好交接。和帝永元中,举孝廉,不行,连辟公府,不就。时天下承平日久,自王侯以下,莫不逾侈;衡乃拟班固作《两京赋》,因以讽谏。精思附会,十年乃成。顺帝初再转复为太史令。

又作《应间》以见志。(《应间》设为客问,亦《答宾戏》之类。)尚有《归田赋》、《髑髅赋》等小赋,《四愁诗》等新诗,给予后人影响颇大。

又有《思玄赋》,亦沿《离骚》、《远游》之传统,而畅庄老之旨者。

张衡转折于儒道之间,以清静自由为旨,开魏晋玄风。

在天文方面,他有浑天仪之发明,为一大学者。对于史学亦多议论,惜未为朝廷所重。

《两京赋》托于凭虚公子与安处先生之言。《西京》、《东京》写长安和洛阳,又有《南都赋》写南阳。

（八）冯衍、傅毅、李尤、崔骃、王逸、赵壹、蔡邕

冯衍（敬通），京兆杜陵人，有《显志赋》。

傅毅（武仲），扶风茂陵人，作《七激》。

李尤（伯仁），广汉雒人，有《七叹》等。

崔骃（亭伯），涿郡安平人，仿扬雄《解嘲》作《达旨》。

王逸（叔师），南郡宜城人，作《九思》，有《楚辞章句》。王逸子工延寿作《鲁灵光殿赋》。

赵壹（元叔），汉阳西县人，作《刺世疾邪赋》。

蔡邕（伯喈），陈留圉人，作《释诲》。

两汉之辞赋，以陆贾（《汉志》列为赋之一派，其赋已佚）、贾谊开其端，远沿屈原、宋玉、荀卿之绪，终于东汉之末，未尝间断，为辞赋独盛之时期。

总结起来，有以下几点：

①辞赋为楚辞直接的传统，但屈宋之辞赋为贤人失志，发抒牢愁，且以谏君之作。汉代赋家，贾谊最近屈宋，枚乘、司马相如之赋"合綦组以成文，列锦绣而为质，一经一纬，一宫一商，此赋之迹也"（《西京杂记》引司马相如语），重在辞藻华美，并非重在"言志"。故刘勰《文心雕龙》分《辨骚》、《诠赋》两篇，不混同立论。他说："赋也者，受命于诗人，拓宇于楚辞。"是从楚辞变出来的。他说："赋者，铺也，铺采摛文，体物写志也。"汉赋可以用"铺采摛文，体物写志"为概括。

②汉赋的内容配合汉代帝王贵族奢靡的生活，如帝都，如苑囿的描写，写实而夸大。

③作大赋很费功夫，文人学者借以立名。往往有费力十年者。自汉至唐，文人最矜视的为赋篇。且大的文人以作都城赋为伟大作品去追求，成为支配文坛数百年的思想，从汉代以至西晋的左思。

④文人献赋，在表现他的文才以外，也含有讽谏之意，此则司马相如、扬雄、班固、张衡所同。班固谓雅颂之流亚。此自周代献诗之风泯亡以后，至汉代遂为献赋。直至杜甫尚献三大礼赋于玄宗。赋为朝廷文学。

⑤为朝廷文学以外，别有《幽通》、《显志》、《思玄》等赋为个人抒情之赋。也有《归田》、《髑髅》等赋，此是屈原《离骚》、《九章》、《卜居》、《渔父》之遗，开南北朝小赋体裁。

⑥汉赋大都模拟成风。如有《子虚》、《上林》则有《长杨》、《羽猎》，有《两都》，则有《两京》，有《答客难》，则有《解嘲》、《答宾戏》、《应间》、《释诲》等。

⑦汉赋家是由纵横家转而为文人的，枚乘、司马相如可以代表。其后则赋家兼为学者，如扬雄、班固、张衡。

⑧两汉文士靠荐举，赋为表现文才、进则颂美讽谏、退则明志遣愁之绝佳体裁。

⑨读汉代赋可以领略到，当时地志方志很成熟，中国历史地理很发达，辞赋家写赋力求地理方位准确。如张衡作《两京赋》历时十年之久。

（原载浦江清著，浦汉明、彭书麟整理：《中国文学史稿·先秦两汉卷》，北京出版社2018年版）

1911—1967

李嘉言：有关扬雄

扬雄《甘泉赋》铺叙夸张，写帝郊祀及上帝之居犹如神仙之境。篇末且云，"天阃决兮地垠开，八荒协兮万国谐"，"于胥德兮丽万世"，"辉光眩耀隆厥福兮，子子孙孙长无极兮"。主要是歌颂皇帝、阿谀皇帝，甚少讽谏之意。其体裁形式虽取法于屈原、相如，但也只是袭用屈赋的形式而已，并未汲取屈赋的内容精神。

《羽猎赋》讽谏之意较多而且明显，然亦敌不过其铺陈奢侈所起的作用。一边讽谏，一边陈述统治阶级之奢侈，如果结合得好，后者本可以起揭露的作用。但在汉赋，一般却达不到这个目的。这就说明了其思想倾向性究竟何在。作者的思想倾向性总是决定其作品的效果及创作方法的。司马相如赋主要也是对于帝王进行阿谀，但他也反映了当时祖国繁荣富强的面貌。而对于扬雄，却不能说他反映了祖国繁盛的面貌。因为他的时代已不是武帝的时代了。他的铺陈夸张只是为了阿谀帝王。

如此说来，扬雄是不是就一无可取呢？也不尽然。例如《长杨赋》。

《长杨赋》一开始在序里就明言射猎使"农民不得收敛"，因作赋以风。继即借子墨客卿与翰林主人之对话，展开一场政治的论辩。客卿以猎长杨"颇扰于农人"、"岂为民乎"相问，主人则历述高祖文武勤俭治国，今朝亦"安不忘危"；猎长杨不过"简力狡兽，校武票禽"，有其军事和政治的意义，"岂徒欲淫览浮观……多麋鹿之获哉？"主人之言，表面上是颂扬，实际是以反话进行讽谏。很明显，这篇赋比上列诸赋风谏之意最为突出，思想性也较高。也正因为如此，所以这篇赋未再作盛大田猎之描写。

由上看来，上列诸赋虽同其《剧秦美新》文（见《昭明文选》及《百三名家集》）基本上都是阿谀皇帝的，但也必须看出其风谏之意逐渐增多的事实。子云屡从皇帝游猎，由其亲身体会，愈来愈感觉到皇帝这种举动的不当。其《逐贫赋》（见《百三名家集》），能以对比的方法，尖锐地揭露当时的阶级矛盾，更足以说明他尚有某种程度的进步思想：

人皆文绣，余褐不完；人皆稻粱，我独藜飧……身服百役，手足胼胝；或耘或耔，露体沾肌……饕餮之群，贪富苟得，……瑶台琼榭，室屋崇高；流酒为池，积肉为崤。

他既感觉到统治阶级奢侈享乐之可耻，而在当时"赋"这种文体，又是习惯于阿谀统治阶级的工具，于是他索性把赋这种形式抛弃不用了。《汉书》本传说他以为：

往时武帝好神仙，相如上《大人赋》欲以风，帝反缥缥有凌云之志。由是言之，赋劝而不止，明矣，又颇似俳优淳于髡、优孟之徒……于是辍不复为。

他的《法言·吾子》篇也说：

或问吾子少而好赋，曰然，童子雕虫篆刻。俄而曰：壮夫不为也……或问君子尚辞乎？曰君子事之为尚，事胜辞则伉，辞胜事则赋。

由此可见其对于赋的形式主义的厌弃，也可见其从文章内容到文章形式逐渐走向进步的经过。这就是他最可取之处。他虽然很佩服司马相如，但他自己的实践却证明了他已超过司马相如。这一点早在刘勰就已经看破了：

相如好书，师范屈宋；洞入夸艳，致名辞宗。然复取精意，理不胜辞。故扬子以为文丽用寡者长卿，诚哉是言也……子云属意，辞义（原作人，从范文澜校改）最深。观其涯度幽远，搜选诡丽，而竭才以钻思，故能理赡而辞坚矣。（《文心雕龙·才略》篇）

后世及今世不少人都说扬雄只会模拟，这是不加分析的说法。其《太玄》、《法言》确乎多有模拟，其辞赋就不尽如此。至少像清李兆洛说他那样"能以气合，不以形似"（《骈体文钞》）。何况他老而悔其少作，能毅然起来反对辞赋呢？茅盾说他"是比韩愈早了八百年揭起反对文学的骈俪化的旗帜的第一人"(《夜读偶记》)。其实司马迁早已就说相如赋是"虚词滥说"了。不过扬雄既也能反对虚词滥说的辞赋，单凭这一点，他也不是一笔可以否定得了的。

（原载《光明日报》副刊"文学遗产"第313期，
1960年5月15日）

1890—1969

陈寅恪：读《哀江南赋》

古今读《哀江南赋》者众矣，莫不为其所感，而所感之情，则有浅深之异焉。其所感较深者，其所通解亦必较多。兰成作赋，用古典以述今事。古事今情，虽不同物，若于异中求同，同中见异，融会异同，混合古今，别造一同异俱冥，今古合流之幻觉，斯实文章之绝诣，而作者之能事也。自来解释《哀江南赋》者，虽于古典极多诠说，时事亦有所征引。然关于子山作赋之直接动机及篇中结语特所致意之点，止限于诠说古典，举其词语之所从出，而于当日之实事，即子山所用之"今典"，似犹有未能引证者。故兹篇仅就此二事论证，其他则不并及云。

上

解释词句，征引故实，必有时代限断。然时代划分，于古典甚易，于"今典"则难。盖所谓"今典"者，即作者当日之时事也。故须考知此事发生必在作此文之前，始叮引之，以为解释。否则，虽似相合，而实不可能。此一难也。此事发生虽在作文以前，又须推得作者有闻见之可能。否则其时即已有此事，而作者无从取之以入其文。此二难也。质言之，解释《哀江南赋》之"今典"，先须考定此赋作成之年月。又须推得周陈通好，使命往来，南朝之文章，北使之言语，子山实有闻见之可能，因取之入文，以发其哀感。请依次论之。

《周书》四一《庾信传》、《哀江南赋·序》云："中兴道销，穷于甲戌。"

又云："天道周星，物极不反。"

《赋》云：

况复零落将尽，灵光岿然。日穷于纪，岁将复始。逼切危虑，端忧暮齿。践长乐之神皋，望宣平之贵里。

寅恪案，西魏之取江陵在梁元帝承圣三年甲戌，即西魏恭帝元年（554年）。岁星一周，为周武帝天和元年丙戌，即陈文帝天嘉七年（566年），是岁子山年五十三。（详倪璠《庾子山年谱》。倪氏虽有舛误遗漏之处，然与兹所论证无涉者，均不置辨。）虽或可云暮齿，然是年王褒未卒（见《周书》四一、《北史》八三《王褒传》），子山入关与石泉齐名，苟子渊健在，必不宜有"灵光岿然"之语，明矣。若岁星再周，则为周武帝宣政元年戊戌，即陈宣帝太建十年（578年）。是年子山已由洛州刺史，征还长安，为司宗中大夫，年已六十五岁，即符暮齿之语。且其时王褒已逝，灵光独存。任职司宗，身在长安，亦与践望长乐宣平等句尤合。又据其"日穷于纪，岁将复始"之语，则《哀江南赋》作成之时，其在周武帝宣政元年十二月乎？（是时周武帝已崩。宣帝即位，尚未改元。）

此赋作成之年月既考定，则时事之在此断限以前，论其性质，苟为子山所得闻见者，固可征引以解释此赋也。

自陈毛喜进陈、周和好之策，南北使命屡通。其事之见载于《陈书》、《周书》及《南史》、《北史》诸纪传者甚众，不须备引。兹仅录《陈书》二九《毛喜传》（《南史》六八《毛喜传》，《通鉴》一六八"陈文帝天嘉元年"条略同）一条，以见陈、周通好之缘起于下：

及江陵陷，喜及高宗俱迁关右。世祖即位，喜自周还，进和好之策。朝廷乃遣周弘正等通聘。及高宗反国，喜于郢州奉迎。又遣喜入关，以家属为请。周冢宰宇文护执喜手曰：能结二国之好者，卿也。仍迎柳皇后及后主还。天嘉三年至京师。

陈、周既通好，流寓之士各许还国。子山本欲南归，而陈朝又以子山为请。《周书》四一《庾信传》（《北史》八三《文苑传·庾信传》同）云：

时陈氏与朝廷通好，南北流寓之士，各许还其旧国。陈氏乃请王褒及信等十数人。高祖惟放王克、殷不害等，信及褒并留而不遣。

《陈书》三二《孝行传·殷不害传》（《南史》七四《孝义传·殷

不害传》同）略云："与王褒、庾信俱入长安。……太建七年，自周还朝。"

倪鲁玉注《北史·庾信传》据此云："是陈氏请褒及信在太建七年，周武帝之建德四年也。"

寅恪案，《周书》五《高祖纪》上（《北史》十《周本纪》下，《通鉴》一六八"陈文帝天嘉二年六月"条同）云："（保定元年）六月乙酉，遣治御正殷不害等使于陈。"

此殷不害与《陈书·孝行传》及《南史·孝义传》之殷不害当是一人。考周武帝保定元年即陈文帝天嘉二年（561年）尚在周武帝建德四年即陈宣帝太建七年（575年）之前十四年。《周书》、《北史》本纪等所载之年月，虽显与《陈书》、《南史·殷不害传》不合，然殷不害之为周武帝所遣还，则无可疑也。

又王克事附见《南史》二三《王彧传》，不载其自周还陈始末及年月。唯《陈书》一九《沈炯传》（《南史》六九《沈炯传》略同）云："少日，便与王克等并获东归。绍泰二年至都，除司农卿。"

寅恪案，梁敬帝绍泰二年，即西魏恭帝三年（556年）。下距周武帝建德四年，更早十九年，则非在周武帝之世明矣。史传之文先后参错，虽不易确定，然可借是推知二十年间陈、周通好，沈炯、王克、殷不害之徒，先后许归旧国。唯子山与子渊数辈为周朝历世君主所不遣放，亦不仅武帝一人欲羁留之也。今史文虽有差异，然于此可不置论。所应注意者，即此二十年间流寓关中之南士，屡有东归之事，而子山则屡失此机缘。不但其思归失望，哀怨因以益甚。

其前后所以图归不成之经过，亦不觉形之言语，以著其愤慨。若非深悉其内容委曲者，《哀江南赋》哀怨之词，尚有不能通解者矣。

又子山图归旧国之心既切，则陈使之来，周使之返，苟蒙允许，必殷勤访询。南朝之消息，江左之文章，固可以因缘闻见也。《北史》八三《文苑传·王褒传》（《周书》四一《王褒传》略同）云：

> 初，褒与梁处士汝南周弘让相善。及让兄弘正自陈来聘，（武）帝许褒等通亲知音问，褒赠弘让诗并书焉（《周书》兼载弘让复书）。

史所谓"褒等"自指子山之流。今《庾子山集》四如《别周尚书弘正》，《送别周尚书弘正》二首，《重别周尚书》二首等诗，俱可据以证知也。

复次，当时使者往来，其应对言辞，皆有记录，以供返命后留呈参考。如后来赵宋时奉命辽金者，所著行程语录之比。今《宋书》四六，《南史》三二《张畅传》，《魏书》五三，《北史》三三《李孝伯传》，所载畅与孝伯彭城问答之语，即依据此类语录撰成者也。子山既在关中，位望通显，朝贵复多所交亲，此类使臣语录，其关切己身者，自必直接或间接得以闻见。然则当日使臣传布之江左篇章及其将命应对之语录，苟在《哀江南赋》作成以前者，固可据之以为赋中词句之印证，实于事理无所不合也。

下

《陈书》一九《沈炯传》(《南史》六九《沈炯传》略同)略云:

少日,便与王克等并获东归。绍泰二年至都,除司农卿。……文帝又重其才用,欲宠贵之。会王琳入寇大雷,留异拥据东境。帝欲使炯因是立功,乃解中丞,加明威将军,遣还乡里,收合徒众。以疾卒于吴中,时年五十九。

《陈书》三《世祖纪》(《南史》九《陈本纪》上、《陈书》三五、《南史》八十《留异传》、《通鉴》一六七及一六八《陈纪》略同)云:

(陈武帝永定三年)十一月乙卯,王琳寇大雷。诏遣太尉侯瑱、司空侯安都、仪同徐度率众以御之。

(陈文帝天嘉二年十二月)先是,缙州刺史留异应于王琳等反。丙戌,诏司空侯安都率众讨之。

据此,沈初明卒年当在陈武帝永定三年,即周明帝武成元年(559年)。初明于梁敬帝绍泰二年即西魏恭帝三年(556年)由长安还建康。其南归仅四岁,即逝世也。检《艺文类聚》二七及七九俱载有初明所制《归魂赋》。其序云:"余自长安反,乃作《归魂赋》。"是知《归魂赋》作成之年必在绍泰二年(是年九月朔改元太平）梁尚未禅陈之时，即或稍后，亦不能逾永定三年之时限，则不待言也。（史言初明卒年五十九。据《归魂赋》云："嗟五十之逾年，忽流离于凶忒。"则其卒年似不止五十九也。兹以与此篇无关，故不考辨。）今观《归魂赋》，其体制结构固与《哀江南赋》相类，其内容次第亦少差异。至其词句如"而大盗之移国"，"斩蚩尤之旗"，"去莫敖之所缢"，"但望斗而观牛"等，则更符同矣。颇疑南北通使，江左文章本可以流传关右，何况初明失[①]喜南归之作，尤为子山思归北客所亟欲一观者耶？子山殆因缘机会，得见初明此赋。其作《哀江南赋》之直接动机，实在于是。注《哀江南赋》者，以《楚辞·招魂》之"魂兮归来哀江南"一语，以释其命名之旨，虽能举其遣词之所本，尚未尽其用意之相关。是知古典矣，犹未知"今典"也。故读子山之《哀江南赋》者，不可不并读初明之《归魂赋》。深惜前人未尝论及，遂表而出之，以为读《哀江南赋》者进一解焉。

又《周书》、《北史·庾信传》并云：

> 信虽位望通显，常有乡关之思。乃作《哀江南赋》，以致其意云。

是其赋末结语尤为其意旨所在。"岂知霸陵夜猎，犹是故时将

[①] 原文如此，疑有误。——编者注

军。咸阳布衣，非独思归王子"二句，非仅用李将军、楚王子之古典也，亦用当时之"今典"焉。倪注释将军句云："谓己犹是故左卫将军也。"是诚能知"今典"矣。而释王子句，乃泛以梁国子孙之客长安者为说，是犹未达一间也。检《北史》七十《杜杲传》（《周书》三九《杜杲传》略同）略云：

> 初，陈文帝弟安成王顼为质于梁，及江陵平，顼随例迁长安。陈人请之，周文帝许而未遣。至是，（武）帝欲归之，命杲使焉。陈文帝大悦，即遣使报聘，并赂黔中数州地，仍请画界分疆，永敦邻好。以杲奉使称旨，进授都督，行小御伯，更往分界。陈于是归鲁山郡。（武）帝乃拜顼柱国大将军，诏杲送之还国。陈文帝谓杲曰："家弟今蒙礼遣，实是周朝之惠。然不还鲁山，亦恐未能及此。"杲答曰："安成之在关中，乃咸阳一布衣耳。然是陈之介弟，其价岂止一城？"……建德初，授司城中大夫，仍使于陈。（陈）宣帝谓杲曰："长湖公军人等虽筑馆处之，然恐不能无北风之恋。王褒、庾信之徒既羁旅关中，亦当有南枝之思耳。"杲揣陈宣意，欲以元定军将士易王褒等，乃答之曰："长湖总戎失律，临难苟免，既不死节，安用此为？且犹牛之一毛，何能损益。本朝之议，初未及此。"陈宣帝乃止。

寅恪案，《哀江南赋》致意之点，实在于此。杜杲使陈语录，必为子山直接或间接所知见。若取此当时之"今典"，以解释"王子"之句,则尤深切有味,哀感动人。并可见子山作赋,非徒泛用古典,约略比拟。必更有实事实语,可资印证者在,惜后人之不能尽知耳。然则《哀江南赋》岂易读哉!

(原载《清华学报》第13卷第1期,1941年4月)

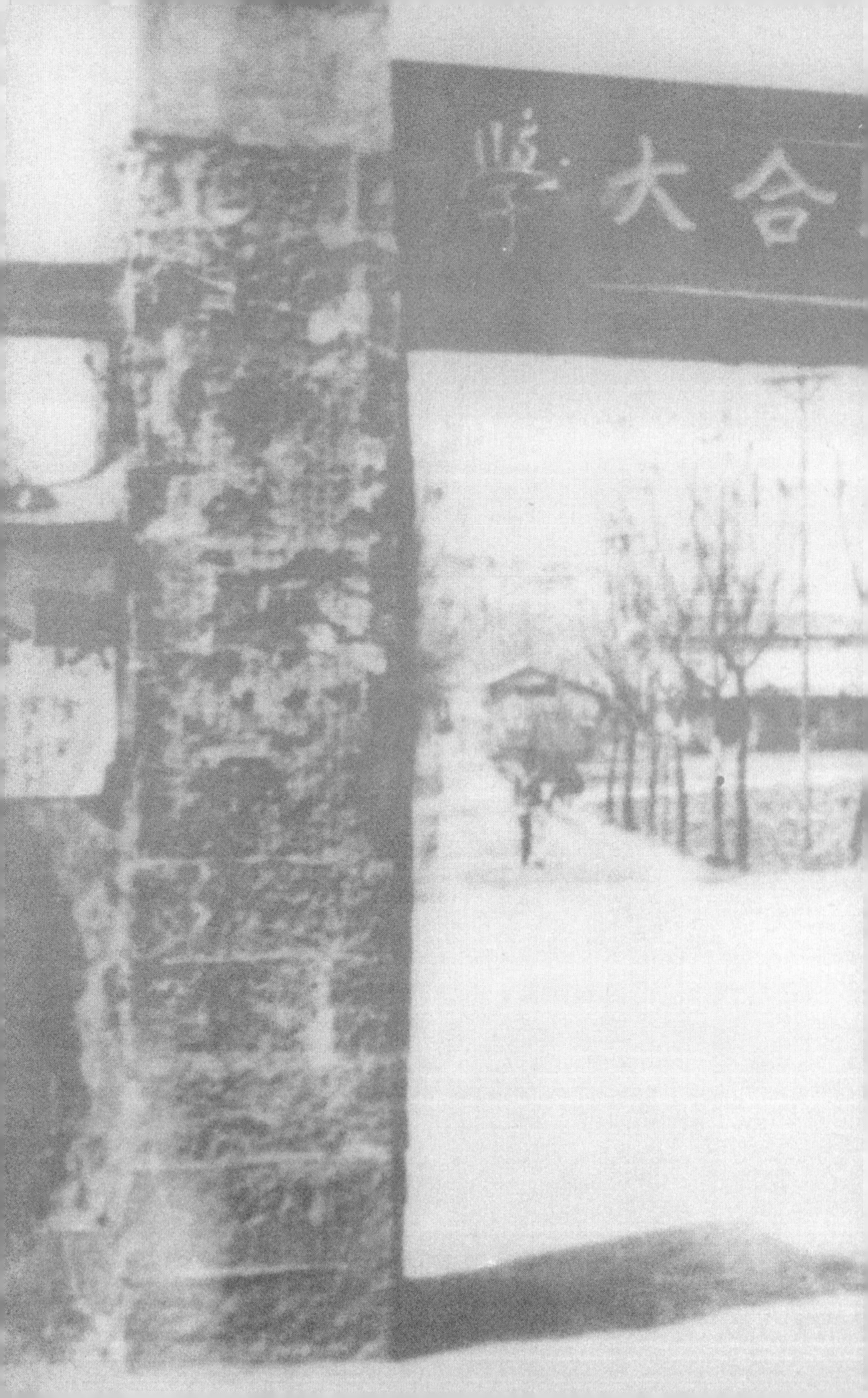
学大合

第三篇 八代雅韵
汉魏南北朝诗歌五讲

1937—1946

傅斯年：五言诗之起源

1896—1950

四言诗起源之踪迹可以追寻者甚微，因《诗经》以前没有关于韵文的记载遗留及我们，而四言到了西周晚年，体制已经很完整了。五言在这一节上的情形稍好些，因五言起在汉时，我们得见的记载多了。七言更后，所以他的起源更可以看得显明些。至于词和曲的起源，可以有很细密的研究，其中有些调儿也许是受外国乐及乐歌的影响，有些名字先已引人这么想的，如菩萨蛮，甘州乐之类；不过这一类的工作现还未开始。做这种研究也不容易。将来却一定有很多知识得到的（中国文学研究中许地山君《论中国歌剧与梵乐关系》一文，即示人此等问题所在，甚值得一看）。这本来是文学史上最重要的问题，只可惜现在研究词曲及他样韵文体裁的人没有注意到这些上。

我们于论五言诗起源之前，先辨明两种传说之不当。

一、论五言不起于枚乘

辨这些问题应以下列四书作参考，一《文心雕龙》，二《诗品》，三《文选》，四《玉台新咏》（《文章缘起》题任昉撰，然实后人书也，故不举例）。

《文心雕龙》云：

汉初四言，韦孟首唱，匡谏之义，继轨周人，孝武爱文，《柏梁》列韵（按：《柏梁》亦伪诗，亭林以来辩之详矣）。严、马之徒，属辞无方。至成帝品录三百余篇，朝章国采，亦云周备，而辞人遗翰，莫见五言。所以李陵、班婕妤见疑于后代也。

《诗品》云：

逮汉李陵，始著五言之目矣。古诗眇邈，人世难详，推其文体，固是炎汉之制，非衰周之倡也。自王、扬、枚、马之徒，辞赋竞爽，而吟咏靡闻。从李都尉迄班婕妤，将百年间。有妇人焉，一人而已。

《文选》尚无所谓枚乘诗，只有苏武李陵诗，《玉台新咏》所加之枚乘者，《文选》列入无名氏古诗中。《玉台新咏》除《结发为夫妇》一首与《文选》一样归之苏属国外，所谓李陵诗不见，所谓李陵诗在性质上固然不属《玉台新咏》一格。

比核上列的四说，显然可见五言诗起于枚乘之说实在作俑于徐陵或他同时的人。昭明太子于孝穆为前辈，尚不取此说。自《文心雕龙》明言，"至成帝品录三百余篇"，辞人"莫见五言"；枚为辞人（即赋家），是枚乘作五言一说，齐人刘彦和尚不闻不见（彦和实齐人，卒于梁代耳）。而钟君《诗品》又明明说枚与他人仅"辞赋竟爽而吟咏靡闻"。徐陵去枚时已七百年，断无七百年间不谈不闻的事，乃七百年后反而为人知道的（若以充分的材料作考证，乃另是一回事）。且直到齐梁尚无枚乘作诗之说，《文心雕龙》《诗品》可以为证，是此说不特于事实无当，又且是一个很后之说。这一说本不构成一个严重的问题，我们不必多辩了。

二、论五言诗不起于李陵

比上一说历史较长根据较多的，是李陵创五言之一说。这一说始于什么时代，我们也很难考，不过班孟坚作《汉书》，大家补成的时候，还没有这一说（可看《李陵传》）。建安黄初时代有没有这一说我们也没有记载可考，而齐梁间人对这还是将信将疑的。所以刘彦和说"李陵班婕妤见疑于后代"。

我们不信五言起于李陵一说有好几层理由。（一）《汉书》记载苏李事甚详，独无李陵制五言诗一说，在别处也无五言诗起源之记载。（二）自李陵至东汉中世，时将二百年，为人指为曾作五言者，只有苏武、李陵、班婕妤、傅毅数人，直到汉末然后一时大兴，如五言已始于李都尉，则建安以前，苏、李以后，不应那样零落。（三）现存五言乐府古诗无丝毫为西汉之痕迹，而"游戏宛与洛"为人指为枚乘作者，明明是东京（玉衡指孟冬一句，为人指为西汉之口实，其实此种指证，与法国海军官兵某以"日中星火"证《尧典》为真，同一荒唐）。（四）汉武昭宣时，楚调余声未沫，此种绝整齐之五言体恐未能成熟产生。（五）最有力之反证，即《汉书》实载李陵别苏武歌，仍是楚节，而非五言。（六）试取《文选》所指为苏李赠答诗者一看，皆是别妻之调，无一句与苏李情景合。如"俯视江汉流"明明不是塞北的话。

不过李都尉成了五言诗的创作者一个传说也有他由来的道理。鸣沙山石室发现文卷中就存巴黎之一部分而论，什七八为佛经及其他外国文籍，中国自著文籍不过什之一，而其中已有关于苏李故事者四五篇（记忆如此，不获据目录校之），可见李陵的故事在唐五代还是在民间很流行的。现在虽然这李陵的传说在民间已死了。而京调中的"杨老令公碰死在李陵碑"一切层次，尚且和李陵一生的关节相合，若杨四郎"在北国招了驸马"等等，又很像李陵，大约这个杨家故事，即是李家故事到了宋后改名换姓的（一种故事的这样变法甚常见）。李陵故事流传之长久及普遍，至今可以想见，而就这物事为题目的文学出产品，当然不少的（一个民间故事，即是一个民间文学出产品）。即如苏李往来书，敦煌石室出了好几首，其中有一个苏武是大骂李陵（已是故事的伦理化）。有一条骂他智不如孙权。这样的文章自然不是萧统及他的参订学士大夫所取的，所以《文选》里仅仅有"子卿足下勤宣令德……"一文。这篇文极多的人爱他，却只有几个人说他，也许是李陵作的。大约自汉以及六朝，民间传说李陵苏武的故事时，有些歌调，咏叙这事，如秦罗敷；有些话言，作为由他自己出，如秦嘉夫妇。汉末乐府属于相和清商等者，本来多这样，所以当时必有很多李陵的诗，苏武的诗，如平话中的"有诗为证"。《水浒传》中（原来也只是一种平话）宋江的题诗，《宣和遗事》的宋太宗诗，一个道理。如果这段故事敷衍得长了，也许吸收若干当时民间的歌调，而成一段一段的状态，所以无名氏的别妻诗成了苏武的别妻诗。这些诗靠这借用的故事流传，后来的学士们爱他，遂又从故事中抽出，而真个成了苏武的诗。此外很显出故事性质的苏李诗，因为文采不艳，只在民间流行，久而丧失。原来古代的文人学士本不了解民间故事及歌曲的性质，看见李陵故事里有作为李陵口气的五言诗，遂以为李陵作五言诗；但最初也只是将信将疑，后来传久了，然后增加了这一说的威权。

何以李陵故事这样流行，也有一层道理，即李陵的一生纵使不加文饰也是一段可泣可咏的事实。李氏本是陇西士族，当时士大夫之望，不幸李广那样"数奇"，以不愿对簿而自杀。李陵少年又为甚多人器许，武帝爱他，司马迁那样称赞他："事亲孝，与士信，……恭俭下人，常思奋不顾身，以赴国家之急。"在当时的士人看去，李陵比当时由佞幸倡优出身的大将，如卫青、霍去病、李广利，不可同年语的。偏偏遭际那样不巧，至于"陇西士大夫以李氏为愧"。而李降虏后，还是一个有声色有意气的人。有这样的情形，自然可以成一种故事的题目。苏属国是个完节的人，是个坚忍而无甚声采的人，拿他和李君衬起来，尤其使这故事有声色。天然造成的一个故事资料，所以便如此成就了。

东汉的故事现在只可于枝枝节节的遗文之中认识他的题目，如杞梁妻（《饮马长城窟行》属之）、秦罗敷（秋胡是其变说。秦嘉故事或亦是其中一节，将秦嘉为男子，遂为秦妇造徐淑之名）、李陵苏武、赵飞燕（班婕妤故事大约附在内）、王昭君等，多半有歌词传到现在。其中必有若干的好文学，可惜现在不见了。

三、论五言不起一人

然则五言是谁创的？曰，这个问题不应这样说法，某一人创造某一体一种话，都由于以前人不明白文体是一种有机体，自然生成，以渐生成，不是凭空创造的，然后说出。诚然，古来文人卖弄字句的体裁，如"连珠"，最近代印刷术大发达后的出版界中文体，如"自由诗"，都可由一个文人创造，但这样的事都是以不能通行于一般社会的体裁为限，都不能成文学上的一个大风气（即使有人凭空创了，到底不能缘势通行）。所有文学史上的大体裁，并不以中国为限，都是民众经过若干时期造成的，在散文尚且如此（中国近代之白话小说出于平话，《水浒》传奇等，尚经数百年在民众中之变迁而成今体，西洋之romance字义先带地方人民性，不待说，即novel，渊源上亦经若干世之演化，流变上亦经若干人之修改，然后成近体也），何况韵文，何况凭传于民间歌乐的诗？所以五言、七言、词等，其来都很渐，都是在历史上先露若干端绪，慢慢的一步一步出现，从没有忽然一下子出来，前无渊源，顿成大体的。果然有人问五言是何时何人创的，我们只好回答他，五言是汉朝的民间出产品，若干时代渐渐成就的出产品。

五言在汉时慢慢出来有痕迹可见吗？曰现在可见的西汉歌词中（可靠的书籍所记载，并可确知其为西汉者）。没有一篇完全五言的，只存下列三诗有一个向五言演化的趋势。

（一）《戚夫人歌》（见《汉书·外戚传》）

子为王，母为虏。终日舂薄暮，常与死为伍。相离三千里，当谁使告女。

（三、三、五、五、五、五）

（二）《李延年歌》（见《汉书·外戚传》）

北方有佳人，绝世而独立。一顾倾人城，再顾倾人国。宁不知倾城与倾国，佳人难再得！

（五、五、五、五、八、五）

（《玉台新咏》已将第五句改成五言，遂为一完全五言诗矣。）

（三）《杨恽歌》（见《汉书·杨恽传》）

田彼南山，芜秽不治。种一顷豆，落而为萁。人生行乐耳，须富贵何时？

（四、四、四、四、五、五）

这三篇都不是楚调。戚姬，定陶人；定陶属济阴郡，济阴地在战国末虽邻于楚之北疆，然楚文化当不及此。李延年，中山人。杨恽则明言"家本秦也，能为秦声；妇赵女也，雅善鼓瑟"。故他这歌非秦即赵。我们不能断定西汉时没有一篇整齐的五言诗（《困学纪闻》所引《虞姬歌》自不可据）。但若果多了，当不至于一首不遗留到现在，只见这三首有五言之趋向之诗。那么，五言在西汉只有含蓄在非楚调的杂言中，逐渐有就整齐成五言的趋向，纵使这一类之中偶然有全篇的五言，在当时人也不至于注意到，另为他标一格。大凡一种文体出来，必须时期成熟，《诗经》中虽有"子兮子兮"一流的话，《论语》中的"凤兮凤兮"一歌，也还近于《诗经》远于《楚辞》，直到《孟子》书中引的《沧浪之歌》，才像《楚辞》，所以《九辩》、《九章》的体裁，总不能是战国中期以前的物事，西汉时楚调盛行，高帝武帝都提倡他所以房中之乐（如《安世房中歌》），乃至《郊祀之歌》，都是盛行楚声的。赋又是楚声之扩张体，如果歌乐的权柄在司马相如、枚皋一班人手里（见《史记》、《汉书》数处），则含蓄在非楚调的杂言诗中之五言，没有发展的机会。一种普行的文体乃是时代环境之所形成，楚调不衰五言不盛。

四、我们宜注意下列几件事

（一）中国一切诗体皆从乐府出，词曲本是乐府，不必论；《诗三百》与《乐》之关系成说甚多，也不烦证明；只论辞赋，五言，七言，无不从乐府出来。《汉志》于辞赋略中标举"不歌而诵"谓之赋一句话，这话说司马相如是对的，说屈原是错的，举一事为证，屈赋每每有乱，《论语》"师挚之始，关雎之乱，洋洋乎盈耳哉"。有乱的文辞不是乐章是什么？赋体后来愈演愈铺张多，节奏少，乃至于不可歌罢了。七言从汉魏乐府中出来的痕迹更显明，五言则除见于东汉乐府者不待说外，所谓古诗，苏李诗，非相和之词，即清商之祖；后来到曹操所作，还都是乐府，子建的五言也大半是乐府。填词作诗不为歌唱，乃纯是后人的事，古世文人的范域与一般之差别不如后世之大，作诗而不歌，又为什么？所以杜工部还在那里"新诗改罢自长吟",近代人才按谱填词,毕竟不歌哩(词律之规平仄,辨清浊阴阳,皆为歌时之流畅而起,既不歌矣,而按谱填,真成雕虫之技,不复属于文章之事,无谓甚矣)。

(二)中国一切诗歌之原皆是长短句,词曲不必论,四言在《诗经》中始终未整齐,到了汉朝人做那时的"古体诗"(如韦孟等及自四言诗出之箴铭等等),才成整齐的四言,七言五言从杂言的汉乐府出之痕迹亦可见。

(三)从非楚调的杂言中出来了五言,必是当时的乐节上先有此趋势,然后歌调跟着同方向的走,这宗凭传于音乐的诗歌,情趣虽然属于文学,体裁都是依傍乐章,他难得先音乐而变。可惜汉代乐调一无可考,我们遂不能详看五言如何从杂言乐府出一个重要事实。

《楚辞》不续《诗经》之体及乐,《楚辞》在文情上也断然和《诗经》不同,五言不续《楚辞》之体及乐,五言在文情上也断然和《楚辞》不同。《国风》、《小雅》中的情感在东汉五言诗中重新出现了(应取《古诗十九首》,苏、李诗,五言《乐府》等与《国风》、《小雅》较)。

(原载傅斯年:《中国古代文学史讲义》,上海古籍出版社2012年版)

朱自清:《古诗十九首》释(节选)

一

行行重行行,与君生别离。(《楚辞》曰:"悲莫悲兮生别离。")

相去万余里,各在天一涯。(《广雅》曰:"涯,方也。")

道路阻且长,会面安可知。(《毛诗》曰:"溯洄从之,道阻且长。"薛综《西京赋注》曰:"安,焉也。")

胡马依北风,越鸟巢南枝。[《韩诗外传》曰:"诗云:'代马依北风,飞鸟栖故巢',皆不忘本之谓也。"《盐铁论·未通》篇:"故代马依北风,飞鸟翔故巢,莫不哀其生。"(徐中舒《古诗十九首考》)《吴越春秋》:"胡马依北风而立,越燕望海日而熙,同类相亲之意也。"(同上)]

相去日已远,衣带日已缓。(《古乐府歌》曰:"离家日趋远,衣带日趋缓。")

浮云蔽白日,游子不顾反。(浮云之蔽白日,以喻邪佞之毁忠良,故游子之行,不顾反也。《文子》曰:"日月欲明,浮云盖之。"陆贾《新语》曰:"邪臣之蔽贤,犹浮云之鄣日月。"《古杨柳行》曰:"谗邪害公正,浮云蔽白日。"义与此同也。郑玄《毛诗笺》曰:"顾,念也。")

思君令人老[《小雅》:"维忧用老。"(孙矿评《文选》语)],岁月忽已晚。

弃捐勿复道,努力加餐饭。[《史记·外戚世家》:"平阳主拊其(卫子夫)背曰:'行矣,强饭,勉之!'"蔡邕(?)《饮马长城窟行》:"长跪读素书,书中竟何如?上有'加餐饭',下有'长相忆'。"(补)]

诗中引用《诗经》、《楚辞》,可见作者是文人。"生别离"和"阻且长"是用成辞;前者暗示"悲莫悲兮"的意思,后者暗示"从之"不得的意思。借着引用的成辞的上下文,补充未申明的含意;读者若能知道所引用的全句以至全篇,便可从联想领会得这种含意。这样,诗句就增厚了力量。这所谓词短意长;以技巧而论,是很经济的。典故的效用便在此。"思君令人老"脱胎于"维忧用老",而稍加变化;知道《诗经》的句子的读者,就知道本诗这一句是暗示着相思的烦忧了。"冉冉孤生竹"一首里,也有这一语;歌谣的句子原可套用,《十九首》还不脱歌谣的风格,无怪其然。"相去"两句也是套用古乐府歌的句子,只换了几个词。"日已"就是"去者日以疏"一首里的"日以",和"日趋"都是"一天比一天"的意思;"离家"变为"相去",是因为诗中主人身份不同,下文再论。

"代马"、"飞鸟"两句,大概是汉代流行的歌谣,《韩诗外传》和《盐铁论》都引到这两个比喻,可见。到了《吴越春秋》,才改为散文，下句的题材并略略变化。这种题材的变化，一面是环境的影响，一面是文体的影响。越地滨海，所以变了下句；但越地不以马著，所以不变上句。东汉文体，受辞赋的影响，不但趋向骈偶，并且趋向工切。"海日"对"北风"，自然比"故巢"工切得多。本诗引用这一套比喻，因为韵的关系，又变用"南枝"对"北风"，却更见工切了。至于"代马"变为"胡马"，也许只是作诗人的趣味；歌谣原是常常修改的。但"胡马"两句的意旨，却还不外乎"不忘本"、"哀其生"、"同类相亲"三项。这些得等弄清楚诗中主人的身份再来说明。

"浮云蔽白日"也是个套句。照李善注所引证，说是"以喻邪佞之毁忠良"，大致是不错的。有些人因此以为本诗是逐臣之辞，诗中主人是在远的逐臣，"游子"便是逐臣自指。这样，全诗就都是思念君王的话了。全诗原是男女相思的口气；但他们可以相信，男女是比君臣的。男女比君臣，从屈原的《离骚》创始；后人这个信念，显然是以《离骚》为依据。不过屈原大概是神仙家。他以"求女"比思君，恐怕有他信仰的因缘；他所求的是神女，不是凡人。五言古诗从乐府演化而出；乐府里可并没有这种思想。乐府里的羁旅之作，大概只说思乡；十九首中"去者日以疏"、"明月何皎皎"两首，可以说是典型。这些都是实际的。"涉江采芙蓉"一首，虽受了《楚辞》的影响，但也还是实际的思念"同心"人，和《离骚》不一样。在乐府里，像本诗这种缠绵的口气，大概是居者思念行者之作。本诗主人大概是个"思妇"，如张玉谷《古诗赏析》所说；"游子"与次首"荡子行不归"的"荡子"同意。所谓诗中主人，可并不一定是作诗人；作诗人是尽可以虚拟各种人的口气，代他们立言的。

但是"浮云蔽白日"这个比喻，究竟该怎样解释呢？朱筠说："'不顾返'者，本是游子薄幸；不肯直言，却托诸浮云蔽日。言我思子而子不思归，定有谗人间之；不然，胡不返耶？"（《古诗十九首说》）张玉谷也说："浮云蔽日，喻有所惑，游不顾返，点出负心，略露怨意。"两家说法，似乎都以白日比游子，浮云比谗人；谗人惑游子是"浮云蔽白日"。就"浮云"两句而论，就全诗而论，这解释也可通。但是一个比喻往往有许多可能的意旨，特别是在诗里。我们解释比喻，不但要顾到当句当篇的文义和背景，还要顾到那比喻本身的背景，才能得着它的确切的意旨。见仁见智的说法，到底是不足为训的。"浮云蔽白日"这个比喻，李善注引了三证，都只是"谗邪害公正"一个意思。本诗与所引三证时代相去不远，该还用这个意思。不过也有两种可能：一是那游子也许在乡里被"谗邪"所"害"，远走高飞，不想回家。二也许是乡里中"谗邪害公正"，是非黑白不分明，所以游子不想回家。前者是专指，后者是泛指。我不说那游子是"忠良"或"贤臣"；因为乐府里这类诗的主人，大概都是乡里的凡民，没有朝廷的达官的缘故。

明白了本诗主人的身份，便可以回头吟味"胡马"、"越鸟"那一套比喻的意旨了。"不忘本"是希望游子不忘故乡。"哀其生"是哀念他的天涯漂泊。"同类相亲"是希望他亲爱家乡的亲戚故旧乃至思妇自己。在游子虽不想回乡，在思妇却还望他回乡。引用这一套彼此熟习的比喻，是说物尚有情，何况于人？是劝慰，也是愿望。用比喻替代抒叙，作诗人要的是暗示的力量；这里似是断处，实是连处。明白了诗中主人是思妇，也就明白诗中套用古乐府歌"离家"那两句时，为什么要将"离家"变为"相去"了。

"衣带日已缓"是衣带日渐宽松；朱筠说"与'思君令人瘦'一般用意"。这是就果显因，也是暗示的手法；带缓是果，人瘦是因。"岁月忽已晚"和"东城高且长"一首里"岁暮一何速"同意，指的是秋冬之际岁月无多的时候。"弃捐勿复道，努力加餐饭"两语，解者多误以为全说的诗中主人自己。但如前注所引，"强饭"、"加餐"明明是汉代通行的慰勉别人的话语，不当反用来说自己。张玉谷解这两句道，"不恨己之弃捐，惟愿彼之强饭"，最是分明。我们的语言，句子没有主词是常态，有时候很容易弄错；诗里更其如此。"弃捐"就是"见弃捐"，也就是"被弃捐"；施受的语气同一句式，也是我们语言的特别处。这"弃捐"在游子也许是无可奈何，非出本愿，在思妇却总是"弃捐"，并无分别；所以她含恨的说："反正我是被弃了，不必再提罢；你只保重自己好了！"

本诗有些复沓的句子。如既说"相去万余里"，又说"道路阻且长"，又说"相去日已远"，反复说一个意思；但颇有增变。"衣带日已缓"和"思君令人老"也同一例。这种回环复沓，是歌谣的生命；许多歌谣没有韵，专靠这种组织来建筑它们的体格，表现那强度的情感。只看现在流行的许多歌谣，或短或长，都从回环复沓里见出紧凑和单纯,便可知道。不但歌谣,民间故事的基本形式,也是如此。诗从歌谣演化,回环复沓的组织也是它的基本;三百篇和屈原的"辞",都可看出这种痕迹。《十九首》出于本是歌谣的乐府,复沓是自然的;不过技巧进步,增变来得多一些。到了后世,诗渐渐受了散文的影响,情形却就不一定这样了。

二

> 青青河畔草,郁郁园中柳。
> 盈盈楼上女,皎皎当窗牖。
> 娥娥红粉妆,纤纤出素手。
> 昔为倡家女,今为荡子妇。
> 荡子行不归,空床难独守。

这显然是思妇的诗;主人公便是那"荡子妇"。"青青河畔草,郁郁园中柳"是春光盛的时节,是那荡子妇楼上所见。荡子妇楼上开窗远望,望的是远人,是那"行不归"的"荡子"。她却只见远处一片草,近处一片柳。那草沿着河畔一直青青下去,似乎没有尽头——也许会一直青青到荡子的所在罢。传为蔡邕作的那首《饮马长城窟行》开端道,"青青河边草,绵绵思远道",正是这个意思。那茂盛的柳树也惹人想念远行不归的荡子。《三辅黄图》说:"灞桥在长安东,……汉人送客至此桥,折柳赠别。""柳"谐"留"音,折柳是留客的意思。汉人既有折柳赠别的风俗,这荡子妇见了"郁郁"起来的"园中柳"，想到当年分别时依依留恋的情景，也是自然而然的。再说，河畔的草青了，园中的柳茂盛了，正是行乐的时节，更是少年夫妇行乐的时节。可是"荡子行不归"，辜负了青春年少；及时而不能行乐，那是什么日子呢！况且草青、柳茂盛，也许不止一回了，年年这般等闲的度过春光，那又是什么日子呢！

"盈盈楼上女，皎皎当窗牖。娥娥红粉粧，纤纤出素手"描画那荡子妇的容态姿首。这是一个艳妆的少妇。"盈"通"嬴"。《广雅》："嬴，容也。"就是多仪态的意思。"皎"，《说文》："月之白也。"说妇人肤色白皙。吴淇《选诗定论》说这是"以窗之光明，女之丰采并而为一"，是不错的。这两句不但写人，还夹带叙事；上句登楼，下句开窗，都是为了远望。"娥"，《方言》："秦晋之间，美貌谓之娥。""粧"又作"妆"、"装"，饰也，指涂粉画眉而言。"纤纤女手，可以缝裳"，是《韩诗·葛屦》篇的句子（《毛诗》作"掺掺女手"）。《说文》："纤，细也。""掺，好手貌。""好手貌"就是"细"，而"细"说的是手指。《诗经》里原是叹惜女人的劳苦，这里"纤纤出素手"却只见凭窗的姿态——"素"也是白皙的意思。这两句专写窗前少妇的脸和手；脸和手是一个人最显著的部分。

"昔为倡家女，今为荡子妇"，叙出主人公的身份和身世。《说文》："倡，乐也。"就是歌舞伎。"荡子"就是"游子"，跟后世所谓"荡子"略有不同。《列子》里说："有人去乡土游于四方而不归者，世谓之为狂荡之人也。"可以为证。这两句诗有两层意思。一是昔既作了倡家女，今又作了荡子妇，真是命不由人。二是作倡家女热闹惯了，作荡子妇却只有冷清清的，今昔相形，更不禁身世之感。况且又是少年美貌，又是春光盛时。荡子只是游行不归，独守空床自然是"难"的。

有人以为诗中少妇"当窗"、"出手"，未免妖冶，未免卖弄，不是贞妇的行径。《诗经·伯兮》篇道："自伯之东，首如飞蓬；岂无膏沐，谁适为容。"贞妇所行如此。还有说"空床难独守"，也不免于野，不免于淫。总而言之，不免放滥无耻，不免失性情之正，有乖于温柔敦厚、怨而不怒的诗教。话虽如此，这些人却没胆量贬驳这首诗；他们只能曲解这首诗是比喻。这首诗实在看不出是比喻。《十九首》原没有脱离乐府的体裁。乐府多歌咏民间风俗，本诗便是一例。世间是有"昔为倡家女，今为荡子妇"的女人，她有她的身份，有她的想头，有她的行径。这些跟《伯兮》里的女人满不一样，但别恨离愁却一样。只要真能表达出来这种女人的别恨离愁，恰到好处，歌咏是值得的。本诗和《伯兮》篇的女主人公其实都说不到贞淫上去，两诗的作意只是怨。不过《伯兮》篇的怨浑含些，本诗的怨刻露些罢了。艳妆登楼是少年爱好，"空床难独守"是不甘岑寂，其实也都是人之常情；不过说"空床"也许显得亲热些。"昔为倡家女"的荡子妇，自然没有《伯兮》篇里那贵族的女子节制那样多。妖冶，野，是有点儿；卖弄，淫，放滥无耻，便未免是捕风捉影的苛论。王昌龄有一首《春闺》诗道："闺中少妇不知愁，春日凝妆上翠楼。忽见陌头杨柳色，悔教夫婿觅封侯。"正是从本诗变化而出。诗中少妇也是个荡子妇，不过没有说是倡家女罢了。这少妇也是"春日凝妆上翠楼"，历来论诗的人却没有贬驳她的。潘岳《悼亡》诗第二首有句道："展转眄枕席，长簟竟床空。床空委清尘，室虚来悲风。"这里说"枕席"，说"床空"，却赢得千秋的称赞。可见艳妆登楼跟"空床难独守"并不算卖弄，淫，放滥无耻。那样说的人只是凭了"昔为倡家女"一层，将后来关于"娼妓"的种种联想附会上去，想着那荡子妇必有种种坏念头坏打算在心里。那荡子妇会不会有那些坏想头，我们不得而知，但就诗论诗，却只说到"难独守"就戛然而止，还只是怨，怨而不至于怒。这并不违背温柔敦厚的诗教。至于将不相干的成见读进诗里去，那是最足以妨碍了解的。

　　陆机《拟古》诗差不多亦步亦趋，他拟这一首道："靡靡江离草，熠耀生河侧。皎皎彼姝女，阿那当轩织。粲粲妖容姿，灼灼美颜色。良人游不归，偏栖独只翼。空房来悲风，中夜起叹息。"又，曹植《七哀诗》道："明月照高楼，流光正徘徊。上有愁思妇，悲叹有余哀。借问叹者谁？言是客子妻。君行逾十年，贱妾常独栖。"这正是化用本篇语意。"客子"就是"荡子"，"独栖"就是"独守"。曹植所了解的本诗的主人公，也只是"高楼"上一个"愁思妇"而已。"倡家女"变为"彼姝女"，"当窗牖"变为"当轩织"，"粲粲妖容姿，灼灼美颜色"还保存原作的意思。"良人游不归"就是"荡子行不归"，末三语是别恨离愁。这首拟作除"偏栖独只翼"一句稍稍刻露外，大体上比原诗浑含些，概括些；但是原诗作意只是写别恨离愁而止，从此却分明可以看出。陆机去十九首的时代不远，他对于原诗的了解该是不至于有什么歪曲的。

评论这首诗的都称赞前六句连用叠字。顾炎武《日知录》说："诗用叠字最难。《卫风·硕人》'河水洋洋，北流活活。施罛濊濊，鳣鲔发发，葭菼揭揭。庶姜孽孽'连用六叠字，可谓复而不厌，赜而不乱矣。《古诗》'青青河畔草……纤纤出素手'，连用六叠字，亦极自然。下此即无人可继。"连用叠字容易显得单调，单调就重复可厌了。而连用的叠字也不容易处处确切，往往显得没有必要似的，这就乱了。因此说是最难。但是《硕人》篇跟本诗六句连用叠字，却有变化。——《古诗源》说本诗六叠字从"河水洋洋"章化出，也许是的。就本诗而论，青青是颜色兼生态，郁郁是生态。

这两组形容的叠字，跟下文的盈盈和娥娥，都带有动词性。例如开端两句，译作白话的调子，就得说，河畔的草青青了，园中的柳郁郁了，才合原诗的意思。盈盈是仪态，皎皎是人的丰采兼窗的光明，娥娥是粉黛的妆饰，纤纤是手指的形状。各组叠字，词性不一样，形容的对象不一样，对象的复杂度也不一样，就都显得确切不移；这就重复而不可厌，繁赜而不觉乱了。《硕人》篇连用叠字，也异曲同工。但这只是因难见巧，还不是连用叠字的真正理由。诗中连用叠字，只是求整齐，跟对偶有相似的作用。整齐也是一种回环复沓，可以增进情感的强度。本诗大体上是顺序直述下去，跟上一首不同，所以连用叠字来调剂那散文的结构。但是叠字究竟简单些；用两个不同的字，在声音和意义上往往要丰富些。而数句连用叠字见出整齐，也只在短的诗句像四言五言里如此；七言太长，字多，这种作用便不显了。就是四言五言，这样许多句连用叠字，也是可一而不可再。这一种手法的变化是有限度的；有人达到了限度，再用便没有意义了。只看古典的四言五言诗中只各见了一例，就是明证。所谓"下此即无人可继"，并非后人才力不及古人，只是叠字本身的发展有限，用不着再去"继"罢了。

本诗除连用叠字外，还用对偶，第一二句第七八句都是的。第七八句《初学记》引作"自云倡家女，嫁为荡子妇"。单文孤证，不足凭信。这里变偶句为散句，便减少了那回环复沓的情味。"自云"直贯后四句，全诗好像曲折些。但是这个"自云"凭空而来，跟上文全不衔接。再说"空床难独守"一语，作诗人代言已不免于野，若变成"自云"，那就太野了些。《初学记》的引文没有被采用，这些恐怕也都有关系的。

（原载《国文月刊》第 1 卷第 6、7 期，
1941 年 6 月、7 月）

1891—1962

胡适:《孔雀东南飞》的时代考

《孔雀东南飞》是什么时代的作品呢?

向来都认此诗为汉末的作品。《玉台新咏》把此诗列在繁钦、曹丕之间。近人丁福保把此诗收入《全汉诗》,谢无量作《中国大文学史》(第三编第八章第五节)也说是"大抵建安时人所为耳"。这都由于深信原序中"时人伤之,为诗云尔"一句话(我在本书初稿里,也把此诗列在汉代)。至近年始有人怀疑此说。梁启超先生说:

像《孔雀东南飞》和《木兰诗》一类的作品,都起于六朝,前此却无有。(见他的《印度与中国文化之亲属关系》讲演,引见陆侃如《孔雀东南飞考证》)

他疑心这一类的作品是受了《佛本行赞》一类的佛教文学的影响以后的作品。他说他对这问题,别有考证。他的考证虽然没有发表,我们却不妨先略讨论这个问题。陆侃如先生也信此说,他说:

假使没有宝云（《佛本行经》译者）与无谶（《佛所行赞》译者）的介绍，《孔雀东南飞》也许到现在还未出世呢，更不用说汉代了。（《孔雀东南飞考证》，《国学月报》第三期）

我对佛教文学在中国文学上发生的绝大影响，是充分承认的。但我不能信《孔雀东南飞》是受了《佛本行赞》一类的书的影响以后的作品。我以为《孔雀东南飞》之作是在佛教盛行于中国以前。

第一，《孔雀东南飞》全文没有一点佛教思想的影响的痕迹。这是很可注意的。凡一种外来的宗教的输入，他的几个基本教义的流行必定远在它的文学形式发生影响之前。这是我们可以用一切宗教史和文化史来证明的。即如眼前一百年中，轮船火车煤油电灯以至摩托车无线电都来了，然而文人阶级受西洋文学的影响却还是最近一二十年的事，至于民间的文学竟可说是至今还丝毫不曾受着西洋文学的影响。你去分析《狸猫换太子》、《济公活佛》等等俗戏，可寻得出一分一毫的西洋文学的影响吗？——《孔雀东南飞》写的是一件生离死别的大悲剧，如果真是作于佛教盛行以后，至少应该有"来生"，"轮回"，"往生"一类的希望。（如白居易《长恨歌》便有"在天愿为比翼鸟，在地愿为连理枝"，"但教心似金钿坚，天上人间会相见"的话，如元稹的《悼亡诗》便有"他生缘会更难期"，"也曾因梦送钱财"的话。）然而此诗写焦仲卿夫妇的离别只说：

> 卿当日胜贵，吾独向黄泉。
> ……
> 黄泉下相见，勿违今日言。
> ……
> 生人作死别，恨恨那可论！
> 念与世间辞，千万不复全。
> ……
> 我命绝今日，魂去尸长留。
> ……
> 府吏闻此事，心知长别离。

写焦仲卿别他的母亲，也只说：

> 儿今日冥冥，令母在后单。
> 故作不良计，勿复怨鬼神。

这都是中国旧宗教里的见解，完全没有佛教的痕迹。一千七八百字的悲剧的诗里丝毫没有佛教的影子，我们如何能说他的形式体裁是佛教文学的产儿呢？

第二，《佛本行赞》、《普曜经》等等长篇故事译出之后，并不曾发生多大的影响。梁启超先生说：

《佛本行赞》译成华文以后也是风靡一时，六朝名士几于人人共读。

这是毫无根据的话。这一类的故事诗，文字俚俗，辞意烦复，和"六朝名士"的文学风尚相去最远。六朝名士所能了解欣赏的，乃是道安、慧远、支遁、僧肇一流的玄理，决不能欣赏这种几万言的俗文长篇记事。《法华经》与《维摩诘经》一类的名译也不能不待至第六世纪以后方才风行。这都是由于思想习惯的不同，与文学风尚的不同，都是不可勉强的。所以我们综观六朝的文学，只看见惠休、宝月一班和尚的名士化，而不看见六朝名士的和尚化。所以梁、陆诸君重视《佛本行经》一类佛典的文学影响，是想象之谈，怕不足信罢？

　　　　　　※　　　※　　　※　　　※

陆侃如先生举出几条证据来证明《孔雀东南飞》是六朝作品。我们现在要讨论这些证据是否充分。

本篇末段有"合葬华山傍"的话，所以陆先生起了一个疑问，何以庐江的焦氏夫妇要葬到西岳华山呢？因此他便联想到乐府里《华山畿》二十五篇。《乐府诗集》引《古今乐录》云：

《华山畿》者，宋少帝时《懊恼》一曲，亦变曲也。少帝时，南徐一士子从华山畿往云阳。见客舍有女子，年十八九，悦之；无因，遂感心疾。母问其故，具以启母。母为至华山寻访，见女，具以闻；感之，因脱蔽膝，令母密置其席下，卧之当已。少日，果差。忽举席见蔽膝而抱持，遂吞食而死。气欲绝，谓母曰："葬时，车载从华山度。"母从其意。比至女门，牛不肯前，打拍不动。女曰："且待须臾！"妆点沐浴，既而出，歌曰：

华山畿！君既为侬死，独活为谁施！

欢若见怜时，棺木为侬开！

棺应声开，女遂入棺；家人叩打，无如之何。乃合葬，呼曰"神女冢"。

陆先生从这篇序里得着一个大胆的结论。他说：

这件哀怨的故事，在五六世纪时是很普遍的，故发生了二十五篇的民歌。华山畿的神女冢也许变成殉情者的葬地的公名，故《孔雀东南飞》的作者叙述仲卿夫妇合葬时，便用了一个眼前的典故，遂使千余年后的读者们索解无从。但这一点便明明白白的指示我们说，《孔雀东南飞》是作于《华山畿》以后的。

陆先生的结论是很可疑的。《孔雀东南飞》的夫妇，陆先生断定他们不会葬在西岳华山。难道南徐士子的棺材却可以从西岳华山经过吗？南徐州治在现今的丹徒县，云阳在现今的丹阳县。华山大概即是丹阳之南的花山，今属高淳县。云阳可以有华山，何以见得庐江不能有华山呢？两处的华山大概都是本地的小地名，与西岳华山全无关系，两华山彼此也可以完全没有关系。故根据《华山畿》的神话来证明《孔雀东南飞》的年代，怕不可能罢？

陆先生又指出本篇"新妇入青庐"的话，说，据段成式《酉阳杂俎》卷一，"青庐"是"北朝结婚时的特别名词"。但他所引《酉阳杂俎》一条所谓"礼异"，似指下文"夫家领百余人……挟车俱呼"以及"妇家亲宾妇女……以杖打婿为戏乐，至有大委顿者"的奇异风俗而言。"青布幔为屋，在门内外，谓之青庐"，不过如今日北方喜事人家的"搭棚"，没有什么特别之处。况且陆先生自己又引《北史》卷八说北齐幼主：

> 御马则借以毡罽，食物有十余种；将合北牝，则设青庐，具牢馔而亲观之。

这也不过如今人的搭棚看戏。这种布棚也叫作"青庐"，可见"青庐"未必是"北朝结婚时的特别名词"了。

陆先生又用"四角龙子幡"，说这是南朝的风尚，这是很不相干的证据，因为陆先生所举的材料都不能证实"龙子幡"为以前所无。况且"青庐"若是北朝异俗，"龙子幡"又是南朝风尚，那么，在那南北分隔的五六世纪，何以南朝风尚与北朝异礼会同时出现于一篇诗里呢？

所以我想，梁启超先生从佛教文学的影响上推想此诗作于六朝，陆侃如先生根据"华山"，"青庐"，"龙子幡"等，推定此诗作于宋少帝（422—424年在位）与徐陵（死于583年）之间，这些主张大概都不能成立。

※　　※　　※　　※

我以为《孔雀东南飞》的创作大概去那个故事本身的年代不远，大概在建安以后不远，约当3世纪的中叶。但我深信这篇故事诗流传在民间，经过三百多年之久（230—550年）方才收在《玉台新咏》里，方才有最后的写定，其间自然经过了无数民众的减增修削，添上了不少的"本地风光"（如"青庐"、"龙子幡"之类），吸收了不少的无名诗人的天才与风格，终于变成一篇不朽的杰作。

"孔雀东南飞，五里一徘徊。"——这自然是民歌的"起头"。当时大概有"孔雀东南飞"的古乐曲调子。曹丕的《临高台》末段云：

鹄欲南游，雌不能随。
我欲躬衔汝，口噤不能开。
我欲负之，毛衣摧颓。
五里一顾，六里徘徊。

这岂但是首句与末句的文字上的偶合吗？这里譬喻的是男子不能庇护他的心爱的妇人，欲言而口噤不能开，欲负她同逃而无力，只能哀鸣瞻顾而已。这大概就是当日民间的《孔雀东南飞》（或《黄鹄东南飞》？）曲词的本文的一部分。民间的歌者，因为感觉这首古歌辞的寓意恰合焦仲卿的故事的情节,故用它来做"起头"。久而久之,这段起头曲遂被缩短到十个字了。然而这十个字的"起头"却给我们留下了此诗创作时代的一点点暗示。

曹丕死于公元 226 年,他也是建安时代的一个大诗人,正当焦仲卿故事产生的时代。所以我们假定此诗之初作去此时大概不远。

若这故事产生于 3 世纪之初,而此诗作于 5、6 世纪(如梁、陆诸先生所说),那么,当那个没有刻板印书的时代,当那个长期纷乱割据的时代,这个故事怎样传到二三百年后的诗人手里呢?所以我们直截假定故事发生之后不久民间就有《孔雀东南飞》的故事诗起来,一直流传演变,直到《玉台新咏》的写定。

自然,我这个说法也有大疑难。但梁先生与陆先生举出的几点都不是疑难。例如他们说:这一类的作品都起于六朝,前此却无有。依我们的研究,汉魏之间有蔡琰的《悲愤》,有左、傅的《秦女休》,故事诗已到了文人阶级了,那能断定民间没有这一类的作品呢?至于陆先生说此诗"描写服饰及叙述谈话都非常详尽,为古代诗歌里所没有的",此说也不成问题。描写服饰莫如《日出东南隅》与辛延年的《羽林郎》;叙述谈话莫如《日出东南隅》与《孤儿行》。这是谁也不能否认的。

我的大疑难是:如果《孔雀东南飞》作于 3 世纪,何以魏、晋、宋、齐的文学批评家——从曹丕的《典论》以至于刘勰的《文心雕龙》及钟嵘的《诗品》——都不提起这一篇杰作呢?这岂非此诗晚出的铁证吗?

其实这也不难解释，《孔雀东南飞》在当日实在是一篇白话的长篇民歌，质朴之中，夹着不少土气。至今还显出不少的鄙俚字句，因为太质朴了，不容易得当时文人的欣赏。魏、晋以下，文人阶级的文学渐渐趋向形式的方面，字面要绮丽。声律要讲究。对偶要工整。汉魏民歌带来的一点新生命，渐渐又干枯了。文学又走上僵死的路上去了。到了齐梁之际，隶事（用典）之风盛行，声律之论更密，文人的心力转到"平头，上尾，蜂腰，鹤膝"种种把戏上去，正统文学的生气枯尽了。作文学批评的人受了时代的影响，故很少能赏识民间的俗歌的。钟嵘作《诗品》（嵘死于502年左右），评论百二十二人的诗，竟不提及乐府歌辞。他分诗人为三品：陆机、潘岳、谢灵运都在上品，而陶潜、鲍照都在中品，可以想见他的文学赏鉴力了。他们对于陶潜、鲍照还不能赏识，何况《孔雀东南飞》那样朴实俚俗的白话诗呢？东汉的乐府歌辞要等到建安时代方才得着曹氏父子的提倡，魏晋南北朝的乐府歌辞要等到陈隋之际方才得着充分的赏识。故《孔雀东南飞》不见称于刘勰、钟嵘，不见收于《文选》，直到6世纪下半徐陵编《玉台新咏》始被采录，并不算是很可怪诧的事。

※　　※　　※　　※

这一章印成之后，我又检得曹丕的"鹄欲南游，雌不能随，……五里一顾，六里徘徊"一章，果然是删改民间歌辞的，本辞也载在《玉台新咏》里，其辞云：

飞来双白鹄，乃从西北来，十十将五五，罗列行不齐。忽然卒疲病，不能飞相随。五里一反顾，六里一徘徊。吾欲衔汝去，口噤不能开。吾欲负汝去，羽毛日摧颓。乐哉新相知，忧来生别离。蹰躇顾群侣，泪落纵横垂。今日乐相乐，延年万岁期。

此诗又收在《乐府诗集》里，其辞颇有异同，我们也抄在这里：

飞来双白鹄，乃从西北来。十十五五，罗列成行。妻卒被病，行不能相随。五里一反顾，六里一徘徊。吾欲衔汝去，口噤不能开。吾欲负汝去，毛羽何摧颓！乐哉新相知，忧来生别离。蹰躇顾群侣，泪下不自知。念与君别离，气结不能言。各各重自爱，远道归还难。妾当守空房，闭门下重关。若生当相见，亡者会黄泉。今日乐相乐，延年万岁期。

这是汉朝乐府的瑟调歌，曹丕采取此歌的大意，改为长短句，作为新乐府《临高台》的一部分。而本辞仍旧流传在民间，"双白鹄"已讹成"孔雀"了，但"东南飞"仍保存"从西北来"的原意。曹丕原诗前段有"中有黄鹄往且翻"，"白鹄"也已变成了"黄鹄"。民间歌辞靠口唱相传，字句的讹错是免不了的，但"母题"（motif）依旧保留不变。故从汉乐府到郭茂倩，这歌辞虽有许多改动，而"母题"始终不变。这个"母题"恰合焦仲卿夫妇的故事，故编《孔雀东南飞》的民间诗人遂用这一支歌作引子。最初的引子必不止这十个字，大概至少像这个样子：

孔雀东南飞，五里一徘徊。吾欲衔汝去，口噤不能开。吾欲负汝去，毛羽何摧颓！……

流传日久，这段开篇因为是当日人人知道的曲子，遂被缩短只剩开头两句了。又久而久之，这支古歌虽然还存在乐府里，而在民间却被那篇更伟大的长故事诗吞没了。故徐陵选《孔雀东南飞》全诗时，开篇的一段也只有这十个字。一千多年以来，这十个字遂成不可解的疑案。然而这十个字的保存究竟给我们留下了一点时代的暗示，使我们知道焦仲卿妻的故事诗的创作大概在《双白鹄》的古歌还流传在民间但已讹成《孔雀东南飞》的时候；其时代自然在建安之后，但去焦仲卿故事发生之时必不很远。

（原载胡适：《白话文学史》上卷，新月书店1928年版。标题为编者所加）

1904—1957

浦江清：陶渊明的人生态度与陶诗的艺术特色

一、陶渊明的人生态度

陶渊明处两晋玄学的时代。两汉儒家思想独尊，两晋道家思想盛行。阮籍轻礼法，大骂士人君子如群虱之处裈中。渊明时道家思想较平淡，是道家、儒家将合流的时期，他大部分思想是出世的，他追溯朴素的生活，不愿媚于流俗，表现这种思想情趣的诗顶重要的为《归园田居》及《饮酒》。又见于《桃花源记》及《五柳先生传》，前者写理想的境界，后者为他自己的写照。武陵在湖南，刘子骥实有其人。《桃花源记》也许有事实的依据。陈寅恪《〈桃花源记〉旁证》云：因百姓避五胡之乱，避入山谷，自成堡坞。渊明时有人看见过。避秦乱亦可谓符秦。他是出世的喜田园生活的思想。《饮酒》之九，有田父劝其出仕："一世皆尚同，愿君汩其泥。"渊明答曰："违己讵非迷？且共欢此饮，吾驾不可回。"《归园田居》描写与乡间父老为邻实有兴味："相见无杂言，但道桑麻长。"田园生活很快乐："山涧清且浅，遇以濯吾足。漉我新熟酒，只鸡招近局。"漉者，沥也。

尔时，刘裕得志，如阮籍所处时代。人以为国将亡故渊明去隐，亦不对。刘裕得势他在诗中有其牢骚，《饮酒》二十首和阮籍《咏怀》类似。

渊明人生态度还有一显著特点是达观。当时清谈派人常谈论到死生问题。佛教惯用以死的恐怖教训人，当时人都想解决生死问题，求一正确之人生观。王羲之谓"死生亦大矣，岂不痛哉"。渊明是阮籍、刘伶一派，接受庄子达观学说，"聊乘化以归尽，乐夫天命复奚疑"（《归去来兮辞》）。他有些哲学诗，如《形赠影》、《影答形》、《神释》三首，结构奇极，发挥哲学思想，结论还是吃酒。"纵浪大化中，不喜亦不惧。应尽便须尽，无复独多虑。"一切顺应自然。他的儿子不好，结论是"天运苟如此，且进杯中物"（《责子》）。渊明诗篇篇有酒，不是颓废，也有强烈意气的，如《咏荆轲》等。居乱世，自全自傲。他和慧远居近，虽未进白莲社，但很谈得来。达观的人生态度和矢志不渝的田园生活，在他去世前不久写就的《挽歌辞》（如"死去何所道，托体同山阿"句）和《自祭文》（如"宠非己荣，涅岂吾缁。捽兀穷庐，酣饮赋诗"句）中抒发得淋漓尽致。

渊明思想亦有出于儒家者，对孔子也相当尊重。如屡言"固穷"、"乐天知命"及《饮酒》末章是也。其末章有"羲农去我久，举世少复真。汲汲鲁中叟，弥缝使其淳"的诗句，而《饮酒》之十六，他也有"少年罕人事，游好在《六经》……竟抱固穷节"的表述。道家思想认为伏羲神农那是归真返璞、顶理想的时代已经过去。儒道皆如此说。"鲁中叟"即孔子,"弥缝"是使复真也,可知渊明对儒家思想亦融合。刘熙载《艺概》曰:"陶诗有'贤哉回也','吾与点也'之意,直可嗣洙、泗遗音。其贵尚节义,如咏荆卿、美田子泰等作,则亦孔子贤夷、齐之志也。"

苏轼曰:(渊明)其人甚高,"欲仕则仕,不以求之为嫌;欲隐则隐,不以去之为高",是对陶渊明豁达的人生的精辟点评。

二、陶渊明诗的艺术特色

(一)诗与人生打成一片,开了新诗的门径。自从曹子建、阮嗣宗把诗成为个人的自述经验、自己的抒情之作,到了陶渊明,成为完全是自己生活的记录,完全脱离了乐府歌辞了。虽然有些拟古诗类似《古诗十九首》,《饮酒》诗类似嗣宗《咏怀》诗,可是多数是写他自己的生活,颇似日记式的。诗与人与生活打成一片。我们从他的诗中可以看见他的行动。他的诗都有题目,有些还有序文。与读阮籍《咏怀》,但看见作者心绪上的苦闷,而不知他一生的踪迹者不同,而且与没有题目、一概称为《咏怀》者不同,阮籍属于建安那个时代,前一个时代。而陶渊明属于新的时代,以诗为自己的生活记录的时代。我们也可以说,他的诗是他的自传,明白清楚的自传,包括内心的志趣与外面的遭遇。不像阮籍《咏怀》诗那样的只重内心,惝恍,不可捉摸,也不像曹子建的多用乐府比兴。

事实上,曹植、阮籍都是承继《诗经》、《楚辞》的,而渊明开了新诗的门径。

（二）脱离乐府，创造新诗意境。渊明全不做乐府。（除《拟古九首》。但此九首亦只是五言，非乐府。）

经过了正始玄风，谈玄的风气盛后，诗中遂含哲理。西晋覆亡，洛阳繁华顿歇，文人南渡，东晋人诗自然向哲理山水方面发展。庄老与山水合流。此时五言诗也已脱离繁音促节的音乐，只是倚琴而歌。到了陶渊明，"性不解音而畜素琴一张，弦徽不具，每朋酒之会则抚而和之曰：但识琴中趣，何劳弦上声"。（《晋书·隐逸传》）因他的诗实在不是倚琴而歌的，是脱离音乐的。所以有的是"有琴意"的诗歌，有的是近于散文似的新诗。是直笔写下，一意贯穿，不多曲折及比兴的。那是完全脱离音乐后的现象。渊明是不依傍音乐，不承继《诗经》、《楚辞》古典文学而创造新诗意境的一个大作家。在他当时，就有人喜欢他那一类很别致的诗。到了齐梁的时代，诗人惯于繁缛音乐性及图画彩色性的诗。齐梁是一个新乐府时代，所以他的诗不为人所重，钟嵘《诗品》以之入中品。

颜延之《诔》文甚长，无一言及他的诗，不过提到他"赋辞归来"、"陈书辍卷，置酒弦琴"，泛泛说他著作诗歌而已，《宋书·隐逸传》也不特别提他的诗，但云"所著文章，皆题其年月"。

（三）诗与自然融合的田园之歌。渊明诗取材料于田野间，这种材料，陶渊明以前无人敢取，从前民间文学只是恋歌，朝廷义学只是游宴赠答，金谷、兰亭，或戎马，绝无一人如他这般写田野，写自然。

他的诗又表现了他对自然的欣赏，《诗经》、古诗、建安文学皆有对自然的欣赏,然未有如他爱自然者。《归园田居》:"少无适俗韵,性本爱丘山。误落尘网中,一去三十年。"与一般父老欢笑饮酒、耕田,乐在其中,"相见无杂言,但道桑麻长"(《归园田居》)。"昔欲居南村,非为卜其宅。闻多素心人,乐与数晨夕。"(《移居》)"结庐在人境,而无车马喧。"(《饮酒》)另辟天地,是他的伟大的地方,独来独往,前无古人,后无来者。

描写山水之诗,东晋开始。谢灵运亦写山水。陶欣赏自然是平和的,不去找山水,人在山水中;谢是活动的,游山玩水。自然是送给渊明看,如英国的 Wordsworth(华兹华斯),communion with nature(与自然沟通)。"采菊东篱下,悠然见南山。"(《饮酒》之五)最高绝,因很自然;人谓有哲学意味,如禅宗的,并不费劲。

(四)诗富哲理性。先秦时,死生不重要,两晋则很重要。陶渊明对死生主张达观,不必求仙养生。他的《形赠影》、《影答形》、《神释》是哲学诗。他在诗的《序》里说:"贵贱贤愚,莫不营营以惜生,斯甚惑焉。故极陈形影之苦,言神辨自然以释之。好事君子,共取其心焉。"爱惜生命,人之常情,然往往不得要旨。渊明"陈形影之苦"思索人死生命题,以"神"辨析自然之哲理。"天地长不没,山川无改时。草木得常理,霜露荣悴之。"说天地山川长在,草木有荣枯之变。"谓人最灵智,独复不如兹",而灵智的人却不能永生。"存生不可言,卫生每苦拙",长生之说不可信,养生之术不可靠。位列圣人的"三皇",享有高寿的"彭祖",都不存在了,"老少同一死,贤愚无复数",这是人类生命必然结局。有了如此深邃的哲学认识,陶渊明能泰然处之:"纵浪大化中,不喜亦不惧。应尽便须尽,无复独多虑。"把庄生的达观学说发挥到极致。当然,饮酒也是诗中不可缺的。

其《责子》诗云:"白发被两鬓,肌肤不复实。虽有五男儿,总不好纸笔。阿舒已二八,懒惰故无匹。阿宣行志学,而不爱文术。雍端年十三,不识六与七。通子垂九龄,但觅梨与栗。天运苟如此,且进杯中物。"归结于"天运",不乏对人生的哲思,但小颇风趣。黄山谷云:"观靖节此诗,想见其人慈祥戏谑可观也。"

诗有哲理,并不局限于《形赠影》等三首诗,也不局限于死生之事,历代评家亦关注及此。明代都穆在其《南濠诗话》中就有明确的概括:"东坡尝拈出渊明谈理之诗有三,一曰'采菊东篱下,悠然见南山',二曰'笑傲东轩下,聊复得此生',三曰'客养千金躯,临化消其宝',皆以为知道之言。予谓渊明不止于知道,而其妙语亦不止是。如云'纵浪大化中,不喜亦不惧','应尽便须尽,无复独多虑'。如云'望云惭高鸟,临水愧游鱼。真想初在襟,谁谓行迹拘'。如云'不赖固穷节,百世当谁传'。如云'朝与仁义生,夕死复何求'。如云'及时当勉励,岁月不待人'。如云'前途当几许,未知止泊处','古人惜寸阴,念此使人惧'。观是数诗,则渊明盖真有得于道者,非常人能蹈其轨辙也。"

除诗之外,渊明在其《自祭文》一开头就写道:"岁惟丁卯,律中无射。天寒夜长,风气萧索,鸿雁于征,草木黄落。陶子将辞逆旅之馆,永归于本宅。"视死如归。

（五）诗风质朴、散淡。六朝中杰出，但当时未甚重之。其质朴自然清新散淡的诗为历代所尊崇，正如元遗山所赞："一语天然万古新，豪华落尽见真淳。"钟嵘《诗品》品评曰："其源出于应璩，又协左思风力。文体省净，殆无长语。笃意真古，词兴婉惬。每观其文，想其人德。世叹其质直。至如'欢言酌春酒'，'日暮天无云'，风华清靡，岂直为田家语耶！古今隐逸诗人之宗也。"也道出陶诗真淳、古朴的特色。对《诗品》将其列入中品之事，今人古直有《钟记室〈诗品〉笺》，据《太平御览》辨陶公本列上品。

第一个赏识陶渊明的，为昭明太子萧统，他谓陶诗冲淡闲适，且杂诙谐。

有谓陶渊明的《拟挽歌辞》或非自挽，只是作普通挽歌而已，备人唱唱，或自己哼哼。当时南朝有此习惯。《南史·颜延之传》：颜延之"常日但酒店裸袒挽歌"。《宋书·范晔传》："夜中酣饮，开北牖听挽歌为乐。"《世说新语》："袁山松出游，每好令左右作挽歌。"《南史·谢灵运传》：谢灵运曾孙几卿"醉则执铎挽歌"。渊明暮年作《挽歌辞》，情真意切，不知是否为自己作挽歌，待考。

陶渊明散文名篇有《桃花源记》、《五柳先生传》等，尤以《桃花源记》脍炙人口。

除诗文以外，还有赋作。《感士不遇赋》模仿董仲舒和司马子长，道古论今，写士进退两难之处境，发士不遇之感慨。虽拟古之作，而清新、简淡逾于汉赋。《闲情赋》丽极，比喻最妙，模仿张衡《定情赋》、蔡邕《静情赋》而作。因很浓丽，也许是早年模仿的作品。他自己的《序》中说:"始则荡以思虑,而终归闲正。将以抑流宕之邪心,谅有助于讽谏。"宗旨很纯正。赋描写一女子甚美,非常想接近她,有两大段描写愿为衣之"领",腰之"带",发之"泽",眉之"黛",床之"席",足之"履",人之"影",夜之"烛"……巧妙别致,痴情切切。昭明太子萧统却在其《陶渊明集序》中曰:"白璧微瑕,惟在《闲情》一赋。"东坡曰:"《国风》好色而不淫,正传不及《周南》,与屈宋所陈何异?而统大讥之,此乃小儿强作解事者。"讥昭明之不懂。昭明谓,"惜哉!无是可也"。现在人却最推重此篇了。

(原载浦江清著,浦汉明、彭书麟整理:《中国古典诗歌讲稿》,北京出版社 2016 年版。标题为编者所加)

1904—1957

浦江清：北朝民歌

一、北朝的民歌

北朝乐府方面从略，只讲民歌。

北方民歌与南方民歌完全不同。北方生活着汉族以外的其他民族，有新的歌曲，表现北方民族之气魄。与南方靡靡之音不同，好的民歌很多，亦在《乐府诗集》内。

南方是儿女文学，北方是英雄文学。

如《敕勒歌》：

敕勒川，阴山下。天似穹庐，笼盖四野。天苍苍，野茫茫。风吹草低见牛羊。

据《北史·齐神武纪》载：东魏武定四年（546年），"西魏言神武（高欢）中弩，神武闻之，乃勉坐见诸贵，使斛律金唱《敕勒》，神武自和之，哀感流涕"。时东魏高欢率部攻打西魏宇文泰，与斛律金合唱《敕勒歌》鼓舞士气，挽转了颓势。

歌具莽苍之气，北歌本色。《乐府诗集》入"杂歌谣辞"。据说本鲜卑语，译为汉语，此说不可靠。

此外，北朝民歌材料，均被保存在《乐府诗集》之《梁鼓角横吹曲》中。

1.《企喻歌》。《唐氏·乐志》："鲜卑吐谷浑部落稽三国皆马上乐也。"

2.《琅琊王歌》。姚秦时。

3.《慕容垂歌》。此类歌不能说谁作的。

4.《紫骝马歌》。

5.《折杨柳歌》。"上马不捉鞭，反折杨柳枝。"折柳当马鞭用，非为赠别。与江南不同。

6.《陇头歌》。

7.《隔谷歌》。

这些都是短歌，长篇杰作为《木兰诗》。北朝情歌佳者又有魏太后之《杨白花》（见《古诗源》）。

二、木兰诗

《木兰诗》列《乐府诗集》，隶"鼓角横吹曲"，北朝长篇杰作。《木兰诗》，北朝的民歌。木兰盖复姓，夷女也。

（一）《木兰诗》之产生年代。《木兰诗》古人有以为是汉魏作品（一说曹子建）；有以为是隋唐人作，诗中"朔气传金柝，寒光照铁衣。将军百战死，壮士十年归"诗句之律诗声调，类唐诗（谓李白或韦元甫作）。

当代论及《木兰诗》之年代问题，可参考：

1. 姚大荣两篇文章：《木兰从军时地表微》（《东方杂志》廿二卷二号）、《木兰从军时地表微补述》（《东方杂志》廿二卷廿三号)。

2. 徐中舒两篇文章:《木兰歌再考》(《东方杂志》廿二卷十四号)、《〈木兰歌〉再考补篇》(《东方杂志》廿三卷十一号)。

3. 张为骐《木兰诗时代辨疑》(《国学月报》二卷四号)。

姚说《木兰诗》著于隋,徐说著于唐,张说著于北朝。以上诸说以张说为允。

张为骐主张著于北朝,其理由是:

①以诗始见著录于《古今乐录》,而《古今乐录》一书是陈沙门智匠撰(见《隋书·经籍志》、《宋史·艺文志》),《古今乐录》所论不及梁以后作品。

②又此诗见于《古文苑》,而《古文苑》中作品止于北周,故此诗当在北周以前。

③况且,北朝民歌中有《折杨柳歌》四曲,其后二曲如下:

敕敕何力力,女子临窗织。不闻机杼声,只闻女叹息。

问女何所思,问女何所忆。阿婆许嫁女,今年无消息。

《木兰诗》当与之同时,或由此变来。

其说甚是。至于说木兰所征者是"蠕蠕",未免胶柱鼓瑟了。

《木兰诗》中有"可汗大点兵"语,明末徐𤊹《笔精》云:"后魏太武帝时'蠕蠕'始自号伊利可汗,则是辞当系晋以后人所作也,或疑'万里赴戎机,关山度若飞。朔气传金柝,寒光照铁衣'四语如唐人诗,遂以为唐人伪为之,不知齐梁如此句甚多,如'玉珂鸣战马,金距斗场鸡。莲花穿剑锷,秋月掩刀环。绝漠冲风急,交河夜月明'等句,不类唐人句法耶?如'当窗理云鬓,对镜贴花黄'大类齐梁口吻，予谓此辞出齐梁作者无疑。"《笔精》又云："六朝人诗句法与唐人类者，如'朔风动秋草，边马有归心'，'乱流趋正绝，孤屿媚中川'，'野旷沙岸静，天高秋月明'，'铜陵映碧涧，石窦泻红泉'，'归华先委落，别叶早辞风'，'胡风吹朔雪，千里度龙山'，'秋河曙耿耿，寒渚夜苍苍'，'云去苍梧野，水还江汉流'，实开盛唐之门户也。"

按：北齐颜之推诗"露鲜华剑彩，月照宝刀新"，南朝徐陵诗"朔气凌疏木，江风送上潮"，对仗亦工整。再如北齐萧悫《和崔侍中从驾经山寺》一首，亦是五律，其中警句为"野禽喧曙色，山树动秋声。云表金轮见，岩端画栱明"，对仗甚工也。又萧悫《秋思》云"芙蓉露下落，杨柳月中疏"，逼近唐人。齐梁以后的诗近于唐诗的很多。

可知《木兰诗》是北朝的民歌，约在北齐末年北周初年。木兰是异族女子，复姓（姓花说非），汉族化了，观其装扮可知，孝顺观念和贞节观念可知。

（二）木兰之姓氏及里居。1936年4月10日《北平新生报·文艺周刊》载茇公作《木兰故事考辨》，据其所考，木兰之姓氏及里居颇多异说：

1. 或谓木兰姓魏，谯郡东魏村人。隋恭帝时募兵戍北方，木兰代父从军。俞正燮《癸巳存稿》已辨之。隋恭帝不能有十二年，姓名事迹皆不足据。（云魏氏女及隋恭帝时者据《大清一统志》、《江南通志》、《颍州列女》、《商邱志》、《亳州志》、张希良《孝烈将军传》。）颍州、亳州、商邱三《志》，均言木兰为魏村人，实属一系，中以商邱最为征实，营郭镇有孝烈庙，实则孝烈庙原为昭烈小娘子祠，乃金太初时宰相木兰公之女耳。张冠李戴因此致误。

2. 以木兰姓花，徐文长剧本，木兰代父花弧从军。陈天策谓《四声猿》借题发抒，殊不足据。

3. 以木兰姓朱，明辽东巡抚张涛题建木兰山将军庙奏疏，以为唐节度使朱异。《木兰传》又谓其父朱寿甫，说者以为或名异，字寿甫，此说观《木兰诗》，知其父不得为节度使，决是妄说。

4. 或谓木兰完县（在河北保定之西）人，《保定府志》及《完县志》均载之。在隋唐时确为塞北，且庙建于唐，较商邱孝烈祠为早。完县城东有木兰墓，诸家以杜牧游河北题木兰庙诗为证。唯又有人以杜牧此诗为黄州刺史时作，故又以木兰为黄陂人。黄陂亦有木兰庙，谓黄陂朱氏女。据莞公考，实因杜牧诗或以为作在河北，或以为作在黄州，遂有完县及黄陂二说耳。言黄陂者未免与木兰"朝辞爷娘去，暮宿黄河边"不合，昔人亦已驳之。或因黄陂有木兰山之故而误。

据莞公意，木兰生长地在今陕西延安绥德附近，未说理由，大概据《木兰诗》推定之耳。

姚大荣谓木兰从军隶梁师都部，因梁师都在隋末，又以称可汗，又称天子，其地望又合，非他莫属。徐中舒辨之。

《木兰诗》有诗句曰"旦辞黄河去，暮至黑水头"。按黑水，查《地名大辞典》，有许多水皆可称为黑水：（1）甘肃张掖县界之张掖河；（2）伊吾县之大通河；（3）敦煌北之党河；（4）山西寿阳县之黑水；（5）山西翼城县北之黑水；（6）陕西甘泉县东之库利川；

(7)陕西城固县北有黑水,诸葛亮笺"朝发素郑,暮宿黑水"即是水;(8)甘肃海原县南有大小二黑水;(9)在甘肃文县西北徼外有黑水;(10)尚安县之黑水;(11)南广水,符县之黑水;(12)源出绥远境鄂尔多斯右翼前旗西南,蒙古名库葛尔黑河,一曰哈柳图河,东入边墙,在陕西横山县北东流入无定河。《晋书》载记,赫连勃勃于黑水之南营都城是也;(13)在绥远归绥县,即黑河,亦名金河(按:黑河自归绥西流至包头入黄河)。

按:诗言与燕山为邻("但闻燕山胡骑声啾啾"),则与(12)(13)为近。[(12)在绥远境南,陕西北,亦较近者。]莞公谓木兰生在延安绥德间,则至黄河一天路程,由黄河至无定河入绥远境亦一天路程,甚速。如定以(13)之黑水,即黑河,则木兰里居应在山西北部或绥远境内。

燕山,河北蓟县东南。燕山州,唐置,当在宁夏省之东南境。燕山离绥远实远。唐之燕山州则离绥远之红柳河及黑河较近,离红柳河尤近。

梁师都据朔方,隋时朔方郡故治在今陕西横山县西。

木兰代父从军的英雄传奇故事从古至今广泛流传,影响深远。抗战期间,有湖南女子李治元,以女扮男,从军杀敌,裁万里,时经十年。凡所阅历,可歌可泣。至胜利后始因家信被人识破,社会竞传,以现代花木兰称之,传为美谈。

(原载浦江清著,浦汉明、彭书麟整理:《中国文学史稿·魏晋南北朝隋唐卷》,北京出版社2018年版)

燕大合...學...

第四篇 盛唐气象
唐代诗歌五讲

1937—1946

1904—1957

浦江清：唐代诗歌兴盛之原因

诗源于歌，徒歌为歌谣，乐歌是乐曲。后来分道扬镳。汉魏南北朝，歌曲称乐府，吟诵的称诗。

唐代诗歌最盛。计有功《唐诗纪事》采录诗人一千一百五十家，《全唐诗》九百卷，采录二千三百余家，四万八千九百余首，也还有遗佚。其中百分之九十以上，只是吟诵的诗，不是歌曲。虽然题目用乐府歌引，并不真的入乐。无论乐府古题，或如白居易的新乐府，都不入乐歌唱，不过假定可以作歌曲而已。南北朝的乐府对于唐诗很有影响，唐诗中普遍的题材是闺怨及边塞。情诗与战争诗，这些内容是南北朝乐府的题材。尤其是初唐，盛唐以后，距离就远了。

唐代是中国诗歌的黄金时代，至其所以诗独盛的原因，可有数端：

一、君王提倡

太宗、高宗、武后、玄宗、德宗、宪宗、穆宗、文宗、昭宗，莫不好诗。太宗偶好宫体诗，令文士修撰《晋书》，自为陆机、王羲之作传论。高宗朝升擢诗人上官仪。又恐于此时试进士，加试杂文（杂文为诗赋）。武后时常宴群臣赋诗，使上官婉儿品第甲乙赐金爵。玄宗朝以李白供奉翰林，王维以一诗免谴。又设左右教坊，梨园子弟习俗乐，采诗入大曲中歌唱。德宗朝知制诰缺出，曰：与韩翃。时有二韩翃，一为诗人，一为江淮刺史。德宗曰：与"春城无处不飞花"的韩翃。

二、科举试诗

隋文帝始举秀才，炀帝始设进士科，唐初因之。《唐文典》，唐代选举六科：（1）秀才；（2）明经；（3）进士；（4）明法；（5）书；（6）算。其中秀才科立格最高，常停。唯"明经"、"进士"两科为士众所趋。进士科试诗赋时务策五道，帖一大经。（《玉海》引唐《选举志》）唯唐初进士科尚未试诗赋，可能在高宗时增入，称"杂文"，进士科要亦以时务策帖经为主。试诗始于何时不可考，唯《文苑英华》卷一百八十六收王维《清如玉壶冰》诗，注云"京兆府试，时维年十九"（今《全唐诗》本同），维年十九时开元七年也。《唐诗纪事》：祖咏试《终南望余雪》诗，在开元十二年。以后终唐不废。试诗四韵、六韵、八韵不等。开元二十五年，敕：进士以声韵为学，多昧古今；明经以帖诵为功，罕穷旨趣。自今明经问大义十条，对时务策三道；进士试大经十帖。（见《通鉴纲目》，唐时以《左氏传》为大经。）知明经、进士两科所试略同，唯明经无诗赋，进士有诗赋。唐代才人所趋在进士科。进士之在政治上获得地位，从武后朝始。唐代与南北朝九品中正之选举法不同，高门寒门的阶级观念已打破。

这里有两点值得指出：

（1）考试用诗，所以诗为一般知识分子所学习。蒙童都要学诗。元白书信文集序中提及，村塾教师以元白诗训蒙童。诗成为文人的普通素养，甚至方外道流、女子都能诗。

（2）进士制度，可以使社会各阶层有平等的上进机会。六朝重门第，唐代诗人很多不出高门，很多少时贫困的。

不出高门的，如陈子昂、李白。富厚家庭子弟。

贫苦的，如岑参、韩愈（刻苦为学）、孟郊、贾岛。

落魄不羁的，如高适。

名门之后，但父亲做小官（县令之流）的，如元稹、杜甫、白居易。

隐士，如孟浩然、皮日休、陆龟蒙。

进士来自各阶层，生活经验丰富。中进士以后他们也未必得高官厚禄，做校书郎、拾遗、县令、刺史各处流转。天下大，到处跑。所以唐诗内容，比南北朝丰富。

三、以诗入乐府歌曲

南北朝诗人多作乐府歌曲。唐代诗人作乐府古题者极多，唯不入乐。玄宗开元二年，以雅俗乐均隶太常为不合，因置左右教坊，以教俗乐，又选乐工、宫女数百人，自教之，谓之皇帝梨园弟子。唐代大曲如《甘州》《凉州》皆采绝句入遍数中歌唱。《集异记》记王昌龄、高适、王之涣三诗人"旗亭画壁故事"。（三人不得志，时在长安，下雪，在旗亭喝酒，闻隔壁歌唱。三人才名相当，乃打赌看唱谁的诗多。昌龄、高适诗均已唱过，唯未听唱之涣诗。情急之下,之涣表示,再无人唱,自认输;如唱了,你二人要甘拜下风。果然,一最出色之红衣女子唱之涣"黄河远上白云间",三人大笑。闻笑声,得知三个才子,歌女请他们喝酒。)此乃小说,(1)三人虽同时,而踪迹难合;(2)高适一诗,竟是悼亡诗,不宜歌唱。要之,此三人之诗,被采入大曲中歌唱,为伶官歌伎所习,则为事实也。王维《送元二使安西》"渭城朝雨浥轻尘,客舍青青柳色新。劝君更尽一杯酒,西出阳关无故人"入乐为《阳关曲》传唱。又"红豆生南国,春来发几枝?愿君多采撷,此物最相思"(《相思》)。李龟年奔波江潭曾于湘中采访使筵上唱之。"清风明月苦相思,荡子从戎十载余。征人去日殷勤嘱,归雁来时数附书"(《伊州歌》),此亦王维诗为梨园所习唱。又玄宗曾登楼听伶人唱李峤《汾阴行》之最后四句,叹曰:李峤真才子也。又元微之诗入禁中,宫中称为元才子。元白诗歌诵于贩夫走卒之口。李白《清平调》不可信,唯彼有《宫中行乐词》八首入管弦者。《宫中行乐词》八首皆五律,气格比《清平调词》三首为高。《清平调词》见乐史所撰《李翰林别集序》,伪作也。霍小玉与李益初有交情时,介绍人介绍他的"开门复动竹,疑是故人来"(《竹窗闻风寄苗发司空曙》)。中唐以后,白、刘、温、皇甫松等均作《柳枝词》、《杨柳枝词》、《浪淘沙》歌词,为诗词之过渡。宋代歌曲则均用长短句,不以诗为乐府矣。

四、行卷之风甚盛

四方文士集京师者以诗文行卷投谒前辈势要,以诗文为政治上进身之阶而邀才名。如陈子昂"挟文百轴,驰走京毂"。李白以

《蜀道难》示贺知章。白居易以诗文谒顾况。况曰：长安居大不易。后念其诗，觉甚好，才对他客气。

五、朋友赠答，均以诗

诗为投赠送别应酬之具。和韵、赠答、唱和。元白、韩孟、皮陆间交往尤多。题壁诗风行。邮亭驿壁，到处通行。僧道亦多能诗者。当时风气如此。

六、外来音乐的影响

唐诗声调好，还因外来音乐加入进来。唐代音乐极发达，有外国音乐输入。琵琶、箫、笛，或采胡曲。"甘州"、"凉州"，皆为乐府，时有新曲。其流行曲调之词，以七绝为多。羯鼓在唐时也有百数十曲子。日本正仓院有唐代琵琶，很讲究。

音乐的发达也促进了唐诗的发达。

因唐代诗人多，诗的标准高，民间作品反被湮没，不传于后。如汉魏南北朝有乐府民歌保存到今，唐代此方面材料反少。所传于今者皆文人作品。当时文学普遍，士人皆由进士科进身为最大原因也。

（原载浦江清著，浦汉明、彭书麟整理：《中国文学史稿·魏晋南北朝隋唐卷》，北京出版社2018年版）

1899—1946

闻一多：四杰

继承北朝系统而立国的唐朝的最初五十年，本是一个尚质的时期，王、杨、卢、骆都是文章家，"四杰"这徽号，如果不是专为评文而设的，至少它的主要意义是指他们的赋和四六文。谈诗而称四杰，虽是很早的事，究竟只能算借用。是借用，就难免有"削足适履"和"挂一漏万"的毛病了。

按通常的了解，诗中的四杰是唐诗开创期中负起了时代使命的四位作家，他们都年少而才高，官小而名大，行为都相当浪漫，遭遇尤其悲惨（四人中三人死于非命）——因为行为浪漫，所以受尽了人间的唾骂；因为遭遇悲惨，所以也赢得了不少的同情。依这样一个概括、简明，也就是肤廓的了解，"四杰"这徽号是满可以适用的，但这也就是它的适用性的最大限度。超过了这限度，假如我们还问道：这四人集团中每个单元的个别情形和相互关系，尤其他们在唐诗发展的路线网里，究竟代表着哪一条，或数条线，和这线在网的整个体系中所担负的任务——假如问到这些方面，"四杰"这徽号的功用与适合性，马上就成问题了。因为诗中的四杰，并非一个单纯的、统一的宗派，而是一个大宗中包孕着两个小宗，而两小宗之间，同点恐怕还不如异点多，因之，在讨论问题时，"四杰"

这名词所能给我们的方便，恐怕也不如纠葛多。数字是个很方便的东西，也是个很麻烦的东西。既在某一观点下凑成了一个数目，就不能由你在另一观点下随便拆开它。不能拆开，又不能废弃它，所以就麻烦了。"四杰"这徽号，我们不能、也不想废弃，可是我承认我是抱着"息事宁人"的苦衷来接受它的。

四杰无论在人的方面，或诗的方面，都天然形成两组或两派。先从人的方面讲起。

将四人的姓氏排成"王、杨、卢、骆"这特定的顺序，据说寓有品第文章的意义，这是我们熟知的事实。但除这人为的顺序外，好像还有一个自然的顺序，也常被人采用———那便是序齿的顺序。我们疑心张说《裴公神道碑》"在选曹见骆宾王、卢照邻、王勃、杨炯"，和郗云卿《骆丞集序》"与卢照邻、王勃、杨炯文词齐名"，乃至杜诗"纵使卢王操翰墨"等语中的顺序，都属于这一类。严格的序齿应该是卢、骆、王、杨，其间卢、骆一组，王、杨一组，前者比后者平均大了十岁的光景。然则卢、骆的顺序，在上揭张、郗二文里为什么都颠倒了呢？郗序是为了行文的方便，不用讲。张碑，我想是为了心理的缘故，因为骆与裴（行俭）交情特别深，为裴作碑，自然首先想起骆来。也许骆赴选曹本在先，所以裴也先见到他。果然如此，则先骆后卢，是采用了另一事实作标准。但无论依哪个标准说，要紧的还是在张、郗两文里，前二人（骆、卢）与后二人（王、杨）之间的一道鸿沟（即平均十岁左右的差别）依然存在。所以即使张碑完全用的另一事实——赴选的先后作为标准，我们依然可以说，王、杨赴选在卢、骆之后，也正说明了他们年龄小了许多。实在，卢、骆与王、杨简直可算作两辈子人。据《唐会要》卷八二："显庆二年，诏征太白山人孙思邈入京，卢照邻、宋令文、孟诜皆执师赘之礼。"令文是宋之问的父亲，而之问是杨炯同僚的好友。卢与之问的父亲同辈，而杨与之问本人同辈，那么卢与杨岂不是不能同辈了吗？明白了这一层，杨炯所谓"愧在卢前，耻居王后"，便有了确解。杨年纪比卢小得多，名字反在卢前，有愧不敢当之感，所以说"愧在卢前"；反之，他与王勃是同年，名字在王后，说"耻居王后"，正是不甘心的意思。

比年龄的距离更重要的一点，便是性格的差异。在性格上四杰也天然形成两种类型，卢、骆一类，王、杨一类。诚然，四人都是历史上著名的"浮躁浅露"不能"致远"的殷鉴，每人"丑行"的事例，都被谨慎的保存在史乘里了，这里也毋庸赘述。但所谓"浮躁浅露"者，也有程度深浅的不同。杨炯，据裴行俭说，比较"沉静"。其实王勃，除擅杀官奴那不幸事件外（杀奴在当时社会上并非一件太不平常的事），也不能算过分的"浮躁"。一个人在短短二十八年的生命里，已经完成了这样多方面的一大堆著述：

《舟中纂序》五卷，《周易发挥》五卷，《次论语》十卷，《汉书指瑕》十卷，《大唐千岁历》若干卷，《黄帝八十一难经注》若干卷，《合论》十卷，《续文中子书序诗序》若干篇，《玄经传》若干卷，《文集》三十卷。

能够浮躁到哪里去呢？同王勃一样，杨炯也是文人而兼有学者倾向的，这满可以从他的《天文大象赋》和《驳孙茂道苏知几冕服议》中看出。由此看来，王、杨的性格确乎相近。相应的，卢、骆也同属于另一类型，一种在某项观点下真可目为"浮躁"的类型。久历边塞而屡次下狱的博徒革命家骆宾王不用讲了，看《穷鱼赋》和《狱中学骚体》，卢照邻也不像是一个安分的分子。骆宾王在《艳情代郭氏答卢照邻》里，便控告过他的薄幸。然而按骆宾王自己的口供：

但使封侯龙额贵，讵随中妇凤楼寒？

他原也是在英雄气概的烟幕下实行薄幸而已。看《忆蜀地佳人》一类诗，他并没有少给自己制造薄幸的机会。在这类事上，卢、骆恐怕还是一丘之貉。最后，卢照邻那悲剧型的自杀，和骆宾王的慷慨就义，不也还是一样？同是用不平凡的方式自动地结束了不平凡的一生，只是一悱恻，一悲壮，各有各的姿态罢了。

这几乎是不可避免的发展：由年龄的两辈，和性格的两类型，到友谊的两个集团。果然，卢、骆二人交情，可凭骆的《艳情代郭氏答卢照邻》诗来坐实；而王、杨的契合，则有王的《秋日饯别序》和杨的《王勃集序》可证。反之，卢或骆与王或杨之间，就看不出这样紧凑的关系来。就现存各家集中所可考见的说，卢、王有两首同题分韵的诗，卢、杨有一首同题同韵的诗，可见他们两辈人确乎在文酒之会中常常见面。可是太深的交情，恐怕谈不到。他们绝少在作品里互相提到彼此的名字，有之，只杨在《王勃集序》中说到一次"薛令公朝右文宗，托末契而推一变；卢照邻人间才杰，览清规而辍九攻"，这反足以证明卢、骆与王、杨属于两个壁垒，虽则是两个对立而仍不失为友军的壁垒。

于是，我们便可谈到他们——卢、骆与王、杨——另一方面的不同了。年龄的不同辈，性格的不同类型，友谊的不同集团，和作风的不同派，这些不也正是一贯的现象吗？其实，不待知道"人"方面的不同，我们早就应该发觉"诗"方面的不同了。假如不受传统名词的蒙蔽，我们早就该惊讶，为什么还非维持这"四"字不可，而不仿"前七子"、"后七子"的例，称卢、骆为"前二杰"，王、杨为"后二杰"？难道那许多迹象，还不足以证明他们两派的不同吗？

首先，卢、骆擅长七言歌行，王、杨专工五律，这是两派选择形式的不同。当然卢、骆也作五律，甚至大部分篇什还是五律，而王、杨一派中至少王勃也有些歌行流传下来，但他们的长处绝不在这些方面。像卢集中的：

风摇十洲影，日乱九江文。（《赠李荣道士》）
川光摇水箭，山气上云梯。（《山庄休沐》）

和骆集中这样的发端：

> 故人无与晤，安步陟山椒。……（《冬日野望》）

在那贫乏的时代，何尝不是些夺目的珍宝？无奈这些有句无章的篇什，除声调的成功外，还是没有超过齐梁的水准。骆比较有些"完璧"，如《在狱咏蝉》之类，可是又略无警策。同样，王的歌行，除《滕王阁歌》外，也毫不足观。便说《滕王阁歌》，和他那典丽凝重，与凄情流动的五律比起来，又算得了什么呢！

杜甫《戏为六绝句》第三首说："纵使卢王操翰墨，劣于汉魏近《风》、《骚》。"这里是以卢代表卢、骆，王代表王、杨，大概不成问题。至于"劣于汉魏近《风》、《骚》"，假如可以解作王、杨"劣于汉魏"，卢、骆"近《风》、《骚》"，倒也有它的妙处，因为卢、骆那用赋的手法写成的粗线条的宫体诗，确乎是《风》、《骚》的余响，而王、杨的五言，虽不及汉魏，却越过齐梁，直接上晋宋了。这未必是杜诗的原意，但我们不妨借它的启示来阐明一个真理。

卢、骆与王、杨选择形式不同，是由于他们两派的使命不同。卢、骆的歌行，是用铺张扬厉的赋法膨胀过了的乐府新曲，而乐府新曲又是宫体诗的一种新发展，所以卢、骆实际上是宫体诗的改造者。他们都曾经是两京和成都市中的轻薄子，他们的使命是以市井的放纵改造宫廷的堕落，以大胆代替羞怯，以自由代替局缩，所以他们的歌声需要大开大阖的节奏，他们必须以赋为诗。正如宫体诗在卢、骆手里是由宫廷走到市井，五律到王、杨的时代是从台阁移至江山与塞漠。台阁上只有仪式的应制，有"绮句绘章，揣合低印"。到了江山与塞漠，才有低回与怅惘，严肃与激昂，例如王的《别薛升华》《送杜少府之任蜀州》和杨的《从军行》《紫骝马》一类的抒情诗。抒情的形式，本无须太长，五言八句似乎恰到好处。前乎王、杨，尤其应制的作品，五言长律用的还相当多。这是该注意的！五言八句的五律，到王、杨才正式成为定型，同时完整的真正唐音的抒情诗也是这时才出现的。

将卢、骆与王、杨对照着看，真是一个说不尽的话题。我在旁处曾说明过从卢、骆到刘（希夷）、张（若虚）是一贯的发展，现在还要点醒，王、杨与沈、宋也是一脉相承。李商隐早无意地道着了秘密：

沈宋裁辞矜变律，王杨落笔得良朋。当时自谓宗师妙，今日惟观属对能。(《漫成五章》)

以沈、宋与王、杨并举，实在是最自然，最合理的看法。"律"之"变"，本来在王、杨手里已经完成了，而沈、宋也是"落笔得良朋"的妙手。并且我们已经提过，杨炯和宋之问是好朋友。如果我们再知道他们是好到如之问《祭杨盈川文》所说的那种程度，我们便更能了然于王、杨与沈、宋所以是一脉相承之故。老实说，就奠定五律基础的观点看，王、杨与沈、宋未尝不可视为一个集团，因此也有资格承受"四杰"的徽号，而卢、骆与刘、张也同样有理由，在改良宫体诗的观点下，被称为另一组"四杰"。一定要墨守着先入为主的传统观点,只看见"王、杨、卢、骆"之为四杰,而抹杀了一切其他的观点,那只是拘泥、顽冥,甘心上传统名词的当罢了。

将卢、骆与王、杨分别地划归了刘、张与沈、宋两个集团后,再比较一下刘、张与沈、宋在唐诗中的地位,便也更能了解卢、骆与王、杨的地位了。五律无疑是唐诗最主要的形式,在那时人心目中,五律才是诗的正宗。沈、宋之被人推重,理由便在此。按时人安排的顺序,王、杨的名字列在卢、骆之上,也正因他们的贡献在五律,何况王、杨的五律是完全成熟了的五律,而卢、骆的歌行还不免于草率、粗俗的"轻薄为文"呢?论内在价值,当然王、杨比卢、骆高。然而,我们不要忘记卢、骆曾用以毒攻毒的手段,凭他们那新式宫体诗,一举摧毁了旧式的"江左余风"的宫体诗,因而给歌行芟除了芜秽,开出一条坦途来。若没有卢、骆,哪会有刘、张,哪会有《长恨歌》、《琵琶行》、《连昌宫词》和《秦妇吟》,甚至于李、杜、高、岑呢?看来,在文学史上,卢、骆的功绩并不亚于王、杨。后者是建设,前者是破坏,他们各有各的使命。负破坏使命的,本身就得牺牲,所以失败就是他们的成功。人们都以成败论事,我却愿向失败的英雄们多寄予点同情。

(原载《世界学生》第 2 卷第 7 期,1943 年 8 月)

1900—1950

罗庸：唐诗及盛唐诗人

一、总论唐诗

研究一代文学，凡以作家为主，以文体为范围时有二路可循：（1）叙述作家之来源与成就；（2）不管作家，仅就诗之内容求其表现情绪之主潮。今吾人论唐诗，即用此二种办法。

国人所著文学史，其态度与正史作家无异，均以作家为主，重视其社会背景，此法易流于呆板，本课针对此弊而矫正之，但于某一时代中找其共通性，至于作家之分述，可略则略之，盖某一作家之成功，其本身力量仅占十分之一二也。

文学史范围至广，吾人欲治文学史，必先说明作家之来踪去迹，考其同于前人者若干，异于前人者若干，能如此或可勉成精心之作，诸生其留意焉。凡优良之文学史，不仅为文体变迁史，亦应为作家情感之变迁史，前史所作皆偏于前而略于后，近代学者间亦有重视之者，唯多非客观之归纳，而有偏于主观之嫌，不可不察也。

全唐诗之内容，大别不出于十二大类，前人初、盛、中、晚之分期，亦可与此并行不悖。

（1）宫廷诗——由南朝而来。齐梁以后，文人生活变为帝王卿客，故宫廷诗特盛。唐初诗人犹存此风气。自安史乱后则此调不复弹矣。其中又可分为四类：（甲）游宴——自建安开其风，至南朝益盛，初唐高宗、武后、中宗三朝达于极点。（乙）令节——即帝王于令节时作诗，令群臣和之。（丙）同赋——帝王高兴时，令群臣同题赋诗是也，亦发端于建安，梁陈之际，诗歌日益琐碎，玄宗以后，则少作矣。（丁）分赋——此与考试有关。唐诗中题为"奉和"之作者必为同赋，题为"应制"者则为分赋，此风亦绝于玄宗以后，盖自天宝以后，文人社会意识发达，南朝以来之卿客作风遂渐绝迹。

（2）赠答诗——始于汉末秦嘉夫妇之赠答诗，至建安时作者日多，两晋以后渐少。大凡应答诗多产时，则必其时书札应用甚少之故。两晋以后，抒情小札发达，可以代诗，故赠答诗极少，唐代由帝王之提倡，兼以版图扩大，人们常因阔别而写诗寄意，故此类题材占全唐诗分量将近二分之一，初唐犹不甚显著，盛、中、晚蔚为大观，至宋又少绝矣。又可分为五类：（甲）下第——大抵为士子在长安应试落第，同辈对之惜别，相聚吟诗送之，往往汇成一集，以序冠之，为古文中赠序文之来源。（乙）贬官——南朝地域较小，且多门阀士族，故贬官时惜别之意较少；唐为大帝国，且帝王权重，喜怒无常，大臣一贬数千里外，故送行者情深而多佳句矣。（丙）出使——为出使时送别而作。（丁）还山——为大臣归隐时同辈送行之作。（戊）投赠——内容较为复杂。大抵士子来长安进考，欲结交达官先为揄扬，因而以诗投赠；另一情况乃名士借此化缘为生，如太白天宝三年被放以迄于死，全赖投赠而度命。此风下至武宗、文宗时代为最盛，藩镇兴起之后，文人有所投靠，便不复打秋风矣。

（3）园林诗——古代园林发展之情况，汉至三国私家园林极少，西晋以后渐多，石崇即金谷园之主人也。经北朝而不辍。南渡以后，山水方滋，贵族之私园益多，谢安之东山，康乐之西堂皆是也。唐人承接此风，贵族往往于其园林招宴文士，集而赋诗，以为文雅之事。最佳之地，莫若公主之赐第，与夫名宦达士之山庄，如宋之问陆浑山庄、王摩诘辋川别业是也。山庄草莽气多，别业则接近都市，故山庄仅少数朋友集会之地，而别业则为大宴会所也。安史乱后，社会经济一变，此风遂息。其次为僧房佛寺，以其多在名山大川，故诗人喜歌咏之。

（4）行旅诗——此受国家疆域广大影响之所致也。诗人每经一地，有若干名胜可供游览与流连，遂多取为诗材。南朝多行旅赋，盛唐不用赋体而代之以诗，故称极盛。

（5）征戍诗——此与南朝之风大异。南朝征戍诗为文人想象之作，故内容多雷同，唐代疆域辽阔，征戍事繁，文人参加实际军旅生活，故吐属极为精彩。此类诗以盛、中二期最盛。大抵唐初征戍诗题材偏东北，而盛、中二代则偏重于西北。以数量言，此类诗占《全唐诗》十分之一弱，亦为空前绝后之作，此类诗如为乐府体，则系文人想象之作，如用近体或五古，则以写实为多（**老杜《三吏》、《三别》盖属此类**）。

（6）声伎诗——古代咏声伎者多用赋体，傅毅、张衡之《舞赋》是也。至梁、陈，始渐有以诗咏声伎者。唐代因胡乐、胡舞之输入，而声伎之诗转盛。

（7）杂戏诗——此亦受国外文化影响，而形成以新题材写诗者也。

（8）僧道诗——唐诗人喜与僧道结交，故赠答时诗中必带宗教之意味，诗人不必对其经书有若干研究与了解，此殆与宋人作风不同，然亦前代未有之作。唐代僧道亦甚风雅，又多女道士，轻薄文人多取材焉。

（9）异俗诗——即歌咏外国风俗之作，唐代长安为国际都市，异国风俗杂乎其间，予文人以若干新刺激，遂取为新诗之材料。西市多胡姬酒肆，文人常狎游其间，诗材更有所增益。

（10）书画诗——中国古代艺术，如书、画、音乐、观赏风景等，均与文学有密切关系，其中以音乐为最早。南朝人渡江，见山川之美从而观赏之，自然景物遂与文学关联，而东晋以来，字艺亦渐为世所重。中国画在古代不出故事画范围，此未受外来影响前之情况。北朝受佛教影响，乃有画佛之风。唐人作画，或在壁，或在屏，文人往往因之作诗，唯壁画虽占唐画十分之七，但无题画之作。

（11）田园诗——为唐人诗中最少者。

（12）类书诗——中晚唐以来，诗之内容无多发展，文人乃自类书中搜寻僻典，拼凑成章。

二、盛唐诗人

除李杜另立专节外，略述重要诗人如下：王维、孟浩然、储光羲、高适、岑参、王昌龄、王之涣、綦毋潜、刘长卿。

凡诗中称大家者必具以下之特点：（1）笔调不限于一方面，能变化其笔调而写各种形式与题材；（2）大家诗风格有矛盾时，原因有二可能，其一为自身未能融会成纯一风格，其二为自身经验丰富，境遇变迁极多，因而能臻于上乘。

王、孟、储三家通称之为田园诗人，高、岑为边塞诗人，二王为绝句能手，綦毋潜长写寺庙，刘长卿善状行旅。由以上标准评之，唯王维足称大家。

摩诘之诗凡三变：《桃源行》为十九岁之作，属早年作品，与后期《终南别业》诸作大不相类，可见其入手时仍沿四杰余风，又其写长安早朝及大明宫诸诗七律作品，亦与晚唐作异趣，乃时势所趋，可归入一类。尚无独创之特点。第二期用"终南别业"诸作，问及佛理，东坡所谓"诗中有画"者，此类属焉。第三期乃暮年与佛教徒唱和之诗，乃见独特风格。由是可知，凡大家必先学习同时代之各种诗体，然后独立成家。

孟、储为在野之人，故少入世之感，此二家之同点。唯孟诗较为华贵，可上攀高、岑；储诗为纯田舍翁语，可下流为范石湖之风格。孟行旷达，修养无独特表现，笔力较健，唯内容较为单调，方面不多；储诗出于王无功，多写农家生计问题，笔多黏滞，但对农人生活描写较为深刻，其弊在多土气。

高、岑为盛唐笔力之最健者。岑以全力作诗，成就有所偏，七古七律成功较多，尝两度至新疆，故写边塞较为亲切。七古自初唐迄此时代，仍缘南朝之旧，但流美而已，至岑而改为壮美。其弊在偏，优在高俊。高适四十始学为诗，有意走岑一派，故古诗成功较多，亦尝从军，故其边塞诗亦如岑之多亲切感，而流转地区极广，故写行役诗又似孟浩然，为介乎岑、孟间之诗人。盛唐诗人仕宦之达者，盖以此公为最云。

王昌龄擅长音律，故优于绝句，为盛唐绝句冠冕，乐工多所传唱，声极高亢。王之涣为昌龄之嗣响。盛唐诸家绝句均为一代绝唱，后世难以为继。

綦毋潜长于五言，笔调工于收敛，诗量较多，开香山一派，常以一题而用若干作法。刘长卿当时称五言长城，行旅诗一似孟浩然，但无孟之阔大而较琐碎，盛唐、中唐分野在此。

三、李白与杜甫

太白籍贯之为胡为汉，今犹未有定论，人多目之为西域人，故其生活行止多与当代诸家不同。今读其诗，其人如在目前，唯生前同时人于其身世多迷离不清耳。据唐人记载，谓李为陇西人（**唐代李氏之郡望**），先世以罪谪碎叶，五岁随父潜归，家于蜀之绵竹。十五岁任侠，尝手刃数人，二十与东岩子隐峨眉学道，后入广陵，散家财二十余万，同游者（**吴指南**）道死，负其尸以归。后入赘安陆许氏家，一住十年。其后以道士吴筠故入长安，为玄宗所知，复以讽贵妃而放还。与杜甫、高适辈游于梁宋，旋入鲁另娶，鲁夫人生男曰明月奴，生女曰玻璃。后适金陵，娶歌妓金陵子，安史乱中，遇永王璘之变，乱平被放夜郎，抵巫山遇赦放还，至当涂而卒。其一生行迹，多与国人伦理观念不甚一致，故身世极为可疑。前此相类者有陈子昂，二人生活习俗均不受中原传统之束缚，故能任使其气而独步一代。五言诸作多得力于建安之曹、阮二家，笔力才气亦足相匹。当世人作诗多来自四杰，而太白独取原于汉魏，所以独高。又以其流转各地，怀古钦贤，故爱二谢，然大谢之典重、小谢之空灵，又不合其口味，故青出于蓝，戛然独造。复次，太白不受当时试帖之影响，故不精律诗。七古完全脱离初唐作风而出于鲍明远，成熟后再加上汉乐府成分，乃知其诗实根深源长，非仅恃才分而已也。太白不同于少陵者凡二端：（1）少陵不作当时流行之古题乐府，而太白专作此类；（2）太白善音律，故长绝句，少陵则适相反。以生活态度言，近道而不近儒，故诗中多神仙思想，眼中毫无民众疾苦。天宝之乱，适在南方，未睹北土战乱现象，故诗之内容与民众及时代脱节，成为盛唐之尾声，能承先而不能启后，有以也。

老杜祖父乃诗人杜审言，官于河南，因家于巩，故诗人为纯粹中原文化之产儿。父闲，官于鲁，父死，甫已二十三矣。终其身为衣食奔走，不若太白之悠游闲放，豪情奔注。所受传统文化既深，故诗之内容与时代紧密结合。早年之作，仍沿袭初唐，盖欲因之以求仕进也。晚年仍教儿熟读《文选》，其为传统文化所范围之迹甚明，用大力始能脱其桎梏，与太白行迹自由者绝异，而思想怀抱一以儒家为宗，故念念不忘君国。在长安十余年即努力作五律，欲因以出人头地，题材之多，方面之广，语言变化，全唐诗人无与伦比。四十岁迄天宝之乱，始放弃原作形式而试作七言诗，全盘失败，然绝不作当时之乐府调，安史乱后，见民生疾苦甚多，非旧作体裁所能包容，过去亦少范作可资参考，有之则唯汉乐府一体，故此段时期，乃模仿汉乐府以命篇，诗境至此得一开展。后到外移居，暂定居于成都浣花溪上。此段时间生活极苦，工部乃极力练习五古，至成都而大功告成，其间行旅纪事之五古，已与初唐诗异趣，创造出独特风格。居蜀六年间，努力完成其七律及不合乐之五绝，迨夔府而臻成熟，每首各有文法，绝不雷同，又故意避熟就生，遂以登峰造极焉。此后则为强弩之末，无甚可观。晚年病肺，右手不能弹动，故流浪湖南一带，多用左手写作，为打秋风计而多写排律。论杜诗可划分为五时期，以三、四期作品最佳。

（原载郑临川记录、徐希平整理：《笳吹弦诵传薪录：闻一多、罗庸论中国古典文学》，上海古籍出版社2002年版）

陈寅恪：白居易、元稹与新乐府

元白《集》中俱有新乐府之作，而乐天所作尤胜于元，洵唐代诗中之巨制，吾国文学史上之盛业也。以作品言，乐天之成就造诣，不独非微之所及，且为微之后来所仿效（见《白氏长庆集》一六《编集拙诗成一十五卷因题卷末戏赠元九李二十》诗自注）。但以创造此体诗之理论言，则见于《元氏长庆集》者，似尚较乐天自言者为详。故兹先略述两氏共同之理论，然后再比较其作品焉。

《元氏长庆集》二三《乐府古题序》略云：

况自《风》、《雅》，至于乐流，莫非讽兴当时之事，以贻后代之人。沿袭古题，唱和重复，于文或有短长，于义咸为赘剩，尚不如寓意古题，刺美见事，犹有诗人引古以讽之义焉。曹、刘、沈、鲍之徒时得如此，亦复稀少。近代唯诗人杜甫《悲陈陶》、《哀江头》、《兵车》、《丽人》等，凡所歌行，率皆即事名篇，无复倚傍。予少时（寅恪案：此《序》题下题"丁酉"二字，知是元和十二年微之年三十九时所作。其和李绅《乐府新题》诗，作于元和四年，是时微之实已三十一岁，不得云"少时"。此乃属文之际率尔而言，未可拘泥也），与友人乐天、李公垂辈，谓是为当，遂不复拟赋古题。

同集三〇《叙诗寄乐天书》略云：

又久之，得杜甫诗数百首，爱其浩荡津涯，处处臻到。始病沈宋之不存寄兴，而讶子昂之未暇旁备矣。

又同集五六《唐故工部员外郎杜君墓系铭（并序）》云：

诗人以来未有如子美者。

《白氏长庆集》二八《与元九书》略云：

又诗之豪者，世称李杜。李之作，才矣，奇矣，人不逮矣。索其风雅比兴，十无一焉。杜诗最多，可传者千余首。……然撮其《新安》、《石壕》、《潼关吏》、《芦子》、《花门》之章，"朱门酒肉臭，路有冻死骨"之句，亦不过三四十。

寅恪案：元白二公俱推崇少陵之诗，则新乐府之体实为模拟杜公乐府之作品，自可无疑也。

《白氏长庆集》四五《策林序》略云：

元和初，予罢校书郎，与元微之将应制举，……闭户累月，揣摩当代之事，构成策目七十五门。及微之首登科，予次焉。

其第六十八目《议文章（碑碣词赋）》略云：

古之为文者，上以纫王教、系国风，下以存炯戒、通讽谕。故惩劝善恶之柄，执于文士褒贬之际焉；补察得失之端，操于诗人美刺之间焉。今褒贬之文无核实，则惩劝之道缺矣；美刺之诗不稽政，则补察之义废矣。虽雕章镂句，将焉用之？……伏惟陛下诏主文之司，谕养文之旨，俾辞赋合炯戒讽谕者，虽质虽野，采而奖之。碑诔有虚美愧辞者，虽华虽丽，禁而绝之。

第六十九目《采诗以补察时政》略云：

臣闻圣王酌人之言，补己之过，所以立理本，导化源也。将在乎选观风之使，建采诗之官，俾乎歌咏之声，讽刺之兴，日采于下，岁献于上者也。所谓"言之者无罪，闻之者足以自诫"。

寅恪案：元白二公作《新乐府》在元和四年，距构《策林》之时甚近。故其作新乐府之理论，与前数年揣摩之思想至有关系。观于《策林》中《议文章》及《采诗》二目所言，知二公于采诗观风之意，盖蕴之胸中久矣。然则二公《新乐府》之作，乃以古昔采诗观风之传统理论为抽象之鹄的，而以唐代杜甫即事命题之乐府，如《兵车行》者，为其具体之楷模，固可推见也。

虽然，微之之作似尚无模拟《诗经》之迹象。至于乐天之《新乐府》，据其《总序》云：

首句标其目，卒章显其志，《诗三百》之义也。其辞质而径，欲见之者易谕也；其言直而切，欲闻之者深诫也；其事核而实，使采之者传信也；其体顺而肆，可以播于乐章歌曲也。总而言之，为君为臣为民为物为事而作，不为文而作也。

则已标明取法于《诗三百篇》矣。是以乐天《新乐府五十首》有总序，即摹《毛诗》之《大序》。每篇有一序，即仿《毛诗》之《小序》。又取每篇首句为其题目，即效《关雎》为篇名之例。（微之之作乃和李公垂者。微之每篇首句尚与诗题不同，疑李氏原作当亦不异微之。）全体结构，无异古经。质而言之，乃一部唐代《诗经》，诚韩昌黎所谓"作唐一经"者。不过昌黎志在《春秋》，而乐天体拟《三百》；韩书未成，而白诗特就耳。乐天元和之初撰《策林》时，即具采诗匡主之志。不数年间，遂作此五十篇之诗。语云"有志者事竟成"，乐天亦足以自豪矣。此外，尚有可论者，严震《白氏讽谏》本及日本嘉承（相当于中国北宋元祐时）重钞建永（相当于庆历时）本，于"首句标其目"之下有"《古诗十九首》之例也"一句，铃木虎雄业间录《校勘记》云："有者是也。"

寅恪案：《毛诗·大序》："《关雎》，后妃之德也。"孔颖达《正义》云："《关雎》旧解云：三百二十一篇皆作者自为名。"

旧说之是非，别为一问题，兹可不置论。唯据其说，则《诗经》篇名，皆作者自取首句为题。乐天实取义于此。故《新乐府》序文中"诗三百之义也"一语，乃兼括前文"首句标其目"而言。铃木之说殊未谛。夫乐天作诗之意，直上拟《三百篇》，陈义甚高。其非以《古诗十九首》为楷则，而自同于陈子昂、李太白之所为，固甚明也。

　　复次，关于《新乐府》之句律，李公垂之原作不可见，未知如何。恐与微之之作无所差异，即以七字之句为其常则是也。至乐天之作，则多以重叠两三字句，后接以七字句。或三字句后接以七字句。此实深可注意。考三三七之体，虽古乐府中已不乏其例，即如杜工部《兵车行》，亦复如是。但乐天《新乐府》多用此体，必别有其故。盖乐天之作，虽于微之原作有所改进，然于此似不致特异其体也。寅恪初时颇疑其与当时民间流行歌谣之体制有关，然苦无确据，不敢妄说。后见敦煌发现之变文俗曲殊多三三七句之体，始得其解。关于敦煌发现之变文俗曲，详见《敦煌掇琐》及《鸣沙余韵》诸书所载，兹不备引。然则乐天之作《新乐府》，乃用毛诗、乐府古诗及杜少陵诗之体制，改进当时民间流行之歌谣，实与贞元、元和时代古文运动巨子如韩昌黎、元微之之流，以《太史公书》、《左氏春秋》之文体试作《毛颖传》、《石鼎联句诗序》、《莺莺传》等小说传奇者，其所持之旨意及所用之方法适相符同。其差异之点，仅为一在文备众体小说之范围，一在纯粹诗歌之领域耳。由是言之，乐天之作《新乐府》，实扩充当时之古文运动而推及之于诗歌，斯本为自然之发展。唯以唐代古诗前有陈子昂、李太白之复古诗体,故白氏《新乐府》之创造性质,乃不为世人所注意。实则乐天之作,乃以改良当日民间口头流行之俗曲为职志。与陈、李辈之改革齐梁以来士大夫纸上摹写之诗句为标榜者,大相悬殊。其价值及影响,或更较为高远也。此为吾国中古文学史上一大问题,即"古文运动"本由以"古文"试作小说而成功之一事。寅恪曾于《韩愈与唐代小说》一文中论证之。而白乐天之《新乐府》,亦是以乐府古诗之体,改良当时民俗传诵之文学,正同于以"古文"试作小说之旨意及方法。此点似尚未见有言及之者,兹特略发其凡于此,俟他日详论之,以求教于通识君子焉。

关于元白二公作品之比较,又有可得而论者,即元氏诸篇所咏,似有繁复与庞杂之病,而白氏每篇则各具事旨,不杂亦不复是也。请先举数例以明之。

《元氏长庆集》二四《上阳白发人》,本悯宫人之幽闭,而其篇末乃云:

此辈贱嫔何足言,帝子天孙古称贵。诸王在阁四十年,七("七"当作"十"。见《旧唐书》一〇七《玄宗诸子传》,《新唐书》八二《十一宗诸子传》)宅六宫门户闭。隋炀枝条袭封邑,肃宗血胤无官位。王无妃媵主无婿,阳亢阴淫结灾累。何如决壅顺众流,女遣从夫男作吏。

可与同集三二《献事表》所陈十事中:

二曰任诸王以固磐石。三曰出宫人以消水旱。四曰嫁诸女以遂人伦。

参证。此为微之前任拾遗时之言论，于作此诗时不觉连类及之，本不足异，亦非疵累。但乐天《上阳白发人》之作，则截去微之诗末题外之意，似更切径而少枝蔓。或者乐天复受"隋炀枝条袭封邑"句之暗示，别成《二王后》一篇，亦未可知也。又如《元氏长庆集》二四《法曲》云：

汉祖过沛亦有歌，秦王破阵非无作。作之宗庙见艰难，作之军旅传糟粕。

又云："胡音胡骑与胡妆，五十年来竞纷泊。"

乐天所作，则析此诗所言者为三题，即《七德舞》、《法曲》、《时世妆》三首。一题各言一事，意旨专而一，词语明白，鄙意似胜微之所作。盖《新乐府》之作，其本旨在备风谣之采择，自以简单晓畅为尚。若微之之诗，一题数意，端绪繁杂。例若《元氏长庆集》二四《阴山道》既云：

费财为马不独生，耗帛伤工有他盗。

之以回鹘马价缣为非矣，其诗后段忽因丝织品遂至旁及豪贵之逾制，如言：

挑纹变缬力倍费，弃旧从新人所好。越縠缭绫织一端，十匹素缣功未到。豪家富贵逾常制，令族亲班无雅操。从骑爱奴丝布衫，臂鹰小儿云锦韬。群臣利己要差僭，天子深衷空闵悼。

不免稍近枝蔓。而乐天《新乐府》则于《阴山道》题下仿《毛诗·小序》云："疾贪虏也。"

全诗只斥回鹘之贪黠，而又别为《缭绫》一题，其《小序》云："念女工之劳也。"

全诗之中，痛惜劳工，深斥奢靡。其意既专，故其言能尽；其言能尽，则其感人也深。此殆乐天所谓"苦教短李伏歌行"，遂使"每被老元偷格律"者耶？

以上所列为元诗中之一篇杂有数意者，至于一意而复见于两篇者，则如《秦王破阵乐》既已咏之于《法曲》云：

汉祖过沛亦有歌，秦王破阵非无作。作之宗庙见艰难，作之军旅传糟粕。

复又见于《立部伎》中，而有：

太宗庙乐传子孙，取类群凶阵初破。

之句，即其例也。

至乐天之作，则《白氏长庆集》一《伤唐衢二首》之二云："遂作《秦中吟》，一吟悲一事。"

寅恪案：一吟咏一事，虽为乐天《秦中吟十首》之通则，实则《新乐府五十篇》亦无一篇不然。其每篇之篇题，即此篇所咏之事。每篇下之小序，即此篇所持之旨也。每篇唯咏一事、持一旨，而不杂以他事及他旨，此之谓不杂。此篇所咏之事、所持之旨，又不复杂入他篇，此之谓不复。若就其非和微之篇题言之，此特点尤极显明。如红线毯与缭绫者，俱为外州精织进贡之品，宜其诗中所持之旨相同矣。但《红线毯》篇之《小序》云："忧农桑之费也。"

篇中痛斥宣州刺史之加样进贡，而《缭绫》篇之《小序》则云："念女工之劳也。"

篇中深悯越溪寒女之费工耗力，是绝不牵混也。又如《李夫人》、《井底引银瓶》、《古冢狐》三篇，所咏者皆为男女关系之事，而《李夫人》以"鉴嬖惑也"为旨，自是陈谏于君上之词；《井底引银瓶》以"止淫奔也"为旨，则力劝痴小女子勿为男子所诱；《古冢狐》则以"戒艳色也"为旨，乃深戒民间男子勿为女子所惑者，是又各有区别也。又如《紫毫笔》所指斥者，乃起居郎与侍御史之失职，《秦吉了》所致讥者，乃言官之不言。虽俱为讥斥朝官之尸位，而其针对之人事，又不相侔也。即此所举，亦足概见其余矣。至其和微之诸篇则稍有别。盖微之之作，既有繁复与庞杂之病，乐天酬和其意，若欲全行避免，殆不甚可能。如微之于《华原磬》、

《西凉伎》《法曲》《立部伎》《胡旋女》《缚戎人》六篇中俱涉及天宝末年禄山之反,而乐天于《法曲》《华原磬》《胡旋女》《西凉伎》等篇中亦均及其事,是其证也。然乐天大抵仍持每篇一旨之通则,如《法曲》篇云:"苟能审音与政通。"

《华原磬》云:"始知乐与时政通。"

是其遣词颇相同矣。但《法曲》之主旨在正华声、废胡音,《华原磬》之主旨在崇古器、贱今乐,则截然二事也。又如《华原磬》《五弦弹》二篇,俱有慨于雅乐之不兴矣。但《立部伎》言太常三卿之失职,以刺雅乐之陵替;《五弦弹》写赵璧五弦之精妙,以慨郑声之风靡,则自不同之方面立论也。又如《华原磬》《立部伎》二篇,并于当日之司乐者有所讥刺矣。但《立部伎》所讥者乃清职之乐卿,《华原磬》所讥者乃愚贱之乐工,则又为个别之针对也。他若唐代之《立部伎》,其包括之范围极广,举凡破阵乐、太平乐皆在其内,而乐天则以破阵乐既已咏之于《七德舞》一篇,太平乐又有《西凉伎》一篇专言其事,故《立部伎》篇中所述者,唯限于散乐,即自昔相传之百戏一类。此皆足征其经营结构实具苦心也。

又微之所作,其语句之取材于经史者,如《立部伎》之用《小戴·乐记》《史记·乐书》,乃《蛮子朝》之用《春秋》定八年《公羊传疏》之例,而有"终象由文士宪左"及"云蛮通好辔长骎"等句之类,颇嫌硬涩未融。("辔长骎"之"辔"字,似即由《公羊传》定八年《注》之"衔"字而来。)乐天作中固无斯类,即微之晚作,亦少见此种聱牙之语。然则白诗即元诗亦李诗之改进作品,是乃比较研究所获之结论，非漫为轩轾之说也。

至于《新乐府》诗题之次序，李公垂原作今不可见，无从得知。微之之作与乐天之作，同一题目，而次序不同。微之诗以《上阳白发人》为首。上阳宫在洛阳，微之元和四年以监察御史分务东台，此诗本和公垂之作，疑是时李氏亦在东都，故于此有所感发。若果如是，则微之诗题之次序亦即公垂之次序。唯观微之所作，排列诸题目似无系统意义之可言，而乐天之五十首则殊不然。当日乐天组织其全部结构时，心目中之次序今日自不易推知。但就尚可见者言之，则自《七德舞》至《海漫漫》四篇，乃言玄宗以前即唐创业后至玄宗时之事。自《立部伎》至《新丰折臂翁》五篇，乃言玄宗时事。自《太行路》至《缚戎人》诸篇，乃言德宗时事。(《司天台》一篇，如鄙意所论，似指杜佑而言，而杜佑实亦为贞元之宰相也。) 自此以下三十篇，则大率为元和时事。(其《百炼镜》、《两朱阁》、《八骏图》、《卖炭翁》虽似为例外，但乐天之意，或以其切于时政，而献谏于宪宗者。) 其以时代为划分，颇为明显也。五十首之中，以《七德舞》以下四篇为一组冠其首者，此四篇皆所以陈述祖宗垂诫子孙之意，即《新乐府总序》所谓"为君而作"，尚不仅以其时代较前也。其以《鸦九剑》、《采诗官》二篇居末者，《鸦九剑》乃总括前此四十八篇之作，《采诗官》乃标明其于乐府诗所寄之理想，皆所以结束全作，而与首篇收首尾回环救应之效者也。其全部组织如是之严，用意如是之密，求之于古今文学中，洵不多见。是知白氏《新乐府》之为文学伟制，而能孤行广播于古今中外之故，亦在于是也。

元白二公作《新乐府》之年月，必在李公垂原作后，自无可疑。微之诗未著撰作年月，但其《西凉伎》云：

开远门前万里堠，今来蹙到行原州。去京五百而近何其逼，天子县内半没为荒陬。

寅恪案:《旧唐书》一四《宪宗纪》云：

元和三年十二月庚戌，以临泾县为行原州，命镇将郝玼为刺史。自玼镇临泾，西戎不敢犯塞。

《新唐书》三七《地理志》云：

原州。广德元年没吐蕃，置行原州于灵台之百里城。贞元十九年徙治平凉。元和三年又徙治临泾。

是行原州凡三徙治所。其第二次之治所为平凉县，属旧原州，据《旧唐书》三八《地理志》，原州中都督府在京师西北八百里。与元诗"去京五百而近"之语不合，必非所指。至行原州第一次之治所为灵台县之百里城，第三次之治所为临泾县，则皆属泾州。据《旧唐书》三八《地理志》，泾州在京师西北四百九十三里，与元诗

"去京五百而近"之语适合。然微之诗断无远指第一次即广德元年所徙之灵台而言之理,是其所指必是元和三年十二月即第三次所徙之临泾无疑。然则微之《新乐府》作成之年月,亦在元和三年十二月以后,与乐天所作同为元和四年矣。此微之作诗年岁之可考者也。乐天《新乐府》虽题为"元和四年为左拾遗时作",似其作成之年岁无他问题。然详绎之,恐五十首诗亦非悉在元和四年所作。盖白氏《新乐府》之体,以一诗表一意、述一事。五十之数,殊不为少,自宜稍积时日,多有感触,以渐补成其全数。其非一时所成,极有可能也。今严震刊《白氏讽谏》本《新乐府序》末有"元和壬辰冬长至日左拾遗兼翰林学士白居易序"一行。初视之殊觉不合,以元和壬辰即元和七年,是年乐天以母忧退居渭上。乐天于前二年即元和五年已除京兆府户曹参军。其所署官衔左拾遗,自有可议。且兼翰林学士之言,似更与唐人题衔惯例不类(见《历史语言研究所集刊》第九本四五八页岑仲勉先生《论〈白氏长庆集〉源流并评东洋本〈白集〉》)。但据《白氏长庆集》五三《诗解(五律)》云:"旧句时时改,无妨悦性情。"

可知乐天亦时改其旧作。或者此《新乐府》虽创作于元和四年,至于七年犹有改定之处,其"元和壬辰冬长至日"数字,乃改定后随笔所记之时日耶?否则后人传写,亦无无端增入此数字之理也。姑识于此,以待详考。

关于篇章之数目,白氏之作为五十首,自无问题,元氏之作,则郭茂倩《乐府诗集》九六卷《新乐府上》载微之《新乐府》共十三篇，其言云：

>元稹序曰，李公垂作《乐府新题》二十篇，稹取其病时之尤急者，列而和之，盖十五而已。今所得才十二篇，又得《八骏图》一篇，总十三篇。

寅恪案：今《元氏长庆集》二四载《新乐府》共十二篇，序文亦作"十二"，适相符合，无可疑者。郭氏所见本，其"十二"之"二"，殆误作"五"，因谓其未全。又见乐天所作中有《八骏图》一题，而《元氏长庆集》三亦有《八骏图》一诗，遂取之以补数。殊不知微之《八骏图》诗乃五言古诗，与微之《新乐府》之悉为七言体者迥异，断不合混为一类。观于《元氏长庆集》三〇《叙诗寄乐天书》云：

>至是元和七年矣，有诗八百余首，色类相从，共成十体，凡二十卷。

又同集五六《唐故工部员外郎杜君墓系铭（并序）》云：

>予尝欲条析其文，体别相附，与来者为之准，特病懒未就。

则微之编辑自作之诗，必分别体裁，无以五七言相混淆之理。

《白氏长庆集》之编辑,其旨亦同微之,然则郭氏编入之误,不待详辨也。

(原载陈寅恪:《元白诗笺论稿》,文学古籍刊行社1955年版。标题为编者所加)

1911—1967

李嘉言：李贺与晚唐

向来论唐诗的人，多把李贺和贾岛划入中唐，并且把他们派在韩愈的门下。以作诗的态度论，他们诚然近似韩愈；以成就论，他们却早已偷偷的逃出了韩愈的门墙，各树一帜，并取得大众的拥护了。在晚唐，韩愈不唯没有李贺和贾岛的影响大，就是比之张籍，他也不如。杨升庵诗话明说晚唐有两诗派，一派学张籍，一派学贾岛，就因为张籍也有独到的成就。晚唐的诗派本来很复杂，前人的论说也很多，但是李贺和贾岛的作风——前者像披着迷人的舞装在仙境里遨游，后者却带着佛的禅味在僻静的角落呻吟，二人在晚唐确都独立成了诗派。这由杜牧于李贺备加推崇（见其《李贺歌诗序》），便不难察知其中消息。唯贾岛一派多无名英雄，李贺一派都是名家，而且由于李贺诗的艳丽的外衣及感伤的内容，渐渐的影响，渐渐的发展，以至于词的成熟，使词的起源多一条路线可寻，所以李贺一派在晚唐确是不可忽视的。

李贺的诗体，要一定给他找一个远祖的话，上可以说起于《离骚》，下则承自齐梁。除了杜牧说他"奴仆命《骚》"之外，他自己也曾说过"欲取青光写《楚辞》"、"《楚辞》系肘后"的话。但是无论如何，他的诗体经过他自己一番的匠心创造，已经是自铸伟词了。在外貌上不唯离《楚辞》的体裁已远，就是齐梁体也不能和它比肩。如梁武帝的《凤笙曲》：

绿耀克碧雕琯笙，朱唇玉指学凤鸣，流速参差飞且停。飞且停，在凤楼；弄娇响，间清讴。

虽然有点像他，却终不十分像，而且连这点近似的情形，在齐梁至隋整个的时代里也并不多。李贺诗体尽管是从齐梁中来，尽管是用的齐梁体常用的字眼；但把那些字眼组织到句中的方法，就各自有别了。唐初如宋之问的《王子乔》，稍后崔国辅的《襄阳曲子夜冬歌》，以及李杜诸大家诗中这种近似李贺的句子，也都是偶尔的一现（所谓大家诗，本来是体无不备的）。今录老杜一二，以概其余：

象床玉手乱殷红，万草千花动凝碧。（《白丝行》）
主家阴洞细烟雾，留客夏簟青琅玕；春酒杯浓琥珀薄，冰浆碗碧玛瑙寒。（《郑驸马宅宴洞中》）
子规夜啼山竹裂，王母昼下云旗翻。（《玄都坛歌寄元逸人》）
饔人受鱼鲛人手，洗鱼磨刀鱼眼红。（《阌乡姜少府设鲙戏赠长歌》）
白摧朽骨龙虎死，黑入太阴雷雨垂。（《戏为韦偃双松图歌》）
鱼龙寂寞秋江冷。（《秋兴》八首）

楚雨石苔滋，京华消息迟，山寒青兕叫，江晚白鸥饥，神女花钿落，鲛人织杼悲，繁忧不自整，终日洒如丝（雨）。

到了中唐，这种倾向已较明显。如被《唐才子传》误认为李贺之友的刘言史的诗句：

妖红惨黛生愁色……碧空露重彩盘湿。(《七夕歌》)
远火荧荧聚寒鬼，绿焰欲销还复起；夜深风雪古城空，行客衣襟汗如水。(《夜入简子古城》)
翠华寂寞婵娟没，野筱空余红泪情。(《潇湘游》)
浇红湿绿千万家，青丝玉驴声哑哑。(《买花谣》)

刘言史本不如杜诗之多，在杜诗中这类的诗究竟是极少数，而在刘言史便当异样看待。孟郊哭刘言史说他"诗肠倾珠河"，我们很可以明白他是怎样的作风了。再如李益的：

大明瞳瞳天地分，六龙负日升天门。(《大礼毕皇帝御丹凤门改元建中大赦》)
寒狐啸青冢，鬼火烧白杨。(《野田行》)

王建说他"紫烟楼阁碧纱亭，上界诗仙独自行……藕绡纹缕裁来滑，镜水波涛滤得清"(《上李益庶子》)，这与李贺之死相传为上帝召他给白玉楼作记的故事，不都是代表一班人对他们所具有的神秘之感么？王建这样推崇李益，那么王建也应该有点近似李益了，看王建的：

金刀不剪双泪泉，香囊火死香气少。(《秋夜曲》)

曲池高阁相连起，荷叶团团盖秋水；主人已远凉风生，旧客不来芙蓉死。(《主人故池》)

看炊红米煮白鱼，……巴云欲雨薰石热，麋鹿度江虫出穴。大蛇过处一山腥，野牛惊跳双角折。(《荆门行》)

其余如韩愈的《龙移汴州乱》，刘禹锡的《步虚词》，李益的《登天坛夜见海》，王建的《题台州隐静寺》及鲍溶的《秋思》等，我们不必一一列举了。这些人可说都是李贺前驱。至于他同时及以后的作者，这类例子就更多了，并且都分明的受了他的影响。如沈亚之，原是他的朋友，他曾称道亚之工为情语，有窈窕之思（见《四部丛刊》本《沈下贤集序》)，这足以见其气味相投处。同时的韦楚老，只存诗两首，全似他的作风。杜牧的诗，人以为豪迈，实际是秀丽的居多，李商隐《杜司勋牧》说"前身应是梁江总"，所以喻凫谒杜牧不见理而说。"我诗无罗绮铅粉，宜其不售也。"（喻凫本学贾岛为诗，见《北梦琐言》。）有一件事我觉得奇怪的，杜牧、李商隐俱有效沈亚之诗，三人与李贺又皆气味相投，为何商隐有效李贺而杜牧没有呢？杜牧虽然答应亚之的请求，为李贺诗集作了一篇序，并且也还大大的对李贺赞扬了一场，但是他的字里行间，总有点自觉高上，不屑于为李贺作序的样子，好像是迫于无奈才答应了下来，是不是因为李贺死的早，不如亚之活的年纪大，并且亚之在政治上已经有了地位，所以他才认亚之为朋友而不肯与李贺相比呢？这由李商隐肯作一首效长吉的诗看来，人们大概都是贵古贱今的。商隐距李贺的时间较远，所以他有勇气来公然模拟李贺的诗，杜牧距李贺的时间较近，并且李贺不如他的地位高，所以他虽然喜欢李贺的诗，却也不愿公然模拟。还有，你若是把杜牧和李商隐的诗集打开来比着瞧，你尽管会佩服杜牧的风度大，但是这种政治化的风度，总不如商隐的那种不失赤子之心的特见天真处，较为可爱。商隐肯作一首效长吉的诗，以我看来，正是其特见天真处。

长长汉殿眉，窄窄楚宫衣；镜好鸾空舞，帘疏燕误飞；君王不可问，昨夜约黄归。(《效长吉》)

要是求商隐这一类的诗，他集子内多得很，我们不妨举些色彩浓重的看看：

蜡烛啼红怨天曙。(《燕台》四首)
兔寒蟾冷桂花白。(《月夕》)
粉蛾帖死屏风上。(《日高》)
柔肠早被秋眸割。(《李夫人》)

龙头泻酒客寿杯……南浦老鱼腥古涎……幽兰泣露新香死……巴西夜市红守宫，后房点臂斑斑红。(《河阳诗》)

麒麟踏云天马狞，牛山撼碎珊瑚声；秋娥点滴不成泪，十二玉楼无故钉。推烟唾月抛千里，十番红桐一行死。白杨别屋鬼迷人，空留暗记如蚕纸。日暮向风牵短丝，血凝血散今谁是。(《无愁果有愁曲》)

至于温庭筠，试打开《全唐诗》他的集子一看，那头几卷几乎都是李贺的一套。他与李贺的关系最密切，已详《词的起源》一文中，这里无须再说。还有个庄南杰，《全唐诗》载他的诗连补遗在内不过九首，我给他补上十五首（详拙作《改编全唐诗刍议》），总共二十四首，全似长吉作风。（南杰曾从贾岛受学，见《唐才子传》。）其余如张祜的《思归引》，陈陶的《步虚引》，罗隐的《江南曲》，吴融的《古别离》，沈彬的《出塞曲》，虽亦受其影响，色彩都不太重，这里都从略不引了。

由于上面的叙述，我们可以知道李贺诗体在他以前并未大量的出现过，而在他以后情形就不同了。这由杜牧说他"名溢天下，……由是后学争耀贺，相与裁缀其字句，以媒取价"的话看来，可证我并未固执偏见，阿其所好。

最后说到他这一派诗体的特色，单由上面的一些例子看来，很明显的一点就是爱用惊人的字眼与句法，如腥、泻、惨、死、古、冷、狐、仙、龙、蛇、鬼等，这分明是在极度的感伤中需要一些刺激来麻醉一时,也是他对于时代失望疲倦之余的一种不正常的病象。这一派诗所以起于盛晚唐之交而不起于初盛唐之交,其缘故就正在此。就文学史的眼光看来,李贺诗体虽源于齐梁乐府,虽有回到齐梁体的倾向,实则它已改头换面了,我们可以说齐梁乐府到了唐初四杰为一变,到李贺则又一变,譬如温庭筠有许多效齐梁体的诗,但它和齐梁体终是两样。他又有《春江花月夜词》,和继承四杰的张若虚的《春江花月夜》亦迥乎不同。这转变风气的开先人实不能不说是李贺。至于李贺与词的关系,已详《词的起源》一文中,这儿就不再多说。

(原载《现代西北》第 7 卷第 3 期,1944 年)

国立西南联合大学

第五篇 双峰并峙
宋词与宋诗五讲

1937—1946

罗庸：词体演变及北宋词人

一、词体演变

唐词来源，或自大曲，或自杂曲子，或自民间小调，故欲明唐代词之源流，对唐之音乐背景不可不知也。宋代音乐发展之势已衰，其原因在疆土逼仄，对外交通线断绝，成闭关之势，域外文化无从输入，故在音乐方面仅靠旧乐之残调鳞爪维持场面而已。唐燕乐二十八调，宋初存十八调，后又减为十三调，而词调则较唐加多六七倍，与大曲亡佚之情况适相反，故宋词不能说与旧日音乐关系十分密切。宋词据研究大多为大曲之摘遍，故欲明宋词之发展演变，则不可不知宋大曲也。兹分二端说明于下：

（1）大曲演奏自始至终者谓之"排遍"，计凡五遍，即引子、歌头、散序、中序、催衮（**近拍**）、煞衮是也。宋大曲引子相当于唐之散序，演奏至歌头始歌，散序非唐之旧；催衮即快完成时节奏加快之谓也；煞衮即尾声。由排遍中摘取一支，以词填入而单独歌唱，词调由是增多，如常见之《清江引》、《水调歌头》等；散序在词调中即称为序，如《莺啼序》、《霓裳中序第一》等，故许多词调自其定名观之，即可知其来源；凡填词入近拍者曰近，如《好事近》、《红林檎近》等。北宋晚年，大曲更少，人家宴会，多自曲中摘取枝节填词而歌,故词调叠有增加也。又词调在乐工手中,有急曲、慢曲二种,如《木兰花慢》《浪淘沙慢》等,其本身即为慢曲,至于北宋以后,有令、引、近、慢各种名称,成为词体篇幅大小之定名。此说法似与实际情况不合,盖词之发展为多元者也。

(2)叠词之形成,当亦由渐进而来,如《阳关曲》之二叠(叠第二句),即使同一曲调而有往复歌唱,乐工即在此叠中变换花样,如《忆江南》原为单支,至北宋乃变为双叠,乐工在换头变换花样,遂使词调加长,更演为三叠,由是词调因篇之增加而名目亦换,调名遂有增添,或添声减字以成变调,添声又谓之"摊破",如《摊破浣溪沙》是也;减字如《减字木兰花》是也,均足以加多词调。又有犯调者,即将不同之词拼凑为一,如将半调《西江月》及半调《小重山》(在同一宫调内)拼成《江月晃重山》之新调;有将四调精华合并者如《六丑》;更有摘合八调者,如《八犯玉交枝》;此皆以旧调变换新调者也。有将一宫调换入他宫调内,其音变而取新名,如《鼓笛慢》翻入"越调"改名《水龙吟》,《永遇乐》原为"歇拍调",入"越调"改名《消息》。又有明写出"摘遍"者,如《泛清波摘遍》《薄媚摘遍》等是,其来自大曲可知矣。南宋人解音律,而有自度腔之出现,凡此皆使词调多出的原因。又词之名作加多,人每喜以其中名句换去原有调名,如《念奴娇》之更名《酹江月》,盖取自东坡《赤壁怀古》之句也,此为词调加多之又一原因。

慢词原在民间流行,北宋名公每不及此,迨张(先)柳(永)之出,吸取民间歌调,开风气之先,慢词始流行于上层社会。故词体之演变,就体制言,北宋末已臻其极,就风格言,又当在南宋末矣。

二、北宋词人

两宋词之多,超过任何时代,上自达官贵人,下至凡夫歌妓,莫不精擅此艺,在社会上流行极为普遍,为交际之必需品,因而人皆习之,而专家亦因之产生,今所存不过十分之五,应酬之作仍居多数,得论及者,仅数大家而已。

张先,字子野,乌程人。柳三变(改名),原名永,字耆卿,崇安人。张先为江湖散人风格,卒年八十九,为北宋词人年寿最高者。作品无庙堂气,家蓄歌姬,填词使唱以自娱,故不必如晏欧为身份所拘,而放胆为民间慢词之写作也。其生活风格似姜白石,词格平正。柳三变身世极似温飞卿,终其身放浪教坊,肆意为民间歌词,故天下有井水饮处皆能歌柳词。自有苏、秦、周诸大家出现,柳作未免减色,盖其慢词皆千篇一律而少变化故也,然不失为开山祖师。美成固由此出,南宋诸家亦莫不宗之。按宋代崇安凡三处,鲁、闽、赣三省俱有之,故耆卿籍贯颇有聚讼,吾认为此赣省之崇安是也。

读东坡词当从长调入手。东坡以作七古方法入词,为破坏乐律词之第一人,使词之作风扩大,不必入乐而畅写个人怀抱也,亦是宋诗之风格。东坡才大,故有若干意境存乎胸中,以此大意境缩写成为小词,故不能取法于《花间集》,殆近于宋人作绝句之风格。自此公之出也,"花间"、南唐两派之影响俱绝。

少游之词，通而观之，早年作风格并不高，一如当时流行之应酬格调，不脱耆卿面目。自二十七岁与东坡为友，乃以纵横峻拔之气入词，遂自成一家风格，虽东坡亦莫能及，其成就，东坡之督促亦有功焉。北宋词有耆卿与少游之后，乃有周清真之集大成。至于山谷，词如其诗，多拗体与禅宗意味，失其温柔之气，故不能成家，可为东坡词之别派。后山，词名为诗名所掩。

贺铸，字方回，其气概笔力为北宋之堪匹敌少游者，二人均以清刚为主，而方回之情深尤过于少游，颇近于东坡，故山谷词云："解作江南肠断句，只今唯有贺方回。"其为前辈推重如此。

经上述数变，词体发展形成二路，一为正统派，自柳永、少游、方回而下，完成于周美成。一为别派，自东坡而下，南宋稼轩即遥承此衣钵者也。在整个文学史发展中，二派实并行不悖。

美成可谓词圣，有词家之长而无其短，章法之多，古今无匹，意态端庄，亦不失温柔敦厚之致。其运用过去文学之成就以入词（如唐诗杜句），人所罕及，各方面均臻极盛。南宋梦窗、碧山、玉田诸家咸以为师，然终不及美成之兼备众长也。

介乎南北宋之间者有李清照（易安），整个学六一词而不至，小令犹有可观，长调实难以抗衡诸大家也。

（原载郑临川记录、徐希平整理：《笳吹弦诵传薪录：闻一多、罗庸论中国古典文学》，上海古籍出版社2002年版）

罗庸：南宋诗人与词人

一、南宋诗人

北宋晚年，诗坛由江西派主盟，《江西诗社宗派图》中十七人中有韩驹者，其弟子曾几（茶山，赣州人）有名于南宋初年，山谷之破律拗体，至末流已不可作，至茶山而改其作风为平易，取境于中唐、盛唐，北宋之反动原为晚唐而发，今既取法中盛，又经过北宋人之洗刷，遂别开新面目焉。茶山弟子即陆游（放翁），为南宋大家，以作诗为自己生命，工力非别家所及。其修养原出儒家，晚年学道，故其学问基础超过东坡，又肯多作，故笔调极熟练，晚年以工部为模范，杜诗佳处为其所熔化，故所作全非北宋面目。元明两代诗，多走中唐盛唐之路，此风自放翁开之。其诗近体多于古体，故下笔多成套子，章法变化较少，唯多警句而已。诗格熟而不烂，此超乎晚唐者也。

杨万里（诚斋）为南宋四大家之一，其原出于元白，走平易之路，又受宋代白话流行之影响，故诗中多用白话，此为山谷之外另走极端者也。所作数量亦多，既用白话，则易于传达民众感情，成为平民诗人，外加山林气味，自成淡朴风格。唯学问基础较浅，其味遂薄。

范成大（石湖）以江湖气味言，与杨同属一格，但风格较高。读杨诗觉其近于元白而有不及之感，范诗则近于东坡，以风韵胜，数量虽低杨一半，而流传之广，则远过之。

尤袤（延之）当时极负盛名，唯存诗不及十一，故风格实难窥见。此四子为南宋诗四大家，对元明影响大者推范陆两家。

此外有所谓永嘉四灵，皆叶水心之门下，四灵即徐照（灵辉）、徐玑（灵渊）、翁卷（灵舒）、赵师秀（灵秀），四人者以为南宋诗之末流，对北宋诗之洗练功夫俱已荡然，又趋于烂套，欲图挽救，乃取中唐贾岛、姚合而学之，惜天资较低，成就殊少耳。

最后论南宋之遗民诗人四家：文天祥、谢翱、郑思肖、汪元量是也。文用工杜诗最深，故所作句句有内容，有感人之力量，以个人身世及南宋之时局而成其诗之独特面目。谢诗不多，然极沉痛，有故国之思。文之友也，文殉国后，尝设祭子陵濑以招魂焉。郑诗亦抱亡国之痛，宋亡为道士，将死，以平生著作置铁匣中，沉苏州某寺井中，明末始被发现。汪原本宫中乐工，宋亡，随君被掳北去，以沿途所见及身世遭遇为题材，赋成若干绝句，取宫词风格，然内容皆信史，可当作南宋亡国史读。其集号《水云集》，所作面目，亦非两宋诗人所有。

二、南宋词人

风格虽变，然皆以北宋为基础，就大家言，约可分成三派。

（一）辛弃疾（稼轩）派——通常以苏辛并称，其实二家之词风与人格大有异趣。东坡书生而已，稼轩则为弓刀游侠，其晚年目睹国事日非，自觉无能为力，乃将毕生精力泻于词，不似东坡之以词为余事也。故以填词之功夫与修养论，苏不及辛之深厚，以身世言，苏亦无辛之沉痛，故稼轩之词似粗而实细，其细磨功夫，直可比肩美成。此派名家有张孝祥之《于湖词》，自具面貌，在南宋词中一如范石湖在诗中之地位，此乃无意学稼轩者。有意学辛者有刘过（改之）、刘克庄（后村），后者天资较高，然俱不及稼轩，改之深得其粗豪，后村则近于湖焉。

（二）姜夔（白石，尧章）派——姜词近于东坡而无其豪放，近于张子野而去其教坊气。后世对之毁誉参半，毁之者以为天资不高，誉之者以为空灵绝世。其实，白石天资诚然不高，然善解音律，能自度腔，又终老江湖而风格潇洒出尘。盖北宋以来，词人多走显路，而白石故意求其隐涩，遂为人所诟病。王静庵以"隔"评其风格，其故在此。词中通常姜史并称，但梅溪对姜之晦涩作风能洗而去之，此所以能卓然自立也。

（三）吴文英（梦窗）派——梦窗之词，亦步亦趋学周美成，美成词好处在其温润、典丽、闲适与风韵，梦窗则专取其典丽而忘其绵密，写来不时露骨，遂成其为徒具外表而乏内容之病，人以"七宝楼台"评之，信然。

南宋末，词人走周吴之路而不为吴所限者有王沂孙（碧山）、周密（草窗）、张炎（玉田）三家，碧山词颇有风韵，故极疏淡；草窗亦自成家，玉田用心之周密为南宋第一人，美成以后，允推独步。明清词家之发展，咸不出诸家之范围。

（原载郑临川记录、徐希平整理：
《笳吹弦诵传薪录：闻一多、罗庸论中国古典文学》，
上海古籍出版社2002年版。标题为编者所加）

1904—1957

浦江清：苏轼的诗与词

一、苏轼的诗

历来评苏轼诗者，如沈德潜云："苏子瞻胸有洪炉，金银铅锡，皆归熔铸；其笔之超旷，等于天马脱羁，飞仙游戏，穷极变幻，而适如意中所欲出，韩文公后，又开辟一境界也。"（《说诗晬语》卷下）

赵翼云："大概才思横溢，触处生春，胸中书卷繁富，又足以供其左旋右抽，无不如志。其尤不可及者，天生健笔一枝，爽如哀梨，快如并剪，有必达之隐，无难显之情：此所以继李、杜后为一大家也。"（《瓯北诗话》卷五）

根据两家的评论，我们可以看到苏诗有以下特点：

（一）题材的丰富。苏轼博学多能，他代表他的时代文学修养极高的人。于经史子集、释道经典，无所不窥，加以到处宦游，生活经验丰富，所以他的诗也包罗万象，内容丰富。苏轼对于人生是爱好的，因此善于对平淡朴素的东西给以诗意的描写。山川名胜，草木鸟兽，都有题咏，为李杜以后的一大家。沈德潜所谓"金银铅锡，皆归熔铸"是也。题材和博物知识只是原料，"熔铸"是艺术的处理。他以诗人的观点，诗人的感受了解和表现世界与人生。

（二）能达。苏轼以为文学要"达"。他说："孔子曰：'言之不文，行而不远。'又曰：'辞，达而已矣。'夫言止于达意，即疑若不文，是大不然。求物之妙，如系风捕影；能使是物了然于心者，盖千万人而不一遇也，而况能使了然于口与手者乎！是之谓辞达。辞至于能达，则文不可胜用矣。"（《答谢民师书》）苏轼诗歌纵横曲折，无不能达，且能达前人之所不能达。正如赵翼谓："天生健笔一枝，爽如哀梨，快如并剪，有必达之隐，无难显之情。"就是说他的诗能够爽快达意，达他人所不能达者。苏轼自负他的文笔，说："吾文如万斛泉源，不择地而出。在平地滔滔汩汩，虽一日千里无难，及其与山石曲折，随物赋形而不可知也。所可知者，常行于所当行，常止于不可不止，如是而已矣。其他吾亦不能知也。"（《文说》）又云："某平生无快意事，惟作文章。意之所到则笔力曲折，无不尽意。自谓世间乐事，无逾此者。"（何薳《春渚纪闻》所引）东坡虽然在说他的文，也可以论到他的诗。他的诗也是笔力曲折，无不尽意，大概以散文的风格写诗。用散文的做法写诗，是宋诗的一个特点。这个特点远从韩愈开始，配合古文运动的发展延续下来。所以宋诗多议论、多说理。苏诗以说理，议论畅达见长。不过诗到底和散文不同，散文纯用论辩逻辑达意，而诗之达在"求物之妙，如系风捕影"。并不只是形似，而是要表达出其精神实质，所以他咏吟山水、人物，都能表现出神韵与动态。他以为最善者能体贴物情、畅达物情，如"竹外桃花三两枝，春江水暖鸭先知"，寥寥数字，生动有致，可谓善于体贴物情，是一种达。"三过门间老病死，一弹指顷去来今"，十四字达尽感慨之情，深入浅出。

（三）多妙悟。苏轼诗多妙悟，含哲理，有理趣。他以诗人的眼光，诗人的感受能力观察世界，了解人生生活，有许多妙悟。例如："横看成岭侧成峰，远近高低各不同。不识庐山真面目，只缘身在此山中。"（《题西林壁》）在山景的形象描绘中寄寓着耐人寻味的理趣，实精辟妙悟之言。"人生到处知何似，应似飞鸿踏雪泥；泥上偶然留指爪，鸿飞那复计东西。"（《和子由渑池怀旧》）以鸿飞来比人生之际遇，这就并非诉诸感情，而是托于哲理了。苏轼主张自我解放，游于物外。他对于艺术包括诗的见解，不以求形似为满足，而要"得自然之数，不差毫末，出新意于法度之中，寄妙理于豪放之外"。他推崇吴道子，更赞扬"摩诘得之于象外"。得于象外，便能够自由解放。沈氏所谓"等于天马脱羁，飞仙游戏"，即是诗意不受题材拘束，能求得象外的真理，而妙悟也须如此。宋诗使人悟理，唐诗动人感情。我们读苏诗，获得许多智慧。"自言静中阅世俗，有如不饮观酒狂。""吾虽不善书，晓书莫如我。苟能通其意，常谓不学可。"凡此均似得道者言，其所谓道，即象外、物外、超旷之道，亦即庄子之道。而此道与诗相通，与书画艺术亦相通也。

苏轼观物之妙，求物之妙，于日常现实生活的小事物中，发挥其人生哲学，于诗中往往发出其对事物的妙悟，也就是深微的理解。苏诗亦多议论，并不干枯，而是高超旷达的。他用艺术家的态度，爱好人生，摆脱功名富贵的追求，引导读者爱好自然与艺术。

（四）善比喻。苏诗长于比喻，且立意新奇，不落前人窠臼。前述《题西林壁》以观庐山整体设喻，寓发新意。《和子由渑池怀旧》以"雪泥鸿爪"喻人生境遇，已成千古绝唱。苏轼有许多写西湖诗作，如"欲把西湖比西子，淡妆浓抹总相宜"，十分通俗、亲切，千百年来成为吟西湖的定评之作，再如"春风如系马，未动竟先骋。西湖忽破碎，鸟落鱼动镜"，"微风万顷靴文细，断霞半空鱼尾赤"，"船上看山如走马，倏忽过去数白群"，"岭上晴云披絮帽，树头初日挂铜钲"。有静看，有动观，山如马，湖如镜，晴云如絮帽，初日如铜锣，喻义贴切，栩栩如生。再看《百步洪》诗中"长洪斗落生跳波，轻舟南下如投梭。水师绝叫凫雁起，乱石一线争磋磨。有如兔走鹰隼落，骏马下注千丈坡，断弦离柱箭脱手，飞电过隙珠翻荷"。这些诗句，其中一连串的生动比喻也令人赞叹不已。

（五）诙谐。有人说苏轼"嬉笑怒骂皆成文章"。苏轼的人生观是达观主义的，他襟怀旷达，写起诗来"触处生春"，妙语诙谐。石苍舒喜欢写字，筑醉墨堂，日夕学书，草书颇有成就，请苏轼作诗论书法，苏轼送他诗曰："人生识字忧患始，姓名粗记可以休。"借项梁告诫项羽书不足学的故事幽默地开了头，诗结尾说："不须临池更苦学，完取绢素充衾裯。"又很风趣地说，不须像张芝那样在绢帛上苦练书法，可以用绢来作被褥。苏轼以花甲之年谪居海南之儋耳，生活很苦，人很消瘦，得知同遭贬谪的弟弟人也很瘦，于是作《闻子由瘦》一诗云："海康别驾复何为？帽宽带落惊童仆。

相看会作两臞仙，还乡定可骑黄鹄。"达观坦然，机趣横生。

二、苏轼的词

词最初只是小曲，写男女爱情，写相思、别离或幽会，写都市的繁华、风景的秀美和民间的习俗，是用于浅斟低唱。苏轼推动了词的发展，扩大了词的范围。他以古文的笔调来写诗，又以写诗的笔调来写词，扩大了词的题材和意境。苏轼的词无所不写，吊古伤时，悼亡送别，说理咏史，山水田园或自伤身世，内容广泛，一扫艳词柔靡之陋。东坡居士词，"横放杰出，自是曲子中缚不住者"（晁无咎语）。当然他的词也可以歌唱，因为他无论写小令、长调都合于音律，不过也可以不必歌唱的。他只是利用长短句法的流动变化的形式来写抒情诗罢了。这又表现了苏轼的自由解放的性格。我们可以说他的词是脱离音乐的解放诗。

当时，柳永的词是当行本色，婉约而纤丽，苏轼写的则是怀古之类的"大江东去"，豪放得使人有"天风海雨逼人"之感（陆放翁语）。《吹剑录》云：

东坡在玉堂日，有幕士善歌，因问："我词何如柳七？"对曰："柳郎中词只合十七八女郎，执红牙板，歌'杨柳岸，晓风残月'。学士词须关西大汉，铜琵琶，铁绰板，唱'大江东去'。"东坡为之绝倒。

这里可以看出苏词、柳词的不同之处。苏轼写词"无意不可入，无事不可言"。他的词从思想内容到艺术风格都发生了变革，开创了一个词派，称为豪放派，与婉约派相对。

最能代表苏轼词作的是《水调歌头·明月几时有》和《念奴娇·赤壁怀古》。先看《水调歌头》：

丙辰中秋，欢饮达旦，大醉。作此篇，兼怀子由。

明月几时有，把酒问青天，不知天上宫阙，今夕是何年。我欲乘风归去，又恐琼楼玉宇，高处不胜寒。起舞弄清影，何似在人间。

转朱阁，低绮户，照无眠。不应有恨，何事长向别时圆。人有悲欢离合，月有阴晴圆缺，此事古难全。但愿人长久，千里共婵娟。

写月夜醉后的心情。由月的神话故事，幻想乘风归去，自比如李白之为谪仙人。先是感叹人生苦闷、渴求解放的心怀。此后转到"又恐琼楼玉宇，高处不胜寒"，不若留在人间，表示对于人生的依恋，热爱此生，并不羡慕神仙，脱离现实（亦比《赤壁赋》中的思想）。下半阕咏月，从月的阴晴圆缺，比人生的悲欢离合，而以此事古难全为安慰。通彻于物理人情，然后得到超然的旷达的情怀。最后表示兄弟的永久怀念，互祝健康，"千里共婵娟"。此篇是对月怀人的最佳之作。曲折奔放，说理抒情兼胜。再看下一首《念奴娇·赤壁怀古》：

大江东去，浪淘尽，千古风流人物。故垒西边，人道是，三国周郎赤壁。乱石穿空，惊涛拍岸，卷起千堆雪。江山如画，一时多少豪杰！遥想公瑾当年，小乔初嫁了，雄姿英发。羽扇纶巾，谈笑间，樯橹灰飞烟灭。故国神游，多情应笑我，早生华发。人生如梦，一尊还酹江月。

《念奴娇》一词，同《赤壁赋》。开头"大江东去，浪淘尽，千古风流人物"，豪放之至。（关汉卿《单刀会》曾采用其词句）"乱石穿空"五句，把长江风景概括写出，气势浩瀚。接着由怀古而思今，思古人而不见，叹今吾之易老。山川地理、历史人物、个人感想都融合在此篇中。吊古豪情逸致，一洗浅斟低唱脂粉气之陋。此类胸襟，非柳耆卿所能作。在这词里突出表现了东坡自己的形象、伟大的诗人的形象。

此二词，均接近于李白的诗。

人民热爱李白那样的诗人，同样也热爱苏轼那样的诗人。积极的浪漫主义是他们共同的特点。苏轼与李白不同的，李白有求仙思想，有建功立业、功成身退的思想；苏轼则不同，在诗词中处处表现其受仕宦的羁绊，而要求在苦闷中求解放耳。《临江仙·夜归临皋》词中云："长恨此身非我有，何时忘却营营。夜阑风静縠纹平。小舟从此逝，江海寄余生。"期待解脱而获得精神自由是何等迫切。

苏轼词气韵沉雄豪放，突破了"花间派"的表现形式，也突破了它的描写内容。所以，有人说他的词"一洗绮罗香泽之态，摆脱绸缪宛转之度，使人登高望远，举首高歌，而逸怀浩气，超然乎尘垢之外。于是《花间》为皂隶，而耆卿为舆台矣"（胡寅《题酒边词》）。但也因此被目为"别格"，《四库提要》说：

> 词自晚唐五代以来，以清切婉丽为宗，至柳永而一变，如诗家之有白居易；至苏轼而一变，如诗家之有韩愈，遂开南宋辛弃疾等一派。寻源溯流，不能不谓之别格；然谓之不工则不可。

李清照批评苏词为"句读不葺之诗"。连出自苏门的陈师道也谓"子瞻以诗为词，如教坊雷大使子舞，虽极天下之工，要非本色"（《后山诗话》）。此局限于词为音乐小曲的词律派的见解，非笃论也。

但东坡词亦非一味豪放，也有极细腻、婉约的词。如《水龙吟·次韵章质夫杨花词》：

> 似花还似非花，也无人惜从教坠。抛家傍路，思量却是，无情有思。萦损柔肠，困酣娇眼，欲开还闭。梦随风万里，寻郎去处，又还被莺呼起。不恨此花飞尽，恨西园、落红难缀。晓来雨过，遗踪何在？一池萍碎。春色三分，二分尘土，一分流水。细看来，不是杨花点点，是离人泪。

前半阕非常工细，后半阕大方、概括，仍细致。"春色三分，二分尘土，一分流水。细看来，不是杨花点点，是离人泪。"声韵谐婉，凄婉动人，比章质夫原作还好。对比之下，原作反显得有

"线绣工夫"(《曲洧旧闻》),所以,王国维《人间词话》说:"东坡《水龙吟》咏杨花,和韵而似原唱。章质夫词,原唱而似和韵。才之不可强也如是!"此外,还有《洞仙歌》、《贺新郎》。前者据苏轼自序,是他早年闻一老尼诵孟昶与花蕊夫人避暑于摩诃池上所作词二句,因足成之。"绣帘开,一点明月窥人;人未寝,欹枕钗横鬓乱。"亦旖旎风光之至(关于此词,可参考《阳春白雪》、《乐府余论》、《墨庄后录》、《词综》诸书)。《贺新郎》"乳燕飞华屋"写闺情。前半阕写夏景,后半阕咏榴花,借以表达美人迟暮之感,亦细致(《古今诗话》谓此词是苏轼为官伎解围之作,《苕溪渔隐丛话》力驳其非)。此皆词的传统内容,而稍稍提高它的本质,大方浑厚,不伤纤巧。在这些词中也见到他的自然不羁的风格。

苏词除豪放外,又见清新。如《江城子》"天涯流落思无穷"首句;《蝶恋花》"花褪残红青杏小"、"簌簌无风花自堕";《卜算子》咏雁,比兴深微,境界很高。

写到农民生活的,有几首《浣溪沙》"麻叶层层苘叶光"、"簌簌衣巾落枣花"等,清新优美,情景交融。

怀念欧阳修的,有《醉翁操》(琴曲),悼念他的妻子的,有《江城子》"十年生死两茫茫",而寄怀子由的,还有不少首词,都是情感真挚的抒情小曲。

苏轼于词中不用典故。纯粹抒情,比他的诗更能深入浅出,容易理解与欣赏。

苏轼开创了豪放词派,他的词影响了南宋的爱国词人辛弃疾,两人并称为"苏辛"。

苏轼的词集叫《东坡词》，有《宋六十名家词》本一卷；又名《东坡乐府》，有《四印斋所刻词》本二卷及《强村丛书》本三卷。

（第一部分原载浦江清著，浦汉明、彭书麟编选：《无涯集》，百花文艺出版社2005年版；第二部分原载浦江清著，浦汉明、彭书麟整理：《中国文学史稿·宋元卷》，北京出版社2018年版。标题为编者所加）

1904—1957

浦江清：陆游的诗词

陆游在十二三岁时就能写诗文，二十岁前喜欢陶渊明、王维的诗。1155年曾几提点浙东刑狱，游曾从其游。曾几为江西诗派诗人，因此人或谓陆游亦出于江西诗派。实则不然。陆游的诗作是兼各名家之长，豪放而畅达。早期虽受到一点影响，但陆游的诗和江西诗派是不同的。入蜀以后，眼界扩大，创作成熟，接近杜甫风格。《九月一日夜读诗稿有感走笔作歌》云：

我昔学诗未有得，残余未免从人乞。力孱气馁心自知，妄取虚名有惭色。四十从戎驻南郑，酣宴军中夜连日。打球筑场一千步，阅马列厩三万匹。华灯纵博声满楼，宝钗艳舞光照席；琵琶弦急冰雹乱，羯鼓手匀风雨疾。诗家三昧忽见前，屈贾在眼元历历。天机云锦用在我，剪裁妙处非刀尺。世间才杰固不乏，秋毫未合天地隔。放翁老死何足论，广陵散绝还堪惜。

自述其诗由于军戎生活的豪放跌宕，自言有独到处（散绝堪惜）。

放翁诗在宋诗中，除苏黄之外，最近杜甫。由于时代背景及在蜀中八九年之生活，其遇王炎、范成大颇似杜甫之遇严武。所不同者，杜甫有出入贼中一段生活，亲身经历战争，并且看到唐室恢复。陆游处于敌我对峙之环境中，一直在鼓吹反攻，抱着杀敌、恢复统一和平的愿望而达不到，常致悲愤与慨叹。

陆游诗中一直贯穿着爱国主义思想。陆游为南宋代表诗人，主要是能反映南宋时代的社会现实，在诗歌中抒发爱国家、爱人民的感情。他是自始至终念念不忘恢复中原、收复失地的歌唱者。他有这种精神，是由于他一生下来就遭逢战乱。他虽然籍贯在山阴，可是祖父、父亲都生活在中州，他是在战乱时被迫迁到南方的。他在《三山杜门作歌》（之一）诗中写道：

我生学步逢丧乱，家在中原厌奔窜。
淮边夜闻贼马嘶，跳去不待鸡号旦。
人怀一饼草间伏，往往经旬不炊爨。
呜呼，乱定百口俱得全，孰为此者宁非天？

后来随着年龄和阅历的增长，爱国主义思想日益深厚。他的强烈的爱国思想最充分地表现在他的诗中。

陆游念念不忘中原的人民，他觉得中国应该是统一的："四海一家天历数，两河百郡宋山川。"（《感愤》）每当冬尽春来的时候，他就遥望着北方辽阔的原野：

京洛雪消春又动，永昌陵上草芊芊。(《感愤》)

他常常幻想着有一天能够击败金人，恢复中原的疆土：

三更穷虏送降款，天明积甲如丘陵。
中华初识汗血马，东夷再贡霜毛鹰。
群阴伏，太阳升。胡无人，宋中兴！

——《胡无人》

他在战乱连年的时候看到小孩子学写字读书，儿女骨肉之情使他想到中国统一后的和平生活："从今父子见太平，花间饮水勿饮酒。"(《喜小儿辈到行在》)

诗人陆游怀抱着国家统一的希望，且强烈地表达了以身许国、建立功勋的愿望："呜呼，楚虽三户能亡秦，岂有堂堂中国空无人！"(《金错刀行》)感激豪宕，具有胜利的信心，非常乐观。

但是，南宋统治者只苟安于小朝廷的享乐，根本没有想到要收复失地，陆游沉痛地说道："遗民泪尽胡尘里，南望王师又一年！"(《秋夜将晓出篱门迎凉有感》)尤其是中晚年的时候，看的事情多了，更引起他的悲愤：

青山不减年年恨，白发无端日日生。(《塔子矶》)
丈夫五十功未立，提刀独立顾八荒。(《金错刀行》)

刘琨死后无奇士，独听荒鸡泪满衣！（《夜归偶怀故人独孤景略》）

塞上长城空自许，镜中衰鬓已先斑。（《书愤》）

这些诗句充分表明了一个爱国志士抑郁悲愤的心情。同时，陆游更是有战斗性的，他写了很多讽刺诗，对苟安现状、不思进取的上层人士极为愤慨，《前有樽酒行》中云：

绿酒盎盎盈芳樽，清歌袅袅留行云。
美人千金织宝裙，水沉龙脑作燎焚。
……
诸人但欲口击贼，茫茫九原谁可作！

鞭挞了苟安享乐的士大夫，诗人接着写道：

丈夫可为酒色死？战场横尸胜床笫。
华堂乐饮自有时，少待擒胡献天子。

陆游对南宋统治者不思北伐、苟且偷安也表达了失望和愤慨之情，如《醉歌》：

学剑四十年，虏血未染锷。

> 不得为长虹，万丈扫寥廓；
> 又不为疾风，六月送飞雹。
> 战马死槽枥，公卿守和约，
> 穷边指淮淝，异域视京洛。

及到"如今老且病，鬓秃牙齿落"。真是"仰天少吐气，饿死实差乐"了。

但是，陆游的愿望并没有实现，眼前祖国分裂，北方人民遭受金统治者的残酷迫害，眼见耽误了岁月，他写下了许多愤慨、悲叹的诗："容身有禄愧满颜，灭贼无期泪横臆。"（《晓叹》）"诸公尚守和亲策，志士虚捐少壮年！"（《感愤》）真切于他的时代，极可感人。此外，像《寒夜歌》、《陇头水》、《书愤》、《追感往事》等都属于这一类诗歌。

陆游的爱国心始终未衰，直到临死，还写下了《示儿》诗，嘱咐子女"王师北定中原日，家祭无忘告乃翁"。

深厚的爱国主义思想是陆游诗歌的基础。其次，陆游的诗有许多是反映社会和农民生活的。

陆游曾长期生活在农村，他向往着纯朴的农家生活，他写出了农家生活的健康和可爱，这方面的诗歌很富有人情味，如：

> 莫笑农家腊酒浑，丰年留客足鸡豚。
> 山重水复疑无路，柳暗花明又一村。

箫鼓追随春社近，衣冠简朴古风存。
从今若许闲乘月，拄杖无时夜叩门。

——《游山西村》

蓦沟上阪到山家，牧竖应门两鬟丫；
䒩火正红煨芋熟，岂知新贵筑堤沙？

——《夜投山家》

　　这些诗的风格很像陶渊明。但他同时也注意到农家疾苦，同情农民的痛苦遭遇，抗议官家对农民的过分剥削，表现了他的人道主义思想。《农家叹》、《十月二十八日夜风雨大作》、《书叹》等诗写农民的痛苦。税收迫得他们不能生存："门前谁剥啄？县吏征租声。一身入县庭，日夜穷笞榜，人孰不惮死？自计无由生。"（《农家叹》）水灾害得他们不能收获："岂惟涨沟溪，势已卷平陆。辛勤藝宿麦，所望明年熟；一饱正自艰，五穷故相逐。南邻更可念，布被冬未赎，明朝甑复空，母子相持哭！"（《十月二十八日夜风雨大作》）农民受尽残酷的剥削，"有司或苛取，兼并亦豪夺"，诗人很愤慨地说："政本在养民，此论岂迂阔？"（《书叹》）

　　再次，陆游亦有写与朋友交往的诗，如《送辛幼安殿撰造朝》，可以看出二人交情甚笃。还有诗表现他在婚姻方面的不幸，对真挚爱情的怀念，饱含着诗人的血泪。三十岁时一个偶然的机会在沈园与唐琬相遇，写下了充满怀念、悔恨的《钗头凤》，四十多年以后，还凄惨地回忆起来：

城上斜阳画角哀，沈园非复旧池台。
伤心桥下春波绿，曾是惊鸿照影来！

——《沈园》其一

陆游的词称《放翁词》（收于《宋六十名家词》，又见于《四部备要》）。他的词多，风格多变化，最有名的是为唐琬而作的《钗头凤》。此词就形式来讲，相当难填，但诗人做得很成功，从词中可以感受到诗人深挚的感情。《汉宫秋》是英雄的歌唱：

羽箭雕弓，忆呼鹰古垒，截虎平川。吹笳暮归野帐，雪压青毡。淋漓醉墨，看龙蛇、飞落蛮笺。人误许，诗情将略，一时才气超然。

何事又作南来，看重阳药市，元夕灯山。花时万人乐处，欹帽垂鞭。闻歌感旧，尚时时、流涕尊前。君记取：封侯事在，功名不信由天。

代表诗人词的豪放雄壮的一面，与辛弃疾词相近。最后两句，并非诗人热心功名富贵，而是要为国家出力，恢复中原。

陆游的一些小令也颇豪壮，写山水的词则很清新。然而词不是他的主要成就，不能和辛弃疾相比。他的主要成就是诗。

陆游的著作很丰富。他有许多散文。《南唐书》是历史著作。

《入蜀记》是日记体的笔记，记入蜀的旅程经历，有文学价值，也有史料价值。还有《老学庵笔记》，是杂记。散见的其他文章收入《渭南文集》，文学意味不及他的杂记。其中《书巢记》写其耽书之癖，他住的地方"俯仰四顾，无非书者"，他自己"饮食起居，疾痛呻吟，悲忧愤叹，未尝不与书俱"。有时"间有意欲起，而乱书围之如积槁枝，或至不得行"。因自名之曰"书巢"。《居室记》讲养生之道，他如何饮食起居。他家里的人从曾祖起年皆不满花甲，而他"幸及七十有六，耳目手足未废，可谓过其分矣。然自计平昔于方外养生之说初无所闻，意者日用亦或默与养生者合"。《东篱记》讲他种花，自己掇臭撷玩，朝灌暮锄，"考《本草》以见其性质，探《离骚》以得其族类……间亦吟讽为长谣短章，楚调唐律"。《烟艇记》讲他"得屋二楹，甚隘而深，若小舟然，名之曰'烟艇'"，以寄其"江湖之思"，"意者使吾胸中浩然廓然纳烟云日月之伟观，揽雷霆风雨之奇变，虽坐容膝之室，而常若顺流放棹，瞬息千里者，则安知此室果非烟艇也哉"。此外，《东屯高斋记》是为夔州李氏居杜甫故居高斋而作，感叹杜甫"身愈老，命愈大谬，坎壈且死"，羡慕李氏"无少陵之忧，而有其高"，自嗟"仕不能无愧于义，退又无地可耕"。这些皆是富有情致的小品文。

（本文原为浦江清20世纪50年代在北京大学的讲稿，

浦汉明、彭书麟整理）

1904—1957

浦江清：辛弃疾的词

辛弃疾的诗和散文留下的不多，他主要是词人。他的词的创作极为丰富，有六百多首，是词人中创作最多的。他的词集叫《稼轩长短句》（四印斋所刻词本）或《稼轩词》（《宋六十名家词》）。

辛弃疾平生"以气节自娱，以功业自许"（范开语），但他的理想并未实现。他的满腔爱国热情无法吐泄，于是悲歌慷慨的心情在词中得到了最为充分的表现。他的词就是他的抱负和纵横的才气在他当时最流行的文艺形式中的表现。

辛弃疾进一步发展了苏轼所开拓的词的境界，题材极广阔，有抒情，有说理，有怀古，有伤时。笔调是多方面的，无意不可入，无事不可言。悲愤、牢骚，嬉笑怒骂，皆可入词。

稼轩词豪放雄壮，充满爱国思想，有英雄气概，和放翁诗近似，而痛快淋漓，又过于苏轼。辛弃疾"舟次扬州"，回忆当年在此参加抗敌事业的轩昂气概：

落日塞尘起，胡骑猎清秋。汉家组练十万，列舰耸层楼。谁道投鞭飞渡，忆昔鸣髇血污，风雨佛狸愁。季子正年少，匹马黑貂裘。

——《水调歌头》

披貂裘，骑骏马，目睹打败完颜亮的南宋军队军容大盛，辛弃疾对中兴充满希望。而当他回忆年轻时骤马驰金营于数万敌军中生擒叛徒的情景，更是豪情满怀：

壮岁旌旗拥万夫，锦襜突骑渡江初。燕兵夜娖银胡䩮，汉箭朝飞金仆姑。

——《鹧鸪天》

但是壮志难酬，所以辛词更多的则是表现磊落抑塞之气：

更能消几番风雨，匆匆春又归去。惜春长怕花开早，何况落红无数。春且住，见说道、天涯芳草无归路。怨春不语，算只有殷勤、画檐蛛网，尽日惹飞絮。长门事，准拟佳期又误。蛾眉曾有人妒。千金纵买相如赋，脉脉此情谁诉？君莫舞，君不见玉环飞燕皆尘土。闲愁最苦。休去倚危栏，斜阳正在，烟柳断肠处。

——《摸鱼儿》

国难当头，报国无门，不免发出"烟柳断肠"的哀怨。陈廷焯《白雨斋词话》评曰："词意殊怨，然姿态飞动，极沉郁顿挫之致。起处'更能消'三字是从千回万转后倒折出来，真是有力如虎。"梁启超评云："回肠荡气，至于此极。前无古人，后无来者。"（《艺蘅馆词选》）据罗大经《鹤林玉露》说：宋孝宗看了这首词，虽然没有加罪于辛弃疾，但很不高兴。作为爱国志士，忧怀国事的哀愁，无处倾诉，只有借词宣泄出来。"江南游子，把吴钩看了，栏杆拍遍，无人会，登临意。"（《水龙吟》）"郁孤台下清江水，中间多少行人泪！西北望长安，可怜无数山。青山遮不住，毕竟东流去。江晚正愁予，山深闻鹧鸪。"（《菩萨蛮》）前词写英雄无用武之地，直抒胸臆；后词"惜水怨山"（周济《宋四家词选》），登台远望，北方山河，仍在敌手，只有借鹧鸪鸣声来抒发自己羁留后方、壮志未酬的抑塞苦闷心情了。

在辛弃疾笔下，壮志不酬的愤懑之情也能表现在别词里：

绿树听鹈鴃，更那堪、鹧鸪声住，杜鹃声切！啼到春归无寻处，苦恨芳菲都歇。算未抵人间离别：马上琵琶关塞黑，更长门、翠辇辞金阙。看燕燕，送归妾。将军百战声名裂，向河梁、回头万里，故人长绝。易水萧萧西风冷，满座衣冠似雪，正壮士悲歌未彻。啼鸟还知如许恨，料不啼清泪长啼血。谁共我，醉明月？

——《贺新郎》

辛茂嘉是弃疾族弟，因事贬官桂林，辛弃疾写了这首在辛词中很著名的《贺新郎·送茂嘉十二弟》。他把兄弟别情放在家国兴亡的大背景下来写，借历代英雄美女去国辞乡的恨事，来抒发山河破碎、同胞生离死别的悲情。梁启超指出，"算未抵人间离别"句"为全首筋节"（《艺蘅馆词选》）。这是切中肯綮的评论。陈廷焯评曰:"稼轩词自以《贺新郎》一篇为冠。沉郁苍凉,跳跃动荡,古今无此笔力。"(《白雨斋词话》)王国维的《人间词话》说:"稼轩《贺新郎·送茂嘉十二弟》,章法绝妙,且语语有境界,此能品而几于神者。然非有意为之,故后人不能学也。"

辛弃疾继承了苏轼的豪放一派。不过苏轼的豪放,在思想上是超旷的,类似陶渊明、李白;而辛弃疾的豪放,风格上是雄浑而壮伟,同时沉郁而悲愤。这是辛弃疾所处的时代和他的遭遇所决定的。他有些像词中的杜甫。

当然,稼轩词也有清新的一面。他的才能是多方面的。他不但善于写回肠荡气、慷慨激昂的壮词,还能写情致缠绵、浓丽绵密的婉词。著名的《祝英台近》就是这方面的代表:

宝钗分,桃叶渡,烟柳暗南浦。怕上层楼,十日九风雨。断肠片片飞红,都无人管,更谁劝、啼莺声住?鬓边觑,试把花卜归期,才簪又重数。罗帐灯昏,哽咽梦中语:"是他春带愁来,春归何处,却不解、带将愁去。"

深闺女子的相思之情写得细腻传神,温婉清丽,与稼轩大部分词词风迥异。沈谦在他的《填词杂说》里说:"稼轩词以激扬奋厉为工;至'宝钗分,桃叶渡'一曲,昵狎温柔,魂销意尽,词人伎俩,真不可测。"这其实正说明辛词风格是多样化的。更可喜的是,在十年退隐的日子里,辛弃疾和农民有了亲密的交往,了解了农民

朴素的生活,情感和农民接近了,写了不少清新自然、富有情致的农家生活的词:

> 茅檐低小,溪上青青草。醉里吴音相媚好,白发谁家翁媪?
> 大儿锄豆溪东,中儿正织鸡笼,最喜小儿无赖,溪头卧剥莲蓬。
> ——《清平乐》

一幅农家生活画图。此外,像"东家娶妇,西家归女,灯火门前笑语。酿成千顷稻花香,夜夜费一天风露"(《鹊桥仙》);"父老争言雨水匀,眉头不似去年颦"(《浣溪沙》),反映了农村温厚的风俗,也分担了农民的欢愁。

辛弃疾善于从前人典籍中学习语言,融入自己词中。如《踏莎行》的:

> 衡门之下可栖迟,日之夕矣牛羊下。

是《诗经》的句子:"衡门之下,可以栖迟";"日之夕矣,牛羊下括"。又如《水调歌头》:

> 余既滋兰之九畹,又树蕙之百亩,秋菊可餐英。

是《离骚》的句子。《水龙吟》:

人不堪忧，一瓢自乐，贤哉回也！料当年曾问：饭蔬饮水，何为是栖栖者？

是《论语》的句子。《哨遍·秋水观》全是《庄子》的话句。

苏东坡用诗的笔调来写抒情的词，辛弃疾则用的是散文笔调，加入说理部分，更把词扩大了。词就代表辛弃疾的谈吐。

辛词爱用典故，这是前人所极少的，所以有"掉书袋"之讥。用典故自然在旁人理解上增加一些困难，但它可以增加词的表现力。

对辛词的评价，从前不算高，苏辛词是被看作别派的，这是由于囿于词以婉约为宗的说法。其实辛弃疾的成就是很大的，他集词之大成，把词发展到最高峰。他的词是爱国主义的。

辛弃疾的遭遇局限了他，他的词对于生活的反映，不能写得更直接、更明显、更广泛、更丰富，而且用文言、用典故，不能很好结合口语，不能歌唱。

辛弃疾的朋友陈亮和刘过的词，风格上都和他相近。陈亮主要是哲学家和政论家，刘过有《龙洲词》，才气不及辛弃疾。

（原载浦江清著，浦汉明、彭书麟编选：《无涯集》，百花文艺出版社2005年版）

學大合聯

第六篇 市井新声
元明散曲四讲

1937—1946

1909—1973

邵循正：元代的文学与社会

　　这个题目我是想说明文学与历史的关系，所以在文学方面我特别注重元曲，因为元曲是那时特有的文学作品，最能代表时代。（元曲在文艺上的价值，我暂不说。）元曲为什么在那时发生？有那么多的作者？我个人意见认为元曲是那时北方的必然产品，与外来的关系很少。王静安先生在《宋元戏曲史》中已指出这是不易之论，而近来有人注意到元曲与蒙古的关系，怀疑此说，如贺昌群先生《元曲概论》就认为元曲所受蒙古之影响极多，我认为是不对的。（贺先生此书出版已久，似乎不能代表他近来的看法。）元曲吸收外族的成分固然不少，但我认为西域与女真的影响较多，蒙古的影响甚少。蒙古入主中原以后，在音乐及文学方面，并没有什么表现，元曲中虽有些蒙古语，但那并不能算是蒙古对元曲的影响，而只是一种模仿蒙语的"打诨"，像现在京戏中丑角偶然说一两个英文字一样。蒙古语对元曲的影响，实在不多见。此点下文详说。此外还有人说，元曲之兴起，由于元代压迫汉人，一般文人没有出路，于是都肆意于戏曲，这可说是蒙古新朝的政治对元曲兴盛的关系。但是此种关系，对元曲的发展，是可有可无的。那就是说，即使元代优崇文人，元曲不会为之减色。而且蒙古人对待文人，虽不算好，但也不像一般人所想象的那么坏,至少比金还要好。若说元曲可以代表蒙古新朝士大夫受压迫对现状不满的作品,那就更错;元曲就文艺立场说,虽其技术甚有可取,但大部分意境不高,也没有什么反抗的思想,只是一种消极的文学。这并不是由于元代的压迫,而是当时的士气太差,不论中原士大夫或南朝的遗民都抱得过且过的心理,所以曲成为胡元一代文人消磨时间的玩意儿。就作品来说,多数只可称为玩物丧志之作;我素来反对以元曲与唐诗宋词相提并论。

我们说元曲的发展是必然的,与元人无关,而是渊源于北宋戏曲。北宋被女真灭后,戏曲分作两支;一留中原,一迁南方。在北方的一支,金代叫作"院本"就是"行院的脚本"。在南方的一支,南宋叫作"戏文"。到了元朝,在大都产生了一种新的戏曲,叫作"杂剧"。它是金代的院本,宋诸宫调又吸收了许多北方民间小调而成的,并没有蒙古的成分。这是自然的变化而不一定是受政治影响。但元代南方何以忽然盛行北方的"杂剧"的呢?这是由于政治的关系。戏剧本是贵族的,当时南方达官贵人,大多是北方人,喜欢北方的戏剧,所以如此。然而元曲最盛时期是在元代初期,即是大都杂剧时期,其后杂剧在南方风行已经是盛极而衰了。大都杂剧的产生,是必然的,那就是说政治势力和元曲没有不可分开的关系。

元曲所受蒙古的影响,在《元曲概论》中所列举的蒙古作者,实际都不是蒙古人:

(一)贯酸斋原来名字是小云石海涯。在当时很有名,曾用白话注释《孝经》，名为《孝经直解》。他是畏兀儿人，《元史》有他的传，凡名某某"海涯"者，都是畏兀儿人，蒙古人没有这种名字的。

（二）迺贤，他是合儿鲁（Qarluq）族，也不是蒙古人。畏兀、合儿鲁两地文化本来就高，与中国接触后，自然容易接受中国文化。当时蒙古人才有文字不久，他们一时不易得到文学的兴趣或训练。

（三）萨大锡。在《新元史》上说他是答失蛮氏，即是当时所谓回人。可见元曲的作者，没有一个是蒙古人的。

《元曲概论》中所举元曲中的蒙古语，也都未必是蒙古语；而真正的蒙古语他倒没有举出来。他举的"歹"字，绝非蒙语。蒙语中唯 dai 字，音还相近，可是通训"敌人"不训"坏"。好坏的坏蒙语作"卯危"或"卯温"即 mowun，此字已见南宋时一个出使北方的游记中著录，可见中原早已习知此字。蒙语"好"叫作"赛因"，初为金元汉人习知之字，此字元曲中倒是有的。关汉卿《窦娥冤》杂剧里有"赛卢医"在道白中说：自家姓卢，行得一手好医，人家就叫"赛卢医"；明明说他姓卢，因为他医道好，所以叫他"赛"，此"赛"并非"赛过"或"胜过"之意，因为他自己本是卢医，无所谓"胜过"或"不如"，所以这"赛"字一定是蒙古语的"好"。但此不足表示蒙古语对元曲的影响。贺书所举"哈喇"一语，在元曲中常常看到，是杀的意思。"哈喇了"就等于说"宰了"；可是这也不像蒙古语，蒙语与此音近的字很多，习见的如 qara 训"黑"与此无关。意思较近的还有 qala 一字，意为"命令"，可以勉强附会作"正法"的意思。这颇有可能,如蒙语 jasaq 一字,原训"法令",在西域史文中亦有杀意,但乃嫌牵强。"哈喇"或为当时土语,不一定就是蒙语。至于"你每"、"我每"和"您每"的"每"字,纯系汉语,《元曲概论》却认为是翻译蒙语多数的,这是明显的错误,北宋时代已经有这种说法了。此外"曳剌"也不是蒙语。总之,元曲作者既非蒙古人,也未吸收许多蒙古语。至于元曲所受外族的影响,在音乐方面,大部是女真的遗留和西域的输入,与蒙古无关。

从元曲中看当时社会的制度。

当时士大夫的生活情形——当时士大夫的生活,当然清苦,尤其是元人初入中国的时候,他们对中原的制度不了解,设官,派税,都还是漠北游牧民族的老办法,那时"乞儿行"、"教学行"并列(与后来九儒十丐无关),而且都是纳税(即差发),当时有一首诗描写这种困苦情形:"教学行中要纳银,生徒寥落太清贫,相将共告胡丞相,若能免了捺杀因。"("捺杀因"即说"很好"。)到中原平定以后,特别在世祖年间,读书人渐渐起用,情形也稍加改善。他们便乘机拉些自己朋友门人出来,《元史》中所著录的汉人达官显宦,大半都有师友渊源,如许衡的门弟子最多,所以鲁斋先生在有元一代之受推崇,不免有政治的成分。但那时朝廷用他们并不是因为他们所讲的仁义道德,蒙古人是不懂得这些的,初期用汉地文人,为的是他们兼通星算、卜筮、历法、医药。(这点北地与南地文人很不同,南地文人不大讲这些。)中统以后大用文人,是因为世祖不守蒙古旧法,北方诸王不服,他就索性提倡汉化。元太祖重视耶律楚材，是因为他精于天文卜算。许衡有一次受召，也是为修历，大家都说他精历学，非他不可。所以初期见用的汉地文人，大抵是以"术"要君的。后来大批文人被征用，为的是政治原因，不是朝廷真能了解他们所传的道。所以许衡当时被召，一聘而起，刘因问他："毋乃太速乎？"他说："不如此则道不行。"刘因被召累辞，他说："不如此则道不尊。"许衡要行道，道并未行，仆仆道路来往七八次，他的修养是不如刘因。北地的读书人都很热中，许衡且如此，别人更可知。像刘因那样很严格地讲出处，讲气节，是少见的。至于南人在元初没有做官的机会，待遇也较北人苦。在元世祖时，南人做官的有程文海在朝，他曾建议"通南北仕籍"；世祖也曾派他们到南方求贤，结果成绩很小。当时不仅元人不喜欢南人，即汉人也看不起南人，元世祖还算优待读书人，但只是利用而不重用，是一种政治动机。世祖后，汉地读书人的地位没有改善，南人的政治地位就更差了。

元朝一般读书人的气节并不高，当时因修宋辽金的历史，关于正统问题，争执很久。当时有两派意见：第一派代表北方看法，他们是金的遗民，与南宋无关，故主张史分南北，辽、金为北史，南宋为南史，元为继承辽、金。这样就可以保持汉人的地位。第二派是南人看法，他们主张应以南宋为正统，元承南宋，元太祖起自漠北，未竟大功，犹如周之文王；世祖统一南北，可比武王，周之文武皆承商，故太祖、世祖皆承宋，并且说正统应视道统为转移，道统是由文武周公孔子传到朱子，再传到许衡，故应以南宋为正统。

这种完全为增高自身地位的正统争论,就可以看出当时士气之差了。在金章宋时,已经说:燕赵不复见古所谓慷慨悲歌之士,而这种缺乏反抗思想的原因,是北方自唐以后,即不断地受北方民族统治,人习为常。在这种情形下的文学作品,意境当不能高,只是些消极的安逸思想。如关汉卿本金遗民,到元代作个小官,不得志,才作曲以自遣。他也是热中者,并非不求仕进的人。

在那时士大夫要想做官行道,根本不可能,所谓"九儒十丐"并非当时规定出来的阶级,不过是文人自伤自怜之语,文人一面愤慨,一面却都热中。

元曲在文学价值上并不高,但把它当作时代作品看,则颇值重视。一方面其所描写的社会情形可作历史材料看,一方面其所存录的白话,大有裨助于语言文字上的研究。现在略为解释元曲所保存的金元两代的专门名词示例。(一)《辍耕录》里记有六百九十种院本名目。旧说以为皆系金人作品,已有人疑其杂有元人作品,却找不出证据。我认为其中之官职名"押剌花赤"实即蒙古语中之 Qalqaci,郑介夫用周礼比元代制度,比之为"司阍",不无相当理由,至元译语中即译作"把门人"(*此字与《元朝秘史》之 äudǎnči 不同*)。(二)又《元曲选》王仲文《救孝子》杂剧中有"勾遣义细军"一语,细军为金制,金主亮南征时,选善射者组为敢死队,着细甲,叫作"细军",又名为"硬军",元初亦有硬军的组织,叫作 Batur 军,以之攻城陷阵,其来源甚早,元太祖时即有之,其情形与金细军相似。所谓"义细军"即"细军"。又王实甫《丽春堂》

杂剧中有"射柳"和"赌双陆"的故事，也都是金人的风俗。大石林牙之建立后辽，据说就是因与粘罕赌双陆争道，畏罪而逃的，可见当时大臣间赌双陆的风气很盛。又如《货郎旦》一剧中说一小官到处催赶窝脱银两，"窝脱"即"斡脱"Ortaq，原为土耳其语，义为"商会"，转为"赢利"之意。蒙古人不知经商，仅将金银交给回人经商，而催讨赢利，就叫作斡脱银两。

"曳剌"并不是蒙古语，和首领，祇从，祇候等，都是元代路府州县的差役，各衙有一定人数，备见《元典章》。《虎头牌》杂剧中有派曳剌抓人的故事，可见曳剌是抓人的勾事者（此字来源应另考，唯决非蒙语）。祇候就是祇从，《元曲选》、《吕洞宾度铁拐李》杂剧中有"祇从人"，而元刻本作"支候"，应以祇候为正。首领一词，元曲中常见，寺院中亦有之，即头目之意，都是衙役。

元曲中可注意之社会材料甚多，如杨显之《酷寒亭》一剧中，叙开酒店的张保，原为江西人，因遇兵乱被"驱卖"（"驱口"为元代奴婢之总称）于回回作奴，称回回为"侍长"。"侍长"当即"使长"。回人所吃者大葱大蒜及"水答饼"，"水答饼"或为波斯语中之 Shir-dugh，即酸牛奶；回回口口声声称他为"蛮子"，蛮子之名实起于金，元仍沿用，末尾张保的唱词中说他的酒店中没有胖高丽送往迎来，又没有大行首妙舞清歌。从这唱词中可以看出当时高丽奴隶在酒店操役的甚多，已成为一种风气。"大行首"就是妓女（出风头的妓女）。

元曲中还有《马丹阳度脱刘行首》一剧，我们从这个杂剧的题目，就可以看出全真教度人之滥，可与《辍耕录》所记妓女出家各条相比照。元曲中关于全真教的材料很多，我们不列举了。又《元典章》中有唱货郎儿之禁，所谓货郎儿，我们从元曲描写中可以看出，唱者摇着不朗朗的蛇皮鼓，专好唱人家的隐事，听的人非常多，故禁之以防乱。

元代的白话。元曲中保存当时白话很多，可惜今存的元刻本太少，元曲选中多经修改，不过还可以看出大概面目，只是难断定它的时代（元或明）了。元代白话可分两类：一类为受蒙古影响者，一类是没有受蒙古影响的白话。元曲中的道白属于后一类。其受蒙古影响者，如元代官府文件，直接译自蒙语者，《元典章》中的白话，便是如此；不然就是当时仆人的白话。因为当时北方以蒙文为主，蒙古人对汉文不大了解，也不重视。当时翻译制度，似有一定格式，翻译者都得移汉文以迁就蒙文，就和现在的直译（*不堪卒读的直译*）相仿佛。这是可以注意的。

整个讲来，以上所说的几方面，都是希望读历史的人对以往文学作品应了解其时代性，利用它作活的史料看，一定是更有意义的。

（原载《图书月刊》第 3 卷第 3 期，1943 年）

胡适：读曲小记

读曲小记（一）

一、关汉卿不是金遗民

《录鬼簿》说："关汉卿，大都人，太医院尹，号已斋叟。"这里本没有说他是金朝的遗民。蒋仲舒《尧山堂外纪》始说："金末为太医院尹，金亡不仕。"任中敏先生的《元曲三百首》沿用蒋说。

王国维先生在《宋元戏曲考》第九章曾讨论关汉卿的年代。他引杨铁崖《元宫词》云：

开国遗音乐府传，白翎飞上十三弦。大金优谏关卿在，《伊尹扶汤》进剧编。

王先生推想《伊尹扶汤》是汉卿所编杂剧之一。因此，王先生相信关汉卿"固逮事金源矣"。王先生又引《尧山堂外纪》之说，颇疑其言"不知所据"；但他又引《辍耕录》（二十三），知"汉卿至中统初尚存。案自金亡至元中统元年，凡二十六年。果使金亡不仕，则似无于元代进杂剧之理。宁视汉卿生于金代，仕元为太医院尹，为稍当也"。

王先生颇信宁献王《太和正音谱》说关汉卿"初为杂剧之始"的话，故他的结论是："杂剧苟为汉卿所创，则其创作之时，必在金天兴与元中统间二三十年之中。此可略得而推测者也。"

郑振铎先生（《中国文学史》四十六章）也曾考汉卿的年代，对于旧说稍有修正。他说：

汉卿有套曲《一枝花》一首，题作"杭州景者"，曾有"大元朝新附国，亡宋家旧华夷"之语，借此可知其到过杭州，且可知其系作于宋亡（一二七八）之后。

《录鬼簿》称汉卿为已死名公才人，且列之篇首，则其卒年至迟当在一三〇〇年之前。其生年至迟当在金亡之前的二十年（即一二一四年）。

郑先生的考订，远胜于旧日诸家之说。但他还不能抛弃杨铁崖、蒋仲舒诸人的妄说，所以他还要把汉卿的生年放在金亡之前二十年。

其实杨铁崖（1296—1370年）的年代已晚，他的"大金优谏"一句诗，是不可靠的。蒋仲舒更不可信了。关于关汉卿的史料，比较可信的，只有《辍耕录》卷二十三记"嗓"字一条，使我们知道他死在王和卿之后。王和卿在中统初（约1260年）作咏大蝴蝶小令，见于《辍耕录》此条，称"大名王和卿"。此条记他"坐逝"，但无年代。王恽的《中堂事记》，记中统元年（1260年）初设中书省时的官属，其中"架阁库官"二人之一为"王和卿，太原人"。年代相近，似可信即是此人。《辍耕录》记他的大名籍贯未必无误。《辍耕录》说：

或戏关云："你被王和卿轻侮半世，死后方还得一筹。"

似乎王和卿的死，远在咏蝴蝶小令使"其名益著"之后。

郑振铎先生根据汉卿"杭州景"套曲，考定他到杭州，在1278年宋亡之后，是很对的。但他说汉卿的"卒年至迟当在一三〇〇之前"，还嫌太早。

关汉卿有《大德歌》十首，此调以元成宗的"大德"年号为名，必在"大德"晚年。大德凡十一年（1297—1307年），而汉卿曲子中云：

吹一个，弹一个，唱新行大德歌。

这可见他的死年至早当在1307年左右。此时上距金亡已七十四年了。

故我们必须承认关汉卿是死在14世纪初期的人，上距金亡已七八十年，他决不是金源遗老，也决不是"大金优谏"。

他的年代既定，我们可以知道不会是"初为杂剧之始"。杂剧的起始问题，我们还得重新研究。

二、严忠济

任中敏先生在他校订的《阳春白雪》里，和他的《元曲三百首》里，都误注严忠济之名为严实。严忠济是严实的儿子，《元史》卷一四八有他们父子的传。

严实字武叔，泰康长清人，少年时为侠少之魁，金朝东平行台命为百户，有功权长清令。1218年，他降宋，宋授为济南治中，分兵四出，尽克太行以东。1220年，他率领彰德、大名、磁、洛、恩、博、滑、浚等州三十万户，投降蒙古太师木华黎，木华黎拜实为金紫光禄大夫，行尚书省事。此后他连攻曹、濮、单三州，又占取东平。蒙古之有河北、山东，实之功最大。

金之后，蒙古封他为东平路行军万户。

他虽是猛将，但不嗜杀，所至保全人民甚多，《元史》称为"宽厚长者"。

1240年死，年五十九。"远近悲悼，野哭巷祭，旬月不已。"《遗山集》卷二六有碑文二篇。

严忠济字紫芝，实之第二子。1240年袭为东平路行军万户。政治"为诸道第一"。中统二年（1261年），有人说他威名太盛，召还京师，以弟忠范代他。

至元二十三年，特授中书左丞，行江浙省事，他以老辞不就。三十年（1293年）死。

王恽的《中堂事记》记严忠济的被召还，是因为忽必烈听了严忠范的谗言。此事可补《元史》本传之阙。

三、白无咎

王国维先生注《录鬼簿》"白无咎学士"条云："案学士名贲，白珽子。"

此注大误。静庵先生所据不知是何书。但白珽是钱塘人，据梁廷灿的《历代名人生卒年表》（页九二）：生于1248年，死于1328年。白贲是北方人，他死时，白珽还没有生哩！

白无咎名贲，是白仁甫的伯父。（"白贲无咎"见于《周易》"贲卦"爻辞）元好问的《善人白公墓表》（《遗山集》二四）云：

公讳某，字全道，姓白氏，其家于河曲者不知其几昭穆矣。……

崇庆壬申避地太谷，不幸遘疾，春秋六十有九，终于寓舍。……

子男五人：长曰彦升，……次曰贲，广览强记。尤精于《左氏》，至于禅学道书岐黄之说，无不精诣。弱冠中泰和三年词赋进士第，历怀宁主簿，岐山令。远业未究，而成阻谢，士论惜之。次曰华，贞祐三年进士，历省掾，入翰林，仕至枢密院判官，右司郎中。……

这里的白贲，就是白无咎。白华就是白文华，《遗山集》中称为"白枢判兄"，就是白仁甫的父亲（《金史》卷一一四有详传）。

白无咎二十岁中泰和三年进士,可推知他生在1183年或1184年,比元好问还大七岁。他死的很早,约在三十岁左右(约1213年)。他终于县令,不应称"学士"。

他是金朝人,死在金亡之前约二十年。

《中州集》卷九另有一个白贲,有诗一首,小传云:"贲,汴人,自号'决寿老',自上世以来,至其孙渊,俱以经学显。"

冯海粟(子振)和《鹦鹉曲》自序云:

白无咎有《鹦鹉曲》云:"侬家鹦鹉洲边住,是个不识字渔父。浪花中一叶扁舟,睡煞江南烟雨。觉来时满眼青山(《阳春白雪》选此曲,山字下有"暮"字),抖擞绿蓑归去。算从前错怨天公,甚也有安排我处!"余壬寅岁(一三〇二)留上京,……诸公举酒索余和之。……

按此调原名《黑漆弩》,杨朝英初选《阳春白雪》收此曲,说是"无名氏"作。《阳春白雪》有贯酸斋序,酸斋死在1326年,此选当在其前。冯海粟在大德时说此曲是白无咎作,不知何据。冯海粟连和三十多首,都收在杨朝英续选的《太平乐府》里。《太平乐府》有至正辛卯(1351年)邓子晋序,序中云:

是编首采海粟所和白仁甫《黑漆弩》为之始,盖嘉其字按四声,字字不苟,辞壮而丽,不淫不伤。

这可见 14 世纪的人往往把白仁甫和白无咎混作一个人，已不知道他们的伯父侄儿的关系了。

白无咎死在金亡之前，他不曾走到江南去，故此词不是白无咎之作。白仁甫曾到襄、鄂，曾久居金陵。也许此曲真是白仁甫作的。

读曲小记（二）

《皇元风雅》里的曲史材料

《皇元风雅》六卷，《后集》六卷，孙存吾编，有至元二年（1336年）虞集序及谢升孙序（《四部丛刊》影高丽仿元刊本）。此选实在比别种"元人选元诗"高明的多，谢序有云：

我朝混一海宇，方科举未兴时，天下能言之士一寄其情性于诗。

此言虽非为戏曲发的，但大可应用到戏曲上去。又云：

吾尝以为中土之诗沉深浑厚不为绮丽语，南人诗尚兴趣，求工于景□间。此固关乎风气之殊，而语其到处则不可以优劣分也。

此语也可用来评论元曲。

这书里有许多曲家的诗,其在《录鬼簿》上有名而无专集流传于后者,有这些:

王继学　参政　东平人	四首
马昂夫　达鲁花赤	一首
曹子贞　礼部尚书　东平人	二首
张小山　四明人	二首
张鸣善　平阳人	七首
复斋陈以仁　三山	三首
郝天挺	一首
卢疏斋	四首
贯酸斋	十四首
阎静轩(《簿》作阎彦举学士)	一首
滕玉霄	二十首
冯海粟	四首
刘时中	三首

这书卷四有赵半间的《勾栏曲》,也是有趣的戏曲史料,故抄在这里:

勾栏曲

街头群儿昼聚嬉,吹箫挝鼓悬锦旗。

粉面少年金缕衣,青鬟拥出双蛾眉。
骁翁前趋骂母诮,丑姬妒嗔狂客笑。
虬髯奋戟武略雄,蜂腰束翠歌唇小。
眼前勾作名利场,东驰西骛何苍惶!
栖栖犹是蓬蒿客,须臾唤作薇垣郎!
新欢未成愁已作,危涂堕马千寻壑。
关山万里客心寒,妻子衰灯双泪落。
纷然四座莫浪悲,是醒是梦俱堪疑。
红铅洗尽歌管歇,认渠元是街头儿。

此诗写勾栏的情形,可与杜善夫的《耍孩儿》曲相印证。也可与《水浒传》雷横打白秀英一回相印证。近日南京国学图书馆影印的《元明杂剧》中有《蓝采和》一剧使我们得着不少的勾栏材料。

赵半间不知何许人,此集选他十首诗,诗多可诵。其《宿村庄》一首末云:

且持竹根枕,卧听苍松号。纸衾稳蒙首,背痒不得搔。须臾作奇梦,小艇飞洪涛。惊觉白满楣,晴月窗前高。

甚有风趣。又《题十六罗汉看手卷图》云:

本不立文字,聚看看底事。一只眼犹多,何用三十二?

顽皮可喜。

[(一)原载天津《益世报·读书周刊》第 41 期,1936 年 3 月 19 日;(二)原载天津《益世报·读书周刊》第 91 期,1937 年 3 月 18 日]

1904—1957

浦江清：关汉卿的代表作《窦娥冤》

现存的关汉卿剧本十八种中，《窦娥冤》是他的代表作品。王国维《宋元戏曲史》谓："其最有悲剧之性质者，则如关汉卿之《窦娥冤》，纪君祥之《赵氏孤儿》。剧中虽有恶人交构其间，而其蹈汤赴火者，仍出于其主人翁之意志，即列之于世界大悲剧中，亦无愧色也。"《窦娥冤》描写一个善良无辜的妇女，受迫害不屈而死，具备悲剧的本质。

《窦娥冤》的题材，无他书可证。此故事不见于笔记、话本，但来历很悠久。此剧当是取民间流传的故事，而关氏加以处理经营者。

窦娥故事的来源最为古远：

（1）《汉书·于定国传》中东海孝妇的故事。因为冤杀了一个孝妇，东海郡枯旱三年。

（2）干宝《搜神记》记东海孝妇周青被冤杀，临刑车载十丈竹竿，上悬五幡，对众誓愿：青若有罪，血当顺下，青若无罪，血当逆流。

（3）《淮南子》："邹衍事燕惠王尽忠，左右谮之王，王系之狱；仰天哭，夏五月，天为之下霜。"（《太平御览》卷十四转引）又，张说《狱箴》："匹夫结愤，六月飞霜。"

凡此，皆冤狱感动天地的故事。由于一个冤狱，天降灾变，使六月飞霜，使血飞上旗，使大旱三年，都出于民间传说。想来，关汉卿并非捏合此数事以创造此剧本的故事，乃是东海孝妇等的故事在民间流传着，渐渐取得窦娥故事的形式，而关汉卿取之以为剧本的题材，而加以剪裁，写成此剧，并非他凭空架构的。

《窦娥冤》的故事有深厚、悠久的民间文学基础。元人杂剧故事都有深厚的民间文学基础。

由周青而变为窦娥，神话式的故事到关汉卿的创作里成为现实主义的作品。《窦娥冤》以一个微小的人物被冤死而感天动地，具有深厚的人民性。

《窦娥冤》未说明它的时代，说窦天章上京赴考"远践洛阳尘"，设想时代在东汉。楚州山阳郡是宋代地名（今江苏淮安县），时代不明。所写的社会情况是宋元社会。《窦娥冤》具体地描写了小市民的生活现实，真实地暴露了当时社会的黑暗。《窦娥冤》所反映的社会现实是宋元时代的社会，不是汉朝、魏晋时代。尽管窦天章赴考是去洛阳，而不去汴都或大都。像窦娥、蔡婆婆、赛卢医、桃杌太守、窦天章、张驴儿等这几个人物是宋元时代的人物。

蔡婆婆所放的高利贷，一年对本对利的。这是元代所通行的"斡脱钱"，又称"羊羔儿息"。高利贷的剥削使得贫者益贫，富者益富，是促使阶级尖锐对立的一个原因。这是迫害平民最厉害的东西。其次，加重人民灾难的是到处横行的贪官污吏。据《元史》载："成宗大德时，七道奉使宣抚使罢赃官污吏万八千七十三人。顺宗时，苏天爵抚京畿，纠贪吏九百四十九人。"（见钱穆《国史大纲》下）又据史载，元大德七年，就有冤狱五千七百件之多（《文学遗产》增刊一辑，李束丝《关汉卿底〈窦娥冤〉》）。元时差不多无官不贪，包括蒙古人、色目人、汉人、南人的官吏，贪污成为风气。大德在元代还称作是开明兴盛的时期，尚且如此，其他可知。剧本中虽然没有正面攻击高利贷，通过这样一个悲剧性的故事，自然可以看出高利贷剥削是一个罪恶因素。窦天章为了向蔡婆婆借债不能偿还，因此把女儿割舍了，送入死地；蔡婆婆向赛卢医讨债，几乎被勒死；财富和女色引起了不良之徒的觊觎，而最终断送了窦娥的性命。张驴儿父亲被错误地毒死，张驴儿以后被凌迟处死。这几个人的丧失生命直接、间接都和高利贷制度有关。至于贪官污吏，在元代更为普遍。在本案里，虽然没有写到桃杌受张驴儿贿赂，可是作者刻画桃杌太守云："我做官人胜别人，告状来的要金银……但来告状的，就是我的衣食父母。"寥寥几句话就知道，他不但是个糊涂官，而且是个贪官。糊涂—贪污—残酷，三位一体。在那个时代，贪官污吏普遍存在，冤狱不知道有多少，所以窦娥和桃杌等都有其典型的意义。屈打成招是常事，窦娥被打得"肉都飞，血淋漓，腹中冤枉有谁知！……天那，怎么的覆盆不照太阳晖"！呼天抢地，见不到光明，眼面前只有一片黑暗。窦娥愤怒呼喊道："这都是官吏每无心正法，使百姓有口难言。""这的是衙门从古向南开，就中无个不冤哉！"这些都是强烈的正面攻击贪官污吏的话。

通过窦娥这样一个善良可爱的女性所受到的种种不幸的遭遇，使我们认识到那个社会的本质。毫无疑问，反抗的矛头是指向统治阶级的。这是《窦娥冤》的现实主义和它的人民性所在，而且它的现实性和人民性比《西厢记》更高。因此，《窦娥冤》这个剧本一向为中国人民所喜爱，直到现在京戏里还有《六月雪》这一个剧本。窦娥成为在封建社会里被压迫而有强烈反抗性的女性的一个典型人物。毫无疑问，《窦娥冤》是为人民服务的一个剧本，不是为统治阶级服务的剧本。剧的末尾，窦娥唱道："从今后把金牌势剑从头摆，将滥官污吏都杀坏，与天子分忧，万民除害。"又窦天章白："今日个将文卷重行改正，方显得王家法不使民冤。"这里似乎又有肯定统治阶级的话，我们不能如此看。这个剧本申诉出被压迫的人民的愿望，用坚强无比的斗争精神，促使统治者的反省。在封建社会里有没有清官呢？当然是可能有的，但是少数。剧本借窦娥之口说过"衙门从古向南开，就中无个不冤哉"！冤狱倒是普遍的，窦娥血债得以申雪，靠冤死者鬼魂的控诉，足见人间许多冤案是不能得到昭雪的。所以窦娥得以申冤，借助于天地的力量。由于她的控诉，感动了天神，显出威灵：楚州大旱三年，冥冥之中，正义得申。固然人民受灾害，也影响了统治者的剥削，于是方始有廉访使的查案（*东海孝妇的故事便是如此*）。冤狱得申，这是偶然的。所以，《窦娥冤》剧本无一歌颂统治阶级的话，非常显然，作者的立场，自在人民这一边。

按照统治阶级的立场，像窦娥那样一个微小的市民算不得什么，冤枉杀死一个小民，有什么关系？古书上说："邹衍下狱，五月飞霜。"邹衍是一位谋臣，有了不起学问的人。《前汉书平话》说吕后杀了韩信，"其时，天昏地暗，日月无光"。这些都是冤枉所感召的。而窦娥哪能比邹衍、韩信？窦娥这样一个童养媳、寡妇、小市民的身份，竟能够感天动地。这种民间故事以及发挥民间故事的关汉卿的剧本都体现了人类平等、人民要求有人权保障的民主思想（人命关天关地，不管是大人物或是小百姓）。

《窦娥冤》属于公案剧、社会剧，以冤狱为主题。它控诉冤枉，希望能使人心—天道—王法三者合一没有矛盾，主要以合乎人心为衡量的尺度，统一矛盾，求致封建社会的太平天下。用新观点、用阶级分析来看，这个剧本的主题应该是小市民对官僚统治的斗争。围绕这个主题，错综复杂地描写了其他各方面的真实社会风貌，有丰富的现实内容，主要是揭露那个时代的黑暗面，人民的生活普遍的都很苦。

剧中人物除窦娥外，其他都说不上是正面人物。赛卢医、张驴儿是反面人物。张驴儿更为无赖。桃杌太守是反面人物，糊涂官。蔡婆婆是高利贷者，但在此剧中并非纯为反面人物，其人似乎还善良，待窦娥不错，婆媳的感情，同于母女。可是她很软弱，不能反抗张驴儿父子，甚至不止一次地劝窦娥顺从张驴儿，乃是没见识的庸碌之辈，是一城市居民的形象。窦娥对她也有不少讽刺。对于窦天章，关汉卿并没把他作为反面人物写，而是作为正面人物的。这是因为关汉卿是读书人，也属于士这个阶层。知识分子求找出路，为统治阶级服务，结果是自己的女儿受屈而死，这是极惨的，所以寄予同情，可是，也并没有歌颂他。窦天章这个人物，与包公有别，包公是一个清官，体现人民的愿望，窦天章不然，他是个悲剧人物。他热衷于功名富贵，用女儿抵债，等于卖掉，把自己唯一的骨肉抛弃了。第四折中窦娥的冤屈得以昭雪，是由于窦娥的主动，窦天章完全被动，几度把案卷忽略过去，而鬼魂又把此卷弄上来。此景凄惨阴森。他读古书、讲礼教，非常迂腐，自己把女儿送死了，还在教训女儿鬼魂用三从四德一套大道理。关汉卿在剧里让他大讲其三从四德，怕也有讽刺意味。

窦娥是正面人物，她是代表贞孝兼备的封建道德的完美人物，也是封建制度、封建道德下的被压迫者、牺牲者。她是最受压迫的。在封建时代，女性受压迫是普遍的，而她呢，又是幼年丧母，离父，为童养媳；早婚，为寡妇。凡女性的种种不幸集于一身，后来又受强梁的蓄意欺侮与太守的酷刑。但是她的性格，从关汉卿剧中所塑造的，是聪明、勤劳、稳重、仁慈、勇敢、坚贞不屈，有女性的种种美德。她聪明，有见识。如识透张驴儿父子之为人，劝婆婆不应该留着他们，识透毒药出于张驴儿之手。到官对答清楚，分析事理明白。她富于感情，如对父亲、对婆婆、对已亡的丈夫的感情，都充分表现出来。她坚贞不屈，不肯顺从张驴儿，遭毒打也不肯招。她有反抗性，如责问天道，立下誓愿，变鬼要求昭雪，报复仇人。有这样美德的窦娥而有那样的遭遇，所以怪不得要埋怨天地，认为天地也糊涂了盗跖颜渊，欺软怕硬，顺水推舟的了！天地是不是如此呢？一般说来，是如此的，所以古今不平的事真多。而《窦娥冤》这个悲剧有普遍的人民性，这也是一个原因。

有人认为关汉卿在这个剧本里宣扬贞孝观念，不能算是进步的。在市民文艺里，进步的思想表现在好几个方面。反恶霸、反贪官污吏是一种人民立场；反礼教，表现自由婚姻的又是一种进步思想。《窦娥冤》不是爱情戏剧，不以婚姻为主题，并不妨碍它是一个优秀剧本。窦娥被塑造为贞孝性格，乃是一个典型性格，她是封建时代的完人（标准的优良品性，具备真实封建道德者），因而她的被迫害，更能够获得观众、听众的同情心，达到戏剧的效果。这本戏是严肃的，是悲剧型的。关汉卿有《救风尘》、《切鲙旦》这样的喜剧，并不以贞为女性道德。《救风尘》中宋引章，既嫁周舍后，又改嫁安秀实。《切鲙旦》中女主角谭记儿是极聪明伶俐的，她原是寡妇，改嫁文人白士中。关汉卿剧中的女性人物，各有不同，不过在《窦娥冤》剧本中要求一个贞孝性格女性而已，并不宣扬贞节思想。即有，在剧本中是次要部分。

窦娥对丈夫有感情是自然的，对张驴儿憎厌也是自然的。

窦娥对蔡婆婆是好的，但说不上怎样孝顺，不失礼教而已。此与她出身有关，她是读书人的女儿。她不忍蔡婆婆挨打而屈招了，乃是对老年人的一片怜悯仁慈之心，所谓恻隐之心，人皆有之。这是一种伟大的自我牺牲精神和人道主义精神所驱使，并不是服从封建礼教中孝道的教条。她想虽一时招了，免去严刑拷打，未必即成定狱。此意在第四折中窦娥鬼魂补说于父亲前，谁知官吏们糊涂无心正法呢？

桃杌既没有受贿，为什么要毒打逼供呢？不认真、糊涂是一个原因。因为人命案件，必须要破案的，有人抵命的。所以，马马虎虎能定罪就好，出于屈打成招的一途，其事如《错斩崔宁》一样。法律重人命案，但不求细心勘案，则草菅人命。

血溅、飞雪、三年之旱，并非追求浪漫。在中世纪人们的思想意识中有天神、鬼的存在。鬼报仇，同《碾玉观音》，而更为凄惨。此因市民力量还薄弱，未形成资产阶级，封建约束力大，所以市民与封建统治阶级的斗争一般的是悲剧性的，只能在天道和鬼神的帮助之下，得到胜利。反封建势力包含有封建思想，如天道、鬼神、命运、善恶报应思想等，这是当时的实际。鬼魂出现一场是浪漫主义手法，体现人民的愿望，整个剧本仍是悲剧，这种誓愿报应的思想，和希腊悲剧的有些主题是相仿的。

由于窦娥的强烈反抗，责问天道，使天应验其三个誓愿，这是神话式的处理，以及第四折鬼魂出现平反案卷的场面，都带有浪漫主义（理想主义）色彩，也是现实主义精神的继续。第三、四折悲剧气氛非常浓厚，演出效果是很好的。亚里士多德对于希腊人喜欢看悲剧的解释，认为有 purification（净化）的效能，这里也可以应用。

到底"天从人愿"，天不主动，天的作为，是人心、人的意志感召的结果，人是主动的。因而，这个剧本还是积极的，并非迷信的、消极的。

结末表示愿金牌势剑把天下滥官污吏都杀尽，为天子分忧，为万民除害，是正旨，是儒家思想。此剧把天心、人意、王法统一起来，并未根本推翻封建制度，只是要去除封建社会中最为人民痛恶的一些痼疾。其进步意义在此，其局限性亦在此。

本剧结构严密，故事情节并无勉强巧合之处，逻辑因果，都合乎当时的社会现实。曲词是通俗的，没有华丽铺张的毛病。词曲到此，已经做到十分接近大众口语，其中最精彩的是第三折。

《窦娥冤》有不朽的生命，一直活到今日的剧坛。唯从《窦娥冤》到《六月雪》，故事有改动，悲剧气氛冲淡了，不如关氏原作之佳。《窦娥冤》一剧到明代传奇中改为《金锁记》，今不存全本。情节不完全知道。据程砚秋最近所排《六月雪》戏，大概即据明代传奇古本的。情节与关剧不同，张驴儿为蔡家女佣工之子，张随窦娥之夫上京赴考，途中陷之，推入河中，蔡郎并未死，而张归即以不幸闻。此后又计谋蔡婆婆，欲毒死她；蔡婆不吃此汤，递与张母吃了，张母死去。张驴儿欲霸占窦娥，窦娥不从，遂鸣官，屈打成招，判死罪。因对天鸣冤设誓，六月飞雪，遂被放回，未斩。其后，海瑞来重审，把事弄明，张驴儿判死刑。窦娥之夫中举回来，团圆结局。此类改本，实无可取。把强烈的斗争性，全给冲淡了。

（原载浦江清著，浦汉明、彭书麟整理：《中国文学史稿·宋元卷》，北京出版社2018年版）

1904—1957

浦江清:《西厢记》三题

一、从《会真记》到《西厢记》

《西厢记》故事出于唐代诗人元稹的《会真记》,一名《莺莺传》。《会真记》是一篇动人故事,元稹写来,文笔优美,情节曲折细腻。据后人的考证,可能是元稹自己的恋爱经验,而托之于张生的。今日尚可存疑。同时期的唐代诗人李绅有《莺莺歌》,白居易也有些诗篇,为元稹的莺莺故事而作。元稹的《会真记》是一篇爱情小说的杰作,不过这篇小说的结局,不能使人满意。一对情人,始合终离,始乱终弃,张生另有所娶。鲁迅在《中国小说史略》里指出:"篇末文过饰非,遂堕恶趣。"张生为什么要抛弃莺莺呢?他自己说:"大凡天之所命尤物也,不妖其身,必妖于人。""予之德不足以胜妖孽,是用忍情。"意思是说他一时惑于崔氏之美而有才,此后又懊悔,认为不足为其德配,为始乱终弃作辩护。这是文过饰非的话,事实上是一个男人在得到爱情之后,不尊重女性,为了婚姻的功利企图,另娶别人而已。据陈寅恪先生的意见,唐代文人看重婚宦,讲究门第。莺莺可能是低微出身的歌妓一流人物。因为《会真记》的"真"是神仙的"仙",唐人称妓女也为"仙"。说莺莺是妓女是不对的,照《莺莺传》所写,莺莺出身富有家庭,门第未必高，是小家碧玉。莺莺之母，起初对崔张来往，并不加以阻止，后来对于婚姻之事，亦不热心，可能对于张生也有失望之处，而张生到京后文战不利，两人阻隔了，遂也无意于求婚。问题的关键在于，崔张这一段的结合是"私情"，唐代尽管比较自由，但私情也是不被礼教所容的。张生前后人格不一致，偷情时是才子作风，而此后又有迂腐的道德观念。当时士流对于张生的"忍情"是惋惜的，但却不加以严厉的责备。这故事除了诗文点缀之外，还是现实的，这种事情在唐代社会中可能发生的很多。唐代文人认为私情是不好的，他们虽惑于才色，但不是以此论嫁娶。这类的事，虽然是传奇艳遇，但并非空想。《聊斋志异》虽然写在清代，但那些人和事在唐代社会是可以实际发生的，这是人性、人情所不能已。礼教是束缚人性的，礼教也是重男轻女的，张生薄情而人不以为非，便是明证。张生认为女子有才色，是尤物，必妖于人，那么女子无才便是德，就是那时代的金科玉律。而对于莺莺来说，是一个悲剧。在封建时代，女子地位低，她有才色而谦抑，自我牺牲，没有强烈的反抗性。以《会真记》和同时期的《霍小玉传》相比，《霍小玉传》故事是悲剧，大责备李十郎负情，此因十郎考试胜利，另选高门，与张生文场失意不娶莺莺大不相同。《霍小玉传》将爱情突出来写，表现女性的美德，赞赏女性人格之美，《霍小玉传》思想性比《莺莺传》高。

　　《会真记》起初在士大夫阶级里流传，以后走向民间通俗说唱。北宋时期文人赵德麟，有《商调蝶恋花》鼓子词以咏其事，赵氏说:"至今士大夫极谈幽玄,访奇述异,无不举此以为美话;至于倡优女子,皆能调说大略。惜乎不被之以音律,故不能播之声乐,形之管弦。"因之,他用十二支《蝶恋花》曲调,比附《莺莺传》以歌咏其事。作为通俗说唱文学,于故事并未改动,且甚简略。

在北宋南宋之间,有杂剧《莺莺六幺》,用大曲歌舞故事,想来也是简短的一折,故事未改动。而《醉翁谈录》中的传奇小说话本《莺莺传》,其内容如何不可知,可能已有所发展了。

金代董解元《西厢记诸宫调》是一大创作,把始合终离一个不完整的爱情故事改造成为爱情胜利的团圆结局,已经体现了反封建礼教的思想。它把士大夫阶级的文艺作品变成了完全能够代表市民阶级思想意识的文艺作品。元代王实甫的《西厢记》是因袭董西厢而产生的,但不是如有人说的那样是抄袭。诚然,没有董西厢的基础,王西厢达不到今天的高度,但王西厢毕竟比董西厢跨进了一步,有它的创造性。

董、王西厢的故事差不多一律。把决绝变为团圆,肯定张生、莺莺、红娘为正面人物,郑氏、郑恒、孙飞虎为反面人物。王实甫《西厢记》与《会真记》相比,人物情节发生很大变化:张生是尚书之子,莺莺为相国之女,门当户对;彼此一见倾心,十分顾盼。真的爱情,定于初见,很像小说里写的浪漫派;孙飞虎包围普救寺,要抢莺莺为妻,郑氏说明谁能救莺莺,许配他,因此张生、莺莺的结合属于正义的一边;张生救了他们一家,郑氏以崔相国在时曾将莺莺许配郑恒为由悔婚;张生气愤而病,莺莺托红娘问病,张生寄柬，红娘传简，莺莺酬持约见，责以礼义，这是受《会真记》的影响，莺莺顾忌礼教，表现女性心理矛盾，礼教与爱情的矛盾完全体现出来，以后酬简私奔，是强烈反抗礼教的，这是很大的变化和发展；红娘反责备郑氏失信一段，为剧中主眼，词严义正，大快人心，她是不受礼教压迫的健康的女性，一个不识字的丫鬟通透女性心理；张生进京考试，反映科举时代看重功名，而莺莺惜别表示女性重爱情；后来虽有小波折，但终以团圆结局。

　　元稹《会真记》面世以后，从士大夫走向民间，经过历代人民大众和文人的创造，到董、王西厢的出现，达到了现实主义创作的高度，而且做到了现实主义和积极浪漫主义的完美结合。董西厢过去不受重视，不太流行。王西厢被人看作出于董西厢，文辞也有抄袭，而影响却超过董西厢。实则应该看到，从董解元的说唱文学到王实甫的戏剧文学，改变了一个文学类型。有些地方，可以抄袭，大部分要自己创造。此所以董西厢反被湮没之故。

二、《西厢记》的主题

　　《西厢记》是元曲中最通俗流行的一个剧本，从王实甫到现在已经有六百多年。《西厢记》故事是为中国人民所普遍爱好的。不过向来一般人爱读《西厢记》，因为它是写才子佳人的文学作品，故事情节曲折，王实甫的辞章华美而已。贾仲明吊王实甫云："作词章风韵美，士林中等辈伏低。新杂剧，旧传奇，《西厢记》天下夺魁。"金圣叹推王实甫《西厢记》为第六才子书，而切去它的团圆结局，至草桥惊梦为止。对前四本也不少改窜。金圣叹批改《西厢记》第六才子书是通俗流行的，他的批改本是宣传他的唯心论世界观的，归结成人生如梦，无可奈何的消遣。他把《西厢记》不曾当作淫书，是他的进步，而是把它当作闲书，当作非现实的东西，是文人才子梦境的书！

向来古典文学不少优秀的作品，伟大的创作，是被封建时代的正统派批评家所歪曲了的。例如《诗经》国风里面充满了健康的爱情诗，或者被看作"后妃之德"，或者被看作淫奔之诗。

《西厢记》在旧社会，或被看作淫书，或被看作闲书。《西厢记》不是一部淫书，因为《西厢记》里面的爱情是真挚的，不是玩弄性的，男女平等的，一对一的，爱情与婚姻统一的。《西厢记》不是一部闲书，因为并不单是提供勾栏里面演出娱乐消遣的东西，这里面有血有泪，展示了在封建礼教的压迫下，一对青年男女，如何地为了追求自由幸福的生活而斗争，终于达到完全胜利的、符合人民大众愿望的喜剧效果。《西厢记》是古典现实主义和积极的浪漫主义结合的文艺创作。《西厢记》有浪漫主义的成分，因为莺莺的美貌多才，张生的才学和热情追求，红娘这一个丫头角色，以及孙飞虎的包围普救寺，郑恒的触阶自杀等，都是不太寻常的。说它是现实主义的作品，因为人物性格都是真实典型，而情节布局都是入情入理，没有巧合和离奇古怪的部分。

《西厢记》以才子佳人为主角，这是采取了前代相传的传奇故事。但是爱情并非只是才子佳人的特权，这部作品有反封建的普遍性。作者发下一个宏愿：愿普天下有情的都成了眷属。张生、莺莺的故事不过树立了一个斗争的典范而已。

反对父母之命、媒妁之言的门当户对的封建婚姻制度，冲破礼教束缚，追求以爱情为基础的自由美好的婚姻是《西厢记》的主题。

在中国漫长的封建社会时代，在旧礼教的统治下，青年男女没有公开社交的机会。爱情成为一种禁忌，婚姻不自由，必须服从礼教。或者是买卖式的，或者是掠夺式的婚姻，给女性以压迫和迫害。《西厢记》反对这些。老夫人是代表封建礼教的典型人物。把一个女儿"行监坐守"，提防拘系的紧，只怕她辱没了相府门第。莺莺处在精神牢狱里面。《西厢记》描写了在旧礼教压抑下的女性，如何的想挣扎这精神牢狱的枷锁。孙飞虎是想用暴力欺压女性，企图实行掠夺婚姻的反面人物。豪强掠夺，尤其在金元时代异族统治下，这种现象是普遍的。《西厢记》里的莺莺、张生、惠明是向掠夺、残暴的统治势力斗争的。老夫人在普救寺被围时，无可奈何，说明把莺莺许配给能退贼兵的人，但是孙飞虎退了，她又反悔起来："先生纵有活我之恩，奈小姐先相国在日，曾许下老身侄儿郑恒。即日有书赴京唤去了，未见来。如若此子至，其事将如之何？莫若多以金帛相酬，先生拣豪门贵宅之女，别为之求，先生台意若何？"这是她的自私自利，不遵守信义，而把婚姻当作一件买卖的事。事实上是她看不起张生，只看见他是一个穷秀才。张生和莺莺有了私情以后，经过红娘的说服，她才无可奈何地把婚姻许了，但是要张生上京去赴考，表现了庸俗的功名思想。

在唐人传奇里有著名的爱情故事，如《李娃传》、《霍小玉传》、《任氏传》等，托之于妓女和妖狐。名门闺秀，礼教森严，不能有爱情的举动，一般文人也是不敢写的。才子与妓女的爱情是不平等的，是男性中心社会的产物。《西厢记》却不同。莺莺不是妓女，不是妖狐，而是相国的女儿。作者更为大胆，更能达到反封建的效果。它揭穿了封建礼教的虚伪与残酷，指出其软弱性，是可以动摇的。

《西厢记》第四本第二折，俗名"拷红"。红娘对老夫人一段话，义正词严，又晓之以利害："信者人之根本，'人而无信，不知其可也。……'当日军围普救，夫人所许退军者，以女妻之。张生非慕小姐颜色，岂肯区区建退军之策？兵退身安，夫人悔却前言，岂得不为失信乎？既然不肯成其事，只合酬之以金帛，令张生舍此而去。却不当留请张生于书院，使怨女旷夫，各相早晚窥视，所以夫人有此一端。目下老夫人若不息其事，一来辱没相国家谱；二来张生日后名重天下，施恩于人，忍令反受其辱哉？使至官司，夫人亦得治家不严之罪。官司若推其详，亦知老夫人背义而忘恩，岂得为贤哉？红娘不敢自专，乞望夫人台鉴：莫若恕其小过，成就大事，掩之以去其污，岂不为长便乎？"这是威胁而带恳求的话。

红娘的机智、勇敢，救了张生、莺莺二人。红娘说服老夫人的话，是代表作者和观众对于这个社会现实的批评，是一种进步的思想。

《西厢记》的反礼教、反宗法社会达到了一定的深度和广度。

宋元社会，作为封建统治的上层建筑的是虚伪的儒家思想，即程朱理学思想，还有佛教的宗教势力。《西厢记》蔑视圣经贤传，看轻功名富贵，向儒家思想斗争。同时这个浪漫的男女偷情的行动，在一个佛寺里发生，把一座梵王宫，化作了武陵源，给佛教的统治势力以无情的讽刺。

三、《西厢记》的结构

《西厢记》采用五本杂剧相连而构成一个长篇巨型的剧本，在元人杂剧中是独一无二的。《西厢记》虽然是长篇剧本，但是与南戏或后来的传奇有别。《西厢记》整本二十折（或二十一折）皆用北曲，这二十折可以分划开来，是四折一楔子，合乎杂剧体例的五本。其中遵守着元杂剧的体例，而稍稍加以变化，有末本与旦本，及旦末合本。

第一本　楔子（老旦唱），一、二、三、四折皆张生唱——末本戏。

第二本　第一折（旦唱），楔子（惠明唱），二折（红唱），三、四折旦唱。此本是莺、红分唱——旦本戏。

第三本　楔子（红唱），一、二、三、四折皆红娘唱——旦本戏。

第四本　楔子（红唱）、一折（末）、二折（红）、三折（旦）、四折（末），此本变化较多，莺、红、张生各有主唱之折——旦末合本戏。

第五本　楔子（末）、一折（旦）、二折（末）、三折（红）、四折（末、红、末、旦、红），此本亦是旦末合本，而更有变化，第四折以张生主唱，而插入旦、红分唱几支曲子。

《西厢记》整个剧本主要角色是张生、莺莺、红娘三人，其中张生主唱八折，莺莺主唱五折，红娘主唱七折。

元曲中有不少以爱情为主题的剧本，例如《曲江池》、《倩女离魂》、《青衫泪》、《张生煮海》等等，均以女性为主角，是旦本戏。主要因为受元剧体例的限制，只限于一人主唱，而此类爱情剧本，选择女主角主唱，来得细腻，可以有许多优美动听的歌曲，可以充分表现恋爱的情绪，动人心弦。这种安排是适宜的，但是美中不足的地方是作为爱情的对方的男人，陷于配角的地位，没有主唱的部分，显得被动而无力。《西厢记》不是这样的，以爱情为主题，而使张生和莺莺都作为主角，都有歌曲可唱，都有戏可演，使观众充分看到张生热烈的追求的一方面，也看到莺莺对于张生的热情的反应，以及复杂的心理变化，面面俱到。《西厢记》所再现的生活面是完整的，没有遗漏。《西厢记》的结构是立体式的。

以情节而论，《西厢记》故事并不比《曲江池》等特别曲折复杂，假如要以一本杂剧四折一楔子来写，也是可能的。不过由于董西厢的创造，已经把这个故事发展为一个巨型的演唱本了，描写得特别细致了，所以必须采取五本的长剧，方始能够达到艺术创造上的完整性。我们可以说是内容决定形式。采取了这样一个长本戏的形式，使张生、莺莺、红娘三个角色来分别主唱，展开剧情，又丰富了剧本的内容。

因此，我们可以把《西厢记》的结构作为文艺理论上内容决定形式，形式反作用于内容的一个定律的证明。

这是王实甫《西厢记》的独创性之一。

（原载浦江清著，浦汉明、彭书麟编选：《无涯集》，百花文艺出版社2005年版）

北京联合大学

第七篇 诗体解放
现代新诗四讲

1937—1946

1937—1946

1898—1948

朱自清：新诗

> 新诗破产了！
> 什么诗！简直是：
> 罗罗苏苏的讲学语录；
> 琐琐碎碎的日记簿；
> 零零落落的感慨词典！

这首"新诗"登在三四年前的《青光》上；作者的名字，我没有抄下来，不知是谁。我保存这点东西的意思，一小半因为这短短的五行话颇有趣味，一大半因为"新诗破产"的呼声，值得我们深切的注意。其实"新诗破产"的忧虑，也并非在这首"新"诗里才有；较早的《青光》里，我记得，至少还有一段，也是为新诗担忧的。那是说，有一个学生，一心一意要做新诗人；终日不作他事，只伏在案上写诗——一礼拜便写成了一本集子！跟着的按语，大约是"这还了得！"之类。

据我所知道，新文学运动以来，新诗最兴旺的日子，是1919至1923年这四年间。《尝试集》是1919年出版的，接着有《女神》等等；现在所有的新诗集，十之七八是这时期内出版的。这时期的杂志、副刊，以及各种定期或不定期的刊物上，大约总短不了一两首"横列"的新诗，以资点缀，大有饭店里的"应时小吃"之概。但同时仍有许多人怀疑新诗；这自然不能免的。胡适之先生在1919年写的《谈新诗》里说：

> ……只有国语的韵文——所谓"新诗"——还脱不了许多人的怀疑。但是现在做新诗的人也就不少了。报纸上所载的，自北京到广州，自上海到成都，多有新诗出现。

做新诗的人之多，是实在的；而且自此年后，更是有加靡已。"许多人的怀疑"（即使是赞成"国语的散文"的人），也是实在的；但这只是一种潜势力，尚不曾打出鲜明的旗帜。直到1922年1月，《学衡》出版，才有胡先骕先生《评尝试集》一文，系统地攻击新诗。他虽然出力攻击，但因他的立场是"古学主义"（即古典主义），逆着时代而行，故似乎并未产生什么影响。真正发生影响的议论，是隔了一年才有的。这时新文学主义者自己，有了非难新诗的声音，而且愈来愈多。这种"萧墙之祸"甚是厉害，新诗无论如何，看起来总似乎已走上了"物极必反"的那条老路。我上文所举两例，正在这些时候发现。

但这些还只是箴新诗末流之失；更有人进一步怀疑于新诗之存在。例如丁西林先生，我们有许多人读过他国语的小说和戏剧，他就是个根本反对新诗的人。他在独幕剧《一只马蜂》里，有一段巧妙的对话；看他借了吉先生的口，怎样攻击新诗：

吉老太太：现在这班小姐们，真教人看不上眼，不懂得做人，不懂得治家。我不知道她们的好处在什么地方？

吉先生：她们都是些白话诗。既无品格，又无风韵。傍人莫名其妙，然而她们的好处，就在这个上边。

老太太：我问你，这样的人也不好，那样的人也不好，旧的你说她们是八股文，新的你又说她们是白话诗。……

吉先生：是的，同样的没有东西，没有味儿。

《一只马蜂》最初是登在1923年10月份的《太平洋》上面；那时前后，各方面非难的话还很多，我现在不能遍引。

在"四面楚歌"中，新诗的中衰之势，一天天地显明。杂志上，报纸上，渐渐减少了新诗的登载，到后来竟是凤毛麟角了。偶然登载，读者也不一定会看；即使是零零落落的几行，也会跨了过去，另寻别的有趣的题目。而去年据出版新诗集最多的上海亚东图书馆中人告诉我，近年来新诗集的销行，也迥不及从前的好。总之，新诗热已经过去，代它而起的是厌倦，一般的厌倦。这时候本来怀疑新诗的人不用说，便是本来相信新诗的人，也不免有多少的失望。他们想，新诗或者真没有足以自存的地方，真如胡先骕先生所诅咒的"微末之生存"吧？新诗或者真要"破产"吧？在这满飞着疑问号的新诗坛上，我碰到好几位朋友；他们都很纳闷，暂时不

愿谈到此事——他们觉得这个谜是不容易猜的。只有我的一个学生曾来过一封信,他说:

> 我看近来国人对于诗的观念,渐渐有些深沉,而不敢妄作。这不知是好还是坏的现象?但也许并不是深沉,"血呀泪呀花呀",或是歌不出别的法门来了。所以如闻一多的《渔阳曲》、《七子之歌》、《白薇曲》之类,力想别开门径,而表示豪漫深沉。然而也不容易!所以有时不得不叹惜咏歌之将尽。……我想白话运用于文学,似乎有问题。我极愿现时的白话再改进;不过自己没有成绩之先,未免是漂亮话。

他因怀疑新诗,甚至怀疑"白话运用于文学";他原是相信白话文学的人,现在他的怀疑,足以代表一部分曾经相信白话文学的人。所以很值得我们注意。

直到今年 4 月,闻一多、徐志摩诸先生出了一个《诗镌》,打算重温诗炉的冷火。他们显然要提倡一种新趋势;他们要"创造新的音韵,新的形式与格调"。这是《诗镌》同人之一、刘梦苇先生《中国诗底昨今明》一文中的话。此文印在去年 12 月 12 日的《晨报·副刊》上,虽不在《诗镌》时代,却可以代表《诗镌》的主张与工作。同文里又述闻一多先生的意见,说"中国诗似乎已经上了正轨"。这是指他们一派的新韵律的诗而言。后来刘先生自己在《诗镌》里也说过同样的话。所谓新韵律,一是用韵,二是每行字数均等,三是行间节拍调匀;他们取法于西洋诗的地方,比取法于旧诗词的地方多。这种趋势,在田汉、陆志韦、徐志摩诸先生的诗中,已经逐渐显露,《诗镌》只是更明白地确定为共同的主张罢了。这种主张有它自己的价值,我想在后面再论。《诗镌》确是一支突起的异军,给我们诗坛不少的颜色!可惜只出了十一期便中止。它的影响可并不大,虽然现在还存留着在一小部分人之中;这或因主张本难普遍,或因时日太短。总之,事实上,暂时热闹决不曾振起那一般的中衰之势。我想《诗镌》同人在这一点上必也感着寂寞的。有些悲观的人或者将以为这是新诗的回光返照,新诗的末日大概不久就会到临了,我还不能这样想。我所以极愿意试探一探新诗的运命,在这危疑震撼的时候。

我觉得我们现在所要的是有意思的发荣滋长,而不是一阵热空气;热空气的消失,在我们是无损的。1919 年来新诗的兴旺,一大部分也许靠着它的"时式"。一般做新诗的也许免不了多或少的"趋时"的意味;正如闻一多先生所讥,"新是作时髦解的"!——自然,这并不等于说,全没有了解新诗的价值的人!但那热空气究竟是没有多少东西,多少味儿的;所以到了 1923 年 9 月,便有郭沫若先生出来主张"文艺上的节产"(《创造周报》十九号)。他虽非专论新诗,新诗自然占着重要的地位,在他的论旨里。那里面引达文齐与歌德为例,说:

> 伟大的是他们这种悠长的等待!……他们等待是什么?在未从

事创作之前等待的是灵感,在既从事创作之后等待的是经验。……
……

目前的世界为什么没有什么伟大的作家,没有什么伟大的作品?目前的中国为什么没有什么伟大的作家,没有什么伟大的作品?……我们可以知道了。我们可以说就是早熟的母体太多了,早产的胎儿太多了的缘故。

等待吧!等待吧!青年文艺家哟!

我们若相信他的话,那么,现在一般人所嘲讽,所忧虑的"新诗的衰颓",可以说不是"衰颓",而正是他所要求的"节产",虽然并不是有意的。"节产"总可乐观;我们是在等待灵感与经验——"自然的时期是不可不等待的"!为什么甫经四年的冷落,便嗒然自失呢?我觉我们做事,太贪便宜,求速成,实是一病。政治革命,十五年"尚未成功",现在我们是明白的了;文学革命,诗坛革命,也正是一样,我们只有努力向前,才能打出一片锦绣江山;何可回首唏嘘,自短志气?

我们的希望太奢了,故觉得报酬太少了;然而平心而论,报酬果然太少么?我且断章取义地引成仿吾先生的话:

在这样短少的期间,我们原不能对于他(新文学)抱过分的希望。而且只要我们循序渐进,不入迷途,我们的成功原可预计。……(《新文学之使命》,《创造周报》二号,一九二三年五月)

再看周启明先生的话：

在批评家希望得见永久价值的作品，这原是当然的，但这种佳作是数年中难得一见的；现在想每天每月都遇到，岂不是过大的要求么？（《自己的园地》页六四）

这些话是很公平的。我们若以这两种眼光来看新诗的发展，足可以减少我们的杞忧，鼓舞我们的勇气。或许有人以为这种看法太乐天了，太廉价了，我们还可谨慎些说：我们至少可以相信，"此新国"不"尽是沙碛不毛之地"，此路未必不通行。这是胡适之先生1916年说的话；那时只有他一个人在做"刷洗过的旧诗"，"真正白话诗"还不曾出世呢。现在是十年以后了；还只说这样话，想来总不算过分吧。十年来新诗坛的成绩，虽不能使我们满意，但究竟有了许多像样的作品，这是我们可以承认的。单篇如1919的《小河》，1924的《羸疾者之爱》，完成的时期相隔五年；集子如1921的《女神》，1925的《志摩的诗》，出版的时期相隔四年；却都是有光彩的作品。可见新诗坛虽确乎由热闹走向寂寞，而新诗的生命却并未由衰老而到奄奄欲绝，如一般人所想。但好作品的分量，究竟敌不过那些"苦稻草，甘蔗渣，碎蜡烛"，我们也当承认。这也不见得是新诗的致命伤，因为混乱只是短时期的现象；而数年来的冷落，倒是一帖对症的良药，足以奏摧陷廓清之功。所以看了一般人暂时的厌倦和新诗分量的减少，便断定或忧虑它将短命而死的人，我觉得未免都是太早计！

若许我猜一猜新诗坛冷落的因果，我将大胆地说：生活的空虚是重要的原因。我想我们的生活里，每天应该加进些新的东西。正如锅炉里每天须加进些新的煤一样。太阳天天殷勤地照着我们，我们却老是一成不变，懒懒地躲在命运给我们的方式中，任他东也好，西也好；这未免有些难为情吧！但是，你瞧，我们中有几个不跟着古人，外人，或并世的国人的脚跟讨生活呢？有几个想找出簇新的自己呢？你说现在的新诗尽是歌咏自己，但是真能搔着自己的痒处的，能有几人？自己先找不着，别人是要在自己里找的，自然更是渺无音响！《诗》的二卷里，叶圣陶先生有《诗的泉源》一文，说丰富的生活，自身就是一段诗，写出不写出，都无关系的。没有丰富的生活而写诗，凭你费多大气力，也是"可怜无补费精神"！"丰富"的意思，就是要找出些东西，找出些味儿，在一件大的或小的事儿里，这世界在不经心的人眼里，只是"不过如此"；在找寻者的眼里，便是无穷的宝藏，远到一颗星，细到一根针。

现在作新诗的人，我们只要约略一想。便知道大多数——十之九——是学生。其中确有少数是天才，而大多数呢？起初原也有些蕴藏着的灵感；但那只是星火，在燎原之前，早已灭了；那只是一泓无源之水，最容易涸竭的。解放启发了他们灵感，同时给予他们自由，他们只知道发挥那灵感，以取胜于一时，却忘记了继续找寻，更求佳境。是的，找寻是麻烦的，而他们又不愿搁笔；于是不得不走回老路，他们倚靠着他们的两大护法：传统与模仿。他们骂古典派，"连篇累牍，不出月露之形，积案盈箱，惟是风云之状"，但他们自己不久也便堕入"花呀，鸟呀"，"血呀，泪呀"，"烦闷呀，爱人呀"的窠臼而不自知。新诗于是也有了公式，而一般的厌倦便开始了。更进一步，感伤之作大盛。伤春悲秋，满是一套宽袍大袖的旧衣裳。说完了，只觉"不过如此"，"古已有之"。表面上似乎开了一条新路，而实际上是道地的传统精神。新诗到此，真是换汤不换药，在可存可废之间。自由的形式里，塞以硬块的情思，自然是"没有东西，没有味儿"！这时间有能创作的人，那是不幸得很，他的衣服，非被一班蹑脚跟的扯掸碎烂不可。如《女神》出后，一时倡言大爱者，风起云涌；"一切的一切"等语调几乎每日看见。朋友郢先生讥为鹦鹉学舌，实是确论。

论到形式，则创新者较多。虽然胡适之先生在1919的《谈新诗》里说：

我所知道的"新诗人"，除了会稽周氏兄弟之外，大都是从旧式诗，词，曲里脱胎出来的。(《胡适文存》卷一，页二三五)

但后来便不然了，便是胡先生自己，后来也改变了。因为做新诗的人，有许多是白手起家，与旧式诗、词、曲极少交涉，他们不得不自己努力。有许多并且进一步，想独创一种形式。《诗镌》中诸作，也正偏重在这一面，这原是很可乐观的。但空有形式无用；没有好的情思填充在形式里，形式到底是不会活的。若说只要形式讲究便行，与从前"押韵便是"又何异呢？一般人看新诗，似乎太注重它的形式之新，与旧体诗、词、曲不同；因此来了一种重大的误会，以为新诗唯一的好处是容易。虽然像《诗镌》中所主张的新形式，也并非容易；但《诗镌》是后来的事，而影响又不大，不能以为论据。我想"新诗人"之多，"容易"总是一个大原因。其实新诗何尝容易？《诗镌》说的新形式不用说，便是所谓"自由诗"，又岂是随随便便写得好的？本文篇首所举两例，正是责备一般作者将作诗的事看得太容易了。要知道提倡的人本只说"诗体大解放"，并不曾说容易；提倡白话文，虽有人说是容易作，但那只是因时立说，并不是它的真价值。一般人先存了个容易的观念，加以轻于尝试的心思，于是粗制滥造，日出不穷。新诗自然愈来愈滥了。但这也是过渡时代不可免的现象。

这种现象，凡是爱护新诗的人，没有不担忧的，前面所引郭沫若先生的话，想也是因此而发。成仿吾先生在《新文学之使命》里说得更是明白：

我们的作家大多数是学生，有些尚不出中等学堂的程度，这固然可以为我们辩解，然而他们粗制滥造，毫不努力求精，却恐无辩解之余地。我们现在每天所能看到的作品，虽然报纸杂志堂堂皇皇替他们登出来，可是在明眼人眼里，只是些赤裸裸的不努力。作者先自努力不足，所以大多数还是论不到好丑。最厉害的有把人名录来当做诗，把随便两句话当做诗的，那更不足道了。

而郑伯奇先生在《新文学之警钟》(《创造周报》三十一号，1923年12月)里也说：

现在文坛的收获，太难令人满意了；不仅不能满意，并且使人不能不忧虑新文学的前途。且就诗说吧，这两年来，流行所谓"小诗"，其形式好像自来的绝句，小令，而没有一点音调之美。至于内容，又非常简陋，大都是唱几句人生无常的单调，而又没有悲切动人的感情。在方生未久的新诗国中，不意乃有这种沉靡单简的"小诗"流行，真可算是"咄咄怪事"！听说这流行是由翻译太戈尔和介绍日本的和歌俳句而促成的；那么更令人莫名其妙了。……（以下论音调，后将再引）

"所谓小诗"，如周启明先生《论小诗》里所说，"是指现今流行的一行至四行的新诗。这种小诗……其实只是一种很普通的抒情诗，自古以来便已存在的"。我是赞成小诗的人，我相信《论小诗》中的话：

如果我们"怀着爱惜这在忙碌的生活之中浮到心头又复随即消失的刹那的感觉之心"，想将他表现出来，那么数行的小诗便是最好的工具了。（所引俱见《自己的园地》页五三）

我引郑先生的话，只以见小诗也正同一般的新诗一样，也流于滥的一途去了。在1923年的时候，我还觉得小诗比一般的新诗更容易，使人有"容易"的观念，更易长粗制滥造之风。论到小诗，周先生的和歌俳句的翻译，虽然影响不小，但它们的影响，不幸只在形式方面，于诗思上并未有何补益。而一般人"容易"的观念，倒反得赖以助长。泰戈尔的翻译，虽然两方面都有些影响，但所谓影响，不幸太厉害了，变成了模仿；模仿是容易不过的，况在小诗！这自然都是介绍者始意所不及的。这样双管齐下的流行，小诗期经两年而卒中止；于是一般的新诗与小诗同归于冷清清的，非复当年胜概。我不敢说新诗的冷落，是小诗为之；但这期间，我相信，不无有多少的关系。不然，何相挟以俱退藏于密呢？但小诗究竟是少不得；它有它独特的好处。我相信它和一般的新诗一样，仍要复兴的。而且小诗不但是"自古有之"，便是新诗的初期，也有这一体，不过很少，而且尚无小诗之名罢了。如《女神》中的《鸣蝉》，《草儿》中的《风色》，都是极好的小诗，可见这一体决不是余剩的了。

1927年2月5日

（原载《朱自清全集》第4卷，江苏教育出版社1990年版）

1905—1993

冯至：中国的新诗

歌德说过："诗人是比任何人所想像的都更为真实的人。"我们不妨拿这句话作为衡量诗的价值的标准，这标准可以说是不大容易改动的。

回顾一下中国的文学史，我们可以看出，中国的诗歌发展到了南宋，已经告一段落，在这一时期以前，中国产生过不少的真实的诗人，创作了极真实的诗；宋以后，真实在大部分的诗人身上可就有问题了。最使我们感到痛苦的要算是诗人的艺术与人格的分裂，一个诗人的诗与人常常不能配合起来，——这中间当然也有稀少的例外，像顾亭林就是这例外中最显著的一个。但大部分诗人他们的诗与人多是背道而驰，尤其是在现代有一个使人不胜惋惜的现象：像汪精卫、黄秋岳、王揖唐，这些背叛国家的罪人，却是著名的旧诗人，他们的旧体诗相当成功，功夫很深，然而艺术和人格却相差得那么远。

新诗到现在还没有三十年的历史，还是一个孩子，现在学习的时代，它的成绩也很可怜，若是要和陶渊明杜甫那些崇高的名字分庭抗礼，是一个不自量的僭妄，可是将及三十年来的新诗人，不管他们的成绩怎样，至少有一部分把住了真实，这点是很值得宝贵的。

谈到新诗的收获，我们可以分两方面来讲，一是它的内容，一是形式：

第一，诗的内容：在中国文学史上，诗因失真而枯，元明以后尽管有些诗的技巧很高，可以使人百读不厌，可是内容思想，尤其是诗人的人格，每每被人忽略了，我们从元明以来的诗话里，可以看到他们很少谈及人格与思想的，都只注意到技巧。而现在的新诗，能够令人快意的就是他已注意到思想及人格的问题，尤其在思想上，已将旧诗的范围扩大了许多，其中可以说的，第一种是咏理诗；咏理诗走到一个新的境界里来了。从前，人们多主张诗是不能用来说理的，但今日新诗人的咏理可以说相当成功，尤其是哲理诗，但所谓说理，并不是伦理的，道德的，而是对于宇宙人生的感应，其实这在西洋原是很平常的，但在中国则是一种新的境界。其次是爱情诗，中国过去不是没有爱情诗，可是从前的情诗大抵不外乎两种：一种是原始性的情歌，像古代的子夜歌，竹枝词一类的东西，和我们现在常常见到的苗人夷人的情歌差不多；另外一种便是文人的无题诗，游仙诗之类，多半缺乏真实的体念，意境虽高不免使人有架空之感。直到五四以后，真实体念的爱，以及理想的爱，才渐渐被新诗人所歌颂。其实这并不足为奇，因为五四以后，生活的解放，男女之间的关系也与往日不同，这是自然的趋势。第三种值得谈的，是积极的精神，旧日的诗，大都偏于感逝伤怀，缺乏积极的精神；而新诗，则含有前进的意义，对于光明的追求。以上是中国新的三种新诗的境界。回顾过去，我们觉得还有一点交代，自然，这在西洋文学中常是不足为奇的，譬如说：我们新诗中对于自然的赞颂，人生积极意义的追求，在人家看来却不免幼稚平淡。西洋人翻译起中国的诗来，或许倒还翻译我们的旧诗，而不喜欢我们的新诗，因为断肠销魂一类的辞藻，对于我们虽已陈腐，但对于他们是新鲜的，而爱情光明一类的题材，对于我们是新的内容，但对于他们又是平凡的。我们不能为了外国人的爱好而写旧诗，我们宁可要我们幼稚的新东西，我们要努力去建设它。

第二是新诗的形式：形式的问题，在二十五年内有过许多次纷争，甚至有人说这是新的分裂，有的人主张打破形式，有的人主张追求新形式，甚至双方面互相攻击。但依我看来，时至今日，这两件事原是不成问题的，就以人生来说，一个人只要有求生的欲望，就常常一面要打破陈旧的生活形势，一方面要追求新的形式，一方面要脱去旧的，一方面要穿上新的，人生如此，何况是诗？如果只是解放，那便好比一匹野马，如果只是为新旧形式所限制，那便如一匹套上沉重的车子，走不动的马；一匹受过适宜的训练，而又不失去弹性的马，走起路来才会有美的姿势，合乎韵律的步骤。从旧形式的解放，再追求新的形式，这两方面都是生命力的表现，自始至今没有结束过，也永远不会结束的，这是新诗所表现的生命的欲望。

可是在新诗发展的过程当中，我们却遭逢了一段不幸：就是在民国十三四年到抗战开始的那一段时期，有一部分所谓象征主义的诗，这也是时代的关系，一则是象征主义的余波到了东方，一则是从清末以来对于词的发现的影响，二者交叉在新诗的发展上，无形中给了他一点磨折，一些善意的象征主义的诗人，本想给新诗添加一点新的色彩，新的内容与技巧，这种意义是值得感谢的，只可惜多半只学得法国象征主义诗歌的外表，很少得到他的精髓，近于探求色彩与声音的美，反而失却艺术的本质。至于词在中国文学上的地位如何，我不敢凭着个人的感觉平衡，至少我认为它的内容比诗的内容狭小了许多，而有些新诗却依恋着词的境界。由此而产生的新诗，它的流弊就在于搔首弄姿，咬文嚼字，以声音的美、色彩的美，以及离奇的比喻，代替了内容，丢弃了内容，李金发的诗，就是一个显著的例子，过于艺术了，反倒失去生命。

这类的诗现在已经结束了，这是抗战的严肃，这种近乎虚伪的作态给消除了，现在，新诗无形中又接上了肇端时的精神，这精神表现在两个并行不悖的趋势上：一方面追求曙光，另方面追求新形式，并且作了些很成功的试验。这两种趋势在新诗的前途上，是非常值得珍惜的，它们还要继续发展下去，如一对兄弟，携手前进，给新诗创造远大的前程。

（原载昆明《广播周报》第 14 期，1946 年 10 月）

李广田：论新诗的内容与形式

我们这时代是一个散文的时代。——当论到现代的文艺作品时，有人这样主张。

而当人们论到五四以来的文艺发展情形时，又大都以为，在文学作品的各个部门中以新诗的成就为最坏。

但是今天，我们的抗战已进入了第六年的今天，新诗的生长却又显出一种非常繁荣的状态。有多少纯粹的诗刊在发行，有多少诗集在编印，任何文艺刊物都容纳不少的新诗，而多少书店也都说新诗的销路还不算坏。有那么多诗人在写诗，有那么多读者在读诗，在过去，书店老板看见新诗便摇头，而现在，商人的算盘上这一笔生意也打得颇响亮。固然，在数量上，新诗的产与销也许还不如剧本与小说，但比较从前，情形是很不相同了。

新诗之所以有如此之特殊繁荣，其原因何在，不是现在我们所要探讨的问题。我们所要提出的是今日新诗的一种共同特色。

这一共同的特色就是：诗的散文化。

散文化。这并不单指内容而言，而更重要的还是指形式。在内容方面说，有些题材是可以写成散文的，然而作者也把它们写成诗了，在这种情形下，无论这作品是采用了诗的形式或非诗的形式，它当然还不是诗。在形式方面说，作者无论是把作品分了行也罢，把作品分了节也罢，而这种有见必录，有感必发，以为直接抒写便算尽了诗之能事的做法，纵然诗的内容是有的，甚且是好的，但并未用诗的最好的形式来表现，我们总以为这终是忽略了诗的"艺术"。固然，我们也不能不承认 Coleridge 所说的"最高尚的诗，是没有格律也可以存在的"。但是我们还必须知道，最高尚的诗就应当有最高尚的形式来表现，没有高尚的形式，本来是最高尚的诗意也将不能完全表现，也许只表达了一些出来，而又未能表达到最好的地步。我们并不赞成 Flaubert 所说的："没有美的形式，便没有美的思想，因为内容是靠了形式而存在的缘故。"相反的，我们是相信"内容决定形式"的，因此，我们也相信内容对于形式所具有的优越性。并不是"没有"美的形式便"没有"美的思想，而是美的思想必须由美的形式才"表现"得好。只有在表现上，艺术家才存在，艺术家的力量才有用武之地。"内容决定形式"，一点也不错，然而并不是有了内容便直接有了形式；形式，并不是自流地从内容中产生出来，而是由诗人，为了表现那一定的内容，而创造出某种形式来。为什么诗人创造了这一种形式，而未创造出另一种形式，这一过程，是完全由内容所决定的，内容和形式是不可分的，其意义也就在此。假如我们以为只是随便分了行，只是随便分了节，只是随便加以安排，便以为在诗的形式方面尽了最高的努力，这，在很少的场合中，我们也许可以满足，但在大多数的场合中，我们却是难安的。我们读着这些新诗，我们时常为诗人觉得可惜，我们时常觉得这些作品不过只是一些材料，甚至是一些生坯子，假如把这些材料放在一个最好的诗人手中（固然，各人有各人所取或所舍的材料），重新安排，重新结构，重新洗练，重新剪裁，那结果将完全不同，那内容将表现得最好，将更是"诗的"。我们读着这些作品，我们一方面惋惜，一方面又暗怀着一种要求，由于那作品中所有的诗意——我们是先承认了其中有着诗的内容的，——由于这些诗意所发生的作用，它作用于我们的心灵，作用于我们的脉搏，它使我们几乎有一种说不出来的要求，到底要求些什么呢？我们要求一种更完美的形式，要求一种更好的章法与句法，最好的格式与声调，它甚至作用到我们的视觉，使我们看了那一堆未曾好好调整凝练的东西而觉得不很愉快，至于听觉，那更不必说了，对于现在的新诗，听觉已几乎没有它的用处了。

这就是现在一般新诗的情形。这就是我们所谓诗的"散文化"的情形。这就是我们所不能完全满意的情形。

那么，为什么现在的新诗会是如此的呢？它的原因何在呢？

五四革命以后，我们否定了旧诗的形式（当然，也否定了旧诗中某些内容），因为旧诗的形式太简单，变化太少，自然不能表达我们繁富多变的新内容，而且旧诗是用文言写的，新诗却是用白话写的，用白话写，当然就不能再用那种旧形式，这正如我们对于内容与形式问题之在哲学上的认识：内容之不断地向前发展的优越性，终于要冲破那成为障碍物的旧形式。在内容对于形式的这种斗争中，内容克服形式的抵抗，而且废弃它，而要求适合于自己的发展的新形式。但此后的新形式是什么呢？这就是我们的问题之所在。多少年来，新诗的形式在变化中，但没有人能说新诗一定要用什么形式。这种情形是好呢，还是坏呢？这很难说，但我们可以承认，这种情形是非常自然的，尤其是一次新的革命之后。新诗之没有一定的形式，正是新诗的一种好处，正是新诗的生命之所托。但这并不是说新诗就该不重形式，而是说，每一个诗人应当创造他自己的新形式，创造那最能表现他诗中的特殊内容的形式。在新诗的发展过程中，并不是没有诗人去努力创造自己的形式（或利用外国的形式），但那数目总是很少的，而这有限的少数人也许就是那经得起时间试炼的人，我们只要回想一下在这一段不算很短的历史中我们所能想得起来的少数诗人便可以证明了。但是到了现在，也许再没有像现在的新诗产量更多的了，然而也再没有比现在的新诗更散文化的了，而且是那么普遍，成了一种风气。

这到底是什么原因呢？

这原因也许很难解答。记得 Walter Pater 在《文体论》（*Style*）中曾经有过一段论作品形式的话。他的大意是说：近世社会所给予的兴味，混沌而复杂，所以用了拘束于像韵文那样的形式，要表现近世所发生的复杂的思想与感情，到底做不到……现在，摆在我们面前的现实是怎样的呢？我们也许不肯说我们所处的社会是浑沌的，但我们不能不承认它是复杂的。它是复杂的，不错。在大革命时期，在剧烈的战争时期，犹如在我们的抗战期中，一切都是复杂的，现实本身是复杂的，生活是复杂的，思想是复杂的，感情是复杂的，——自然，我们不愿说是混沌的，——假如 Pater 的话并不错，我们的诗人之不能在形式上多多用心，就应该是当然的情形。文学，像文化的其他各部门一样，也是一种意识形态，它自然也有它社会的根源与历史的根源，在中国这样的历史发展与社会组织之下，而产生出这样的艺术作品，就是说，那些以诗的名义而存在然而又是那样的散文化的东西，我们虽然不愿意在这里发掘出它所自产生的社会的原因，但这里却也可以透露出一些消息来了。至少，像 Pater 那样的说法，也可以作为一方面的解释吧。也好。因此，我们得承认这些散文化的诗是"诗"，我们得承认这些作品的产生是必然的。然而无可如何，我们的不能完全满意还是一样的，我们还是一样的在要求那更高更远的东西。一时代有一时代的特色，当然的。然而时代会过去的。时代虽然过去，而艺术却应当是永久的。我们要求时代的艺术能成为永久的艺术。Gerard Manley Hopkins 曾说："有些人，由于某种力量，在他们的当时造成一种很大的影响，这种力量在当时是创造的，新颖的，有刺激性的，但等到那刺激性消逝后，他们的名声也是衰歇了；因为那支持它的不是由于一种'处理'的手法——这也是与那种力量相等的一种成就。除去最好的'处理'手法之外，是无法可以支持长久的。"（见 Elizabeth Drew 在其所著 *Directions in Modern Poetry*，1940 中所引）我以为这话颇有道理。但我们绝不是说，艺术作品只靠了完美的形式便可以永久，或比较永久，我们只是说，完美的形式，第一当然是先要求它不束缚内容，不妨碍内容之表现，更进一步，它就可以使内容表现得更好，一方面是"内容决定形式"，"但在发展过程中，形式绝不是受动的，对于内容的发展，它也具有能动的作用"。也就是在另一方面"形式可以反作用于内容"，也就是说，作者应当用那最好的形式去提高他的作品内容，因为一种很好的形式，它既可以摒弃那些不必要的，而凝练并超举那些最必要的，又可以抛除那些浅薄而浮泛的，而给作品以深度，以精度，它使作品更能禁得起读者咀嚼，也更能禁得起时间的折磨。

诗的散文化这一风气，虽然最初也许并没有人在那里主动地提倡，或者只是由于作品而给人以影响，但发展到后来，也居然有许多人在"诗论"中作为正面的肯定的倡导了。这样一来，就发生了很大的影响，这影响就是使大多数人——尤其是很年轻的人——以为写诗是一件很容易的工作。诗国，本来也并不是一块禁土。谁的生活中会绝对没有"诗"呢，虽然那只是瞬息的，偶然的，甚至是不自意识的？尤其是青年男女们，在其观照与感受上说，每一个青年人可以说都是一个诗人。要表现出自己的痛苦与快乐，要表现出自己的希望与失望。这种表现是应当的，因为只要能表现出来便是一种愉快，一种发扬，但用什么方法表现呢？用诗。因为在一般人看来，诗是最容易的，甚至比散文小说都容易，因为诗写起来似乎不必费力，因为只是把所要说的话分了行或分了节写出来就行了。也许正因为这样，诗的产量才这样大，也许正因为这样，好的诗才这样少。我们不能说现在的作品中没有好诗，我们却可以说，在这种风气之下，坏诗的生产机会确很多，针对了这一风气，我们愿提出一个要求，要求诗人们去创造（或尽量利用）那比较完美或最完美的形式。

讲求形式，并不是忽略内容，而是要提高内容，艺术在一方面讲本来就是技巧的意思。针对了目前的风气，我们愿说出形式之重要。我们这里所说的形式是指什么而言的呢？那实在就是作品的技巧。分开来说，那就是一件作品的章法、句法、声韵、格式、用字等等。在诗的形式中，最麻烦的，也正是我们目前所最见短绌的，是诗的格式与声韵。我们反对旧诗，因为旧诗在这一方面太束缚人，于是大家都不讲究格式与声韵了。然而格式与声韵的用处是不能忽略的，我们绝不主张作新诗的人要回头去再用旧诗的格式与声韵，但是不能不希望诗人去创造自己的格式与声韵。

W. B. Yeats 在《诗中的象征主义》里说：

在我看来，韵律的目的是在延长凝神观照的时间，在这个时间我们是睡着又是醒着，这乃是创造的一段时间，它用一种迷人的单调使我们静默，同时又用各种变化使我们醒着，它把我们安放在那种真正出神的状态中，在那种状态中，灵魂脱离了意志的压力而在象征中显现出来，假如一些感觉敏锐的人们持久地听着一个钟表的摇摆，或是持久地注视着一种光彩毫无变化的闪耀，他们便会沉入催眠的状态中。韵律，只是一种比较更柔和的钟表之摇摆，是一个人不能不静听的；它又有各种变化，它使一个人不致卷出记忆之外而听得感觉疲倦。

（曹葆华译文）

在 Yeats 这段话里，特别重要的是"凝神观照"一语，因为这就是韵律的用处。此外，我们还可以看出诗与音乐的关系。自然，我们并不赞成像 W. Pater 或 A. Poe 等人所主张的那样，以为诗一定要以音乐的境地为最高的造诣，因为那样便有轻忽了内容的危险，而且诗到底和音乐是不同的，诗有诗的内容，诗注意其中所含的意义，有音乐而无意义，那还不算诗。而且诗还要写在纸上，印在书上的，它不但可以诉诸耳，且也可以说诉诸目，所以作为诗的形式之一的还有"格式"（pattern），而格式与声韵也可以说是一事。

MacNeice 在他的 *Modern Poetry*（1938 年）一书中曾经说：

……总之，假设姑认为诗人希望他的文字是要人看的或要人听的，他自然就要为了这一目的而去安排它们。而且他将发觉，假如他将文字安排在某一种重复的格式中，那么这种重复既可以使读者聚精会神，又可以使作品统一紧凑。譬如，假设一个"A"字在第四行上期望着它的韵律"a"，那么读者就要把"A"记在心里，至少要等到他读到了"a"才算完事，相反，当读着散文的时候，读者为了赶快达到最后的目的——就是要获得那全文的意义，他宁可以把前些部分忘掉。

所以节奏、诗式、韵脚对于诗人是一种便利，虽然它也不一定就是属于自然的律条。假如他可以没有它们而依然作得很好，他自然有资格这样作。不过在我个人想，诗若缺少什么韵律，就难免使人生厌，而且更应当注意的是，只要是一经有了格式，那么这格式的变化愈多也就愈能够发生感人的力量。

就以"自由诗"作为极端的例子吧——Mr. Young 就指示出，它之所以不同于散文者就在于那印在纸上的排列之不同。但也就为了这种不同的排列法使诗行与诗句在这样一种形式之下展开，比较它们印作散文的样子，我们至少也可以得到一种较好的观感。比较在散文中，文字是更其调匀了的；它们不但象标准散文中的文字一样，可以有助于全文的效果，而且在进展中，这些文字为了它们自身的缘故，就要求着我们的注意。在标准散文中，每一个句子都忘掉它前边的句子，诗与散文之不同，就正如 rugby（一种可以用手的足球戏）与网球戏之不同是一样的。单就诗的分行而论，它就能够发生出如同在 rugby 中的出线规则与禁止过早传球规则一样的效果，不是象在散文中一样使意义一直地落了地，而是当诗中的每一行到了一个结尾的时候便反转来回到了下一行的开始（我还并非只指那印刷上的而言）。这种方法，像在 rugby 中一样，给人一种扫荡的趋势，一种被控制着的速与力的印象，一种加强的印象，当诗中有一种非常显著的有韵律的格式时。

关于韵律与格式（或韵律的格式）之于诗艺的重要，上边所引的这段话实在已经十分明澈了，虽然我们也并不赞同他所引的 Mr. Young 的说法，以为诗与散文之不同，只在于排印的形式之殊异，虽然他所说的诗是自由诗。那么诗与散文之不同究竟在什么地方呢？有人说，诗如音乐，散文则如代数，或说诗如跳舞，其目的即在其本身，甚至是无目的的，而散文则如走路，其目的在走路所达到的终点，或更如一般人所相信的：散文是比说话更精炼了的，而诗又比散文更精炼。无论怎样，这些说法我们都不能完全赞同，因为这些都是，或都有些近于纯形式主义者的看法。我们相信诗有诗的本质，散文有散文的本质，形式是内容所决定的。没有诗的本质而只伪饰了诗的形式，依然不是诗；有了诗的本质而没有诗的形式，固然也可以说是诗，但既有诗的本质，又能由作者为了表现那某一内容而创造（或利用）一种恰到好处的形式，那才是好诗，才是最好的诗。诗绝不只是分行而已矣，虽然像 Mr. Young 所说，"就为了这种不同的排列，使诗行与诗句在这样一种形式之下展开，比较它们印作散文的样子，我们至少也可以得到一种较好的观感"，而我们的无论如何散文化的新诗也还都是用分行方法写的，然而超乎分行以上更精美的技巧还是需要的。最好的诗，应当要那最好的章法，最好的句法，最好的格式与声韵，以及最好的用字与意象。除非不作诗，要作诗嘛，就不能不拿它当诗来责求，假如写成散文，即使是有很好的诗意，我们也就不再把它当作诗来责求了。据 Taine 在他的《艺术论》中所说："歌德的一出名剧 *Ephigenine* 最初是用散文写的，后来又改用韵文写。在散文上是很美的了，然而在韵文里，那是怎样的出色呀！这里，显然地，这是靠了日常生活的改变，音节与韵律的引用，方传达出浩大的气魄与庄严，慷慨激昂的悲歌，在这种音调下，使你的精神完全超脱于尘浊的现实而在眼前重现出昔日的英雄……"这当然并不只是一个形式问题，然而由于那形式的改变，那本来是富有诗意的内容所传达的分量就完全不同了。我们绝不是纯形式主义者，我们只是说，我们现在的新诗未免太散文化了。我们绝不主张诗人再回头去应用旧诗的形式，同时，也绝不主张诗人应当用某一种固定的形式。针对了目前这一诗散文化的风气，我们只是说，诗人应当自己去创造（或利用）各种不同的形式，不要忽略了形式，为了要尽善尽美地去传达那些称得起诗的思想，感情，或"完整的经验"，并去提高它们。

（原载《文学评论》第 1 卷第 1 期，1943 年 12 月）

1899—1946

闻一多:《女神》之时代精神

若讲新诗,郭沫若君的诗才配称新呢,不独艺术上他的作品与旧诗词相去最远,最要紧的是他的精神完全是时代的精神——20世纪的时代的精神。有人讲文艺作品是时代的产儿。《女神》真不愧为时代的一个肖子。

(一)20世纪是个动的世纪。这种精神映射于《女神》中最为明显。《笔立山头展望》最是一个好例——

大都会的脉搏呀!
生的鼓动呀!
打着在,吹着在,叫着在,……
喷着在,飞着在,跳着在,……
四面的天郊烟幕蒙笼了!
我的心脏呀,快要跳出口来了!
哦哦,山岳的波涛,瓦屋的波涛,
涌着在,涌着在,涌着在,涌着在呀!
万籁共鸣的 symphony,
自然与人生的婚礼呀!

……

恐怕没有别的东西比火车的飞跑同轮船的鼓进（阅《新生》与《笔立山头展望》）再能叫出郭君心里那种压不平的活动之欲罢？再看这一段供招——

今天天气甚好，火车在青翠的田畴中急行，好象个勇猛沉毅的少年向着希望弥满的前途努力奋迈的一般。飞！飞！一切青翠的生命灿烂的光波在我们眼前飞舞。飞！飞！飞！我的"自我"融化在这个磅礴雄浑的 rhythm 中去了！我同火车全体，大自然全体，完全合而为一了！我凭着车窗望着旋回飞舞着的自然，听着车轮鞺鞺的进行调，痛快！痛快！……（《与宗白华书》，《三叶集》页一三八）

这种动的本能是近代文明一切的事业之母，是近代文明之细胞核。郭沫若的这种特质使他根本上异于我国往古之诗人。比之陶潜之——

结庐在人境，而无车马喧；

一则极端之动，一则极端之静，静到——

心远地自偏,

隐遁遂成一个赘疣的手续了,——于是白居易可以高唱着——

大隐隐朝市,

苏轼也可以笑那——

北山猿鹤漫移文。

(二) 20 世纪是个反抗的世纪。"自由"的伸张给了我们一个对待权威的利器,因此革命流血成了现代文明的一个特色了。《女神》中这种精神更显而易见。只看《匪徒颂》里的一些——

一切……革命的匪徒们呀!
万岁!万岁!万岁!

那是何等激越的精神,直要骇得金脸的尊者在宝座上发抖了哦。《胜利的死》真是血与泪的结晶;拜伦、康沫尔的灵火又在我们的诗人的胸中烧着了!

你暗淡无光的月轮哟!我希望我们这阴莽莽的地球,就在这一刹那间,早早同你一样冰化!

啊!这又是何等的嫉愤!何等的悲哀!何等的沉痛!——

汪洋的大海正在唱着他悲壮的哀歌,
穹隆无际的青天已经哭红了他的脸面,
远远的西方,太阳沉没了!——
悲壮的死哟!金光灿烂的死哟!凯旋同等的死哟!胜利的死哟!
兼爱无私的死神!我感谢你哟!你把我敬爱无暨的马克斯威尼早早救了!
自由的战士,马克斯威尼,你表示出我们人类意志的权威如此伟大!
我感谢你呀!赞美你呀!"自由"从此不死了!
夜幕闭了后的月轮哟!何等光明呀!……

(三)《女神》的诗人本是一位医学专家。《女神》里富有科学的成分也是无足怪的。况且真艺术与真科学本是携手进行的呢。然而这里又可以见出《女神》里的近代精神了。略微举几个例——

你去,去寻那与我的振动数相同的人;
你去!去寻那与我的燃烧点相等的人。(《序诗》)

否，否。不然！是地球在自转，公转……(《金字塔》)

我是 X 光线底光，
我是全宇宙底 energy 底总量！(《天狗》)

我想我的前身
原本是有用的栋梁。
我活埋在地底多年，
到今朝总得重见天光。(《炉中煤》)

你暗淡无光的月轮哟！……早早同你一样冰化！(《胜利的死》)

至于这些句子像——

我要把我的声带唱破！(《梅花树下醉歌》)

我的一枝枝的神经纤维在身中战栗。(《夜步十里松原》)

还有散见于集中的许多人体上的名词如脑筋、脊髓、血液、呼吸，……更完完全全是一个西洋的 doctor 的口吻了。上举各例还不过诗中所运用之科学知识，见于形式上的。至于那讴歌机械的地方更当发源于一种内在的科学精神。在我们的诗人的眼里，轮船的烟筒开着黑色的牡丹，是"近代文明的严母"，太阳是亚波罗坐的摩托车前的明灯；诗人的心同太阳是"一座公司的电灯"；云日更迭的掩映是同探海灯转着一样；火车的飞跑同于"勇猛沉毅的少年"之努力。在他眼里机械已不是一些无声的物具，是有意识有生机，如同人神一样。机械的丑恶性已被忽略了；在幻象同感情的魔术之下它已穿上美丽的衣裳了呢。

这种伎俩恐怕非一个以科学家兼诗人者不辨。因为先要解透了科学，亲近了科学，跟它有了同情，然后才能驯服它于艺术的指挥之下。

（四）科学的发达使交通的器械将全世界人类的相互关系捆得更紧了。因而有史以来世界之大同的色彩，没有像今日这样鲜明的。郭沫若的《晨安》便是这种 cosmopolitanism 的证据了。《匪徒颂》也有同样的原质，但不是那样明显。即如《女神》全集中所用的方言也就有四种了。他所称引的民族，有黄人，有白人，还有"有火一样的心肠"的黑奴。他所运用的地名散满于亚、美、欧、非四大洲。这在西洋文学里不算什么，但同我们的新文学比起来，才见得是个稀少的原质，同我们的旧文学比起来更不用讲是破天荒了。啊！诗人不肯限于国界，却要做世界的一员了；他遂喊道——

晨安！梳人灵魂的晨风呀！

晨风呀!你请把我的声音传到四方去吧!(《晨安》)

(五)物质文明的结果便是绝望与消极。然而人类的灵魂究竟没有死,在这绝望与消极之中又时时忘不了一种挣扎抖擞的动作。20世纪是个悲哀与兴奋的世纪。20世纪是黑暗的世界,但这黑暗是先导黎明的黑暗。20世纪是死的世界,但这死是预言更生的死。这样便是20世纪,尤其是20世纪的中国。

流不尽的眼泪,
洗不净的污浊,
浇不熄的情炎,
荡不去的羞辱。(《凤凰涅槃》)

不是这位诗人独有的,乃是有生之伦,尤其是青年们所同有的。但别处的青年虽一样地富有眼泪、污浊、情炎、羞辱,恐怕他们自己觉得并不十分真切。只有现在的中国青年——"五四"后之中国青年,他们的烦恼悲哀真像火一样烧着,潮一样涌着,他们觉得这"冷酷如铁","黑暗如漆","腥秽如血"的宇宙真一秒钟也羁留不得了。他们厌恶这世界,也厌恶他们自己。于是急躁者归于自杀,忍耐者力图革新。革新者又觉得意志总敌不住冲动,则抖擞起来,又跌倒下去了。但是他们太溺爱生活了,爱它的甜处,也爱它的辣处。他们绝不肯脱逃,也不肯降服。他们的心里只塞满了叫不出的苦，喊不尽的哀。他们的心快塞破了，忽地一个人用海涛的音调，雷霆的声响替他们全盘唱出来了。这个人便是郭沫若，他所唱的就是《女神》。难怪个个中国青年读《女神》没有不搥胸顿足，同《湘累》里的屈原同声叫道——

> 哦，好悲切的歌词！唱得我也流起泪来了。
> 流吧！流吧！我生命底泉水呀！你一流了出来，
> 好像把我全身底烈火都浇息了的一样。
> ……你这不可思议的内在的灵泉，你又把我苏活转来了！

啊！现代的青年是血与泪的青年，忏悔与奋兴的青年。《女神》是血与泪的诗，忏悔与奋兴的诗。田汉君给《女神》之作者的信讲得对："与其说你有诗才，毋宁说你有诗魂。因为你的诗首首都是你的血，你的泪，你的自叙传，你的忏悔录啊！"但是丹穴山上的香木不只焚毁了诗人的旧形体，并连现时一切的青年的形骸都毁掉了。凤凰的涅槃是一切青年的涅槃。凤凰不是唱道——

> 我们更生了！
> 我们更生了！
> 一切的一，更生了！
> 一的一切，更生了！
> 我们便是他，他们便是我！

我中也有你，你中也有我！
我便是你，
你便是我！

奇怪得很，北社编的《新诗年选》偏取了《死的引诱》作《女神》的代表之一。他们非但不懂读诗，并且不会观人。《女神》的作者岂是那样软弱的消极者吗？

你去！去在我可爱的青年的兄弟姊妹胸中；
把他们的心弦拨动，
把他们的智光点燃吧！（《序诗》）

假若《女神》里尽是《死的引诱》一类的东西，恐怕兄弟姊妹的心弦都被它割断，智光都被它扑灭了呢！

原来蹈恶犯罪是人之常情。人不怕有罪恶，只怕有罪恶而甘于罪恶，那便终古沉沦于死亡之渊里了。人类的价值在能忏悔，能革新。世界的文化也不过是由这一点发生的。忏悔是美德中最美的，它是一切的光明的源头，他是尺蠖的灵魂渴求展伸的表象。

唉！泥上的脚印！
你好像是我灵魂儿的象征！
你自陷了泥涂，

你自会受人踩躏。
唉,我的灵魂!
你快登上山顶!(《登临》)

所以在这里我们的诗人不独喊出人人心中的热情来,而且喊出人人心中最神圣的一种热情呢!

(原载《创造周报》第4号,1923年6月3日)

學大合聯

第八篇 诗意人生
诗词与人生五讲

1937—1946

朱自清：诗教——温柔敦厚

《经解》篇孔颖达《正义》释"温柔敦厚"句云：

温谓颜色温润，柔谓情性和柔。《诗》依违讽谏，不指切事情，故云温柔敦厚是《诗》教也。

又释"《诗》之失愚"云：

《诗》主敦厚。若不节之，则失在愚。

又释"温柔敦厚而不愚"句云：

此一经以《诗》化民，虽用敦厚，能以义节之；欲使民虽敦厚，不至于愚。则是在上深达了《诗》之义理，能以《诗》教民也。故云"深于《诗》者也"。

更重要的是《正义》里下面一番话：

然《诗》为《乐》章，《诗》、《乐》是一，而教别者：若以声音干戚以教人,是《乐》教也。若以《诗》辞美刺讽谕以教人,是《诗》教也。此为政以教民,故有六经。……此六经者,惟论人君施化,能以此教民,民得从之;未能行之至极也。若盛明之君为民之父母者,则能恩惠下及于民。则《诗》有好恶之情,《礼》有政治之体,《乐》有谐和性情,皆能与民至极,民同上情。故《孔子闲居》云"志之所至,《诗》亦至焉。《诗》之所至,礼亦至焉。礼之所至,乐亦至焉"是也。其《书》、《易》、《春秋》,非是与民相感恩情至极者,故《孔子闲居》无《书》、《易》及《春秋》也。

这里将所谓"六经"分为二科,而以《诗》、《礼》、《乐》为"与民相感恩情至极者";《诗》、《礼》、《乐》三位一体,合于《论语》里孔子的话。而所谓"以《诗》化民",所谓"在上深达于《诗》之义理,能以《诗》教民",是概括《诗大序》的意思,《诗大序》又是孔子论"学《诗》"那一节话的引申和发展。所谓"以义节之",就是《诗大序》说的"发乎情,止乎礼义",也就是儒家说的"不偏之谓中"(《礼记·中庸》)。《诗》教究竟以意义为主,所以说"以《诗》辞美刺讽谕以教人";美刺讽谕不离乎政治,所谓"《诗》依违讽谏,不指切事情",就指美刺讽谕而言。

孔子时代,《诗》与乐开始在分家。从前是《诗》以声为用;孔子论《诗》才偏重在《诗》义上去。到了孟子,《诗》与乐已完全分了家,他论《诗》便简直以义为用了。从荀子起直到汉人的引《诗》,也都继承这个传统,以义为用。上文所分析的汉代各例,可以见出。但"《诗》为乐章,《诗》乐是一"是个古久的传统,就是

在《诗》乐分家以后,也还有很大的影响。论乐的不会忘记《诗》。《礼记·乐记》云:

> 德者,性之端也。乐者,德之华也。金石丝竹,乐之器也。《诗》言其志也,歌咏其声也,舞动其容也。三者本于心,然后乐气(阮刻本原作"器",据《校勘记》改)从之。

《诗》与歌舞合一。又云:"乐师辨乎声《诗》。"又云:"然后正六律,和五声,弦歌《诗》颂,此之谓德音。德音谓之乐。"都说的"《诗》乐是一"。论《诗》的也不能忘记乐。《诗大序》云:

> 情动于中而形于言。言之不足,故嗟叹之。嗟叹之不足,故永歌之。永歌之不足,不知手之舞之、足之蹈之也。情发于声,声成文谓之音。治世之音安以乐,其政和。乱世之音怨以怒,其政乖。亡国之音哀以思,其民困。

前七语,历来论《诗》的不知引过若干次。但这一整段话也散见在《乐记》里,其实都是论乐的。而《诗》教更不能离乐而谈。一来声音感人比文辞广博得多,若只着眼在"《诗》辞美刺讽谕"上,《诗》教就未免狭窄了。二来以声为用的《诗》的传统——也就是乐的传统——比以义为用的《诗》的传统古久得多,影响大得多;《诗》教若只着眼在意义上,就未免单薄了。所以"温柔敦厚"该是个多义语:一面指"《诗》辞美刺讽谕"的作用,一面还映带着那"《诗》乐是一"的背景。这只要看看乐之所以为教,就可明白。《经解》以"广博易良"为乐教。《正义》云:"乐以和通为体,无所不用,是广博;简易良善,使人从化,是易良。"《乐记》阐发乐教最详。《记》云:

乐也者,圣人之所乐也,而可以善民心,其感人深,其移风易俗。故先王著其教焉。

"乐以和通为体",所以说,"乐者,天地之和也","异文合爱者也"。又说,"仁近于乐","乐者敦和"。又说:"立之学等,广其节奏,省其文采,以绳德厚。"又说:"乐者,天地之命,中和之纪,人情之所不能免也。"从消极方面看,"乐至则无怨","暴民不作,诸侯宾服,兵革不试,五刑不用,百姓无患,天子不怒,如此则乐达矣"。"中和之纪"的"中"是"适"的意思。《吕氏春秋·适音》篇云:

夫音亦有适。……太巨太小,太清太浊,皆非适也。何谓适?衷,音之适也。何谓衷?小(原作"大",据许维遹先生《吕氏春秋集释》引陶鸿庆说改)不出钧,重不过石,大小轻重之衷也。

"衷"、"中"通用。"适"又有"节"的意思。同书《重己》篇"故圣人必先适欲"高诱注:"适犹节也。"又《荀子·劝学》篇道:"诗者,中声之所止也"(王先谦《荀子集解》云,"此不言乐,以《诗》乐相兼也"),所谓"中声"当兼具这两层意思。杨倞注,"诗谓乐章，所以节声音，至乎中而止，不使流淫也"，大致不错。以上所引《乐记》和《荀子》的话，都可作"温柔敦厚"的注脚，是乐教，也未尝不是《诗》教。

礼乐是不能分开独立的。虽然《乐记》里说："乐者为同，礼者为异；同则相亲，异则相敬。"又说："礼节民心，乐和民声。"又说："乐者，天地之和也；礼者，天地之序也。"好像礼乐的作用是相反的。可是说"礼乐之情同"，《正义》云："致治是同。"又云：

> 是故先王之制礼乐也，非以极口腹耳目之欲也，将以教民平好恶而反人道之正也。

所以说"知乐则几于礼矣"。"平好恶"是"和"也是"节"；二者是相反相成的。《论语》，有子曰：

> 礼之用，和为贵。……知和而和，不以礼节之，亦不可行也。（《学而》）

礼也以和为贵，可见"和"与"节"是一事的两面，所求的是"平"，也就是"适"，是"中"。孔子论《关雎》"乐而不淫，哀而不伤"（《论语·八佾》）。何晏《集解》引孔安国云："乐不至淫，哀不至伤，言其和也。"是"和"，同时是"节"。又，《管子·内业》篇云：

> 凡人之生也，必以平正；所以失之，必以喜怒忧患。是故止怒

莫若《诗》,去忧莫若乐,节乐莫若礼,守礼莫若敬,守敬莫若静。

《诗》与礼乐并论;说"敬",说"节",说"平正",也都可以跟《乐记》印证。而"止怒莫若《诗》"一语,更得温柔敦厚之旨。《经解》以"恭俭庄敬"为礼教,《正义》云:"礼以恭逊、节俭、齐(斋)庄、敬慎为本。"恭俭是"节",庄敬是"敬";从另一角度看,也是一事的两面。所谓"《诗》依违讽谏,不指切事情",正是"敬"与"节"的表现。古代有献诗讽谏的传统——汉代王式还以《三百五篇》当谏书,《周语》上召公谏厉王说:"天子听政,使公卿至于列士献诗,……而后王斟酌焉,是以事行而不悖。"《晋语》六范文子也向赵文子说到古之王者"使工诵谏于朝,在列者献诗,使勿兜(惑也)"。《白虎通·谏诤》篇云:

> 谏有五:其一曰讽谏,二曰顺谏,三曰窥谏,四曰指谏,五曰陷谏。讽谏者,……知祸患之萌,深睹其事未彰而讽告焉。……顺谏者,……出词逊顺,不逆君心。……窥谏者,……视君颜色不悦,且却;悦则复前,以礼进退。……指谏者,……指者,质也,质相其事而谏。……陷谏者,……恻隐发于中,直言国之害,励志忘生,为君不避丧身。……孔子曰:"谏有五,吾从讽之谏。"事君……去而不讪,谏而不露。故《曲礼》曰:"为人臣不显谏。"

这里前三种是婉言一类,后二种是直言一类;婉言占五分之三,可见谏诤当以此种为贵。而文中引孔子的话,独推"讽谏",

并以"谏而不露"和《曲礼》"不显谏"等语申述意旨。《文选·甘泉赋》李善注,"不敢正言谓之讽"("奏《甘泉赋》以风"句下,引《毛诗序》"下以风刺上",云:"音讽,不敢正言谓之讽。"),大概讽谏更为婉曲。《诗大序》云:"下以风刺上,主文而谲谏;言之者无罪,闻之者足以戒。"郑玄笺,"风刺","谓譬谕不斥言","谲谏,咏歌依违不直谏"。"主文"当指文辞〔郑笺,"主文,主与乐之宫商相应也",似乎不确切。朱子解为"主于文辞而托之以谏"(见《吕氏家塾读诗记》卷三),今依朱说〕,就是所谓《诗》辞美刺讽谕"。讽谏似乎就是"谲谏",似乎就指献诗讽谏而言。讽谏用诗,自然是最婉曲了。谏净是君臣之事,属于礼;献诗主"温柔敦厚",正是礼教,也是"诗"教。

"温柔敦厚"是"和",是"亲",也是"节",是"敬",也是"适",是"中"。这代表殷、周以来的传统思想。儒家重中道,就是继承这种传统思想。郭沫若先生《周彝铭中之传统思想考》(《金文丛考》一)论政治思想云:

> 人臣当恪遵君上之命,君上以此命臣,臣亦以此自矢于其君。……为政尚武,……征伐以威四夷,刑罚以威内,为之太过则人民铤而走险,故亦以暴虐为戒,以壅遏庶民,鱼肉鳏寡为戒,而励用中道。

又论道德思想云:

德字始见于周文，于文以"省心"为德。故明德在乎明心。明心之道欲其谦冲，欲其荏染，欲其虔敬，欲其果毅，此得之于内者也。其得之于外，则在崇祀鬼神，帅型祖德，敦笃孝友，敬慎将事，而益之以无逸。

所说的君臣之分，"中道"，以及"谦冲"，"荏染"，"敦笃孝友，敬慎将事"等，"温柔敦厚"一语的含义里都有。周人文化，继承殷人；这种种思想真是源远流长了。而"中"尤其是主要的意念。"温柔敦厚"本已得"中"；可是说这话的（不会是孔子）还怕人"以辞害志"，所以更进一层说《诗》之失愚"，必得"温柔敦厚而不愚"才算"深于《诗》"。所谓"愚"就是过中。《孟子·告子下》云：

公孙丑问曰："高子曰：'《小弁》，小人之诗也。'"孟子曰："何以言之？"曰："怨。"曰："固哉高叟之为诗也！有人于此，越人关弓而射之，则己谈笑而道之。无他，疏之也。其兄关弓而射之，则己垂涕泣而道之。无他，戚之也。《小弁》之怨，亲亲也；亲亲，仁也。固矣夫高叟之为诗也！"曰："《凯风》何以不怨？"曰："《凯风》，亲之过小者也；《小弁》，亲之过大者也。亲之过大而不怨，是愈疏也；亲之过小而怨，是不可矶（赵岐注：激也）也。愈疏，不孝也；不可矶，亦不孝也。"

高子因《小弁》诗（《小雅》）怨亲，便以为是小人之诗；公孙丑并举出《凯风》诗（《邶风》）的不怨亲作反证。孟子说，《诗》也可以怨亲，只要怨得其中。他解释怎样《小弁》篇的怨是得中，《凯风》篇的不怨也是得中；而得中是仁，也是孝。高子以为凡是怨亲都不得中，他的看法未免太死了；他那种看法就是过中。孟子评他为"固"，"固"就是"《诗》之失愚"的"愚"。像孟子的论《诗》，才是"温柔敦厚而不愚"，才是"深于《诗》"。——论《诗》如此，"为人"也如此；所谓愚忠、愚孝，都是过中，过中就"失之愚"了。

有过中自然有不及中。但不及可以求其及，不像过了的往回拉的难，所以《经解》篇的六失都只说过中。一般立论却常着眼在不及中，因为不及中的多。就《诗》教看，更显然如此。高子以《小弁》篇为小人之诗，就是说它不及中，不过他错了。汉代关于屈原《离骚经》的争辩，也是讨论《离骚经》是否不及中，或不够温柔敦厚。《史记》八十四《屈原贾生列传》云：

屈平正道直行，竭忠尽智以事其君，谗人间之，可谓穷矣。信而见疑，忠而被谤，能无怨乎？屈平之作《离骚》，盖自怨生也。

又引淮南王安《叙离骚传》云（《史记》并未说明出处，这里根据班固《离骚序》、洪兴祖《楚辞补注》引）：

《国风》好色而不淫，《小雅》怨诽而不乱。若《离骚》者，可谓兼之矣。……其文约，其辞微，其志洁，其行廉。其称文小而其指极大，举类迩而见义远。……濯淖污泥之中，蝉蜕于浊秽，以浮游尘埃之外，不获世之滋垢，皭然泥而不滓者也。推此志也，虽与日月争光可也。

刘安以《诗》义论《离骚》，所谓"好色而不淫"、"怨诽而不乱"都是得其中；所以虽"自怨生"，还不失为温柔敦厚。但班固以为不然。他作《离骚序》，引刘氏语，以为"斯论似过其真"，又云：

且君子道穷，命矣。故潜龙不见是而无闷，《关雎》哀周道而不伤，蘧瑗持可怀之智，宁武保如愚之性，咸以全命避害，不受世患。故《大雅》曰，"既明且哲，以保其身"（《烝民》），斯为贵矣。今若屈原，露才扬己，竞乎危国群小之间，以离谗贼。然责数怀王，怨恶椒、兰，愁神苦思，强非其人，忿怼不容，沉江而死，亦贬絜（洁）狂狷景行之士。多称昆仑、冥婚、宓妃、虚无之语，皆非法度之政（正），经义所载。谓之兼《诗》风雅而与日月争光，过矣。……虽非明智之器，可谓妙才者也。

这里说屈子为人和他的文辞中的怨责譬谕都不及中；总之，"露才扬己"，不够温柔敦厚。后来王逸作《楚辞章句》，叙中指出屈子"独依诗人之义而作《离骚》，上以讽谏，下以自慰"。又驳班氏云：

今若屈原，膺忠贞之质，体清洁之性，直若砥矢，言若丹青,进不隐其谋,退不顾其命。此诚绝世之行,俊彦之英也。而班固……。昔伯夷、叔齐让国守志,不食周粟,遂饿而死。岂可复谓有求于世而恨怨哉?且诗人怨主刺上,曰:"呜呼!小子,未知臧否。匪面命之,言提其耳。"(《大雅·抑》)风谏之语,于斯为切。然仲尼论之,以为《大雅》。引此比彼,屈原之词,优游婉顺,宁以其君不智之故,欲提携其耳乎?而论者以为"露才扬己","怨刺其上","强非其人",殆失厥中矣。

又说"《离骚》之文依托'五经'以立义焉,……诚博远矣",也是驳班氏的。王氏似乎也觉得屈原为人并非"中行"之士,但不以为不及中而以为"绝世"——"绝世"该是超中。至于屈原的文辞,王氏却以为"优游婉顺",合于"诗人之义"——"优游婉顺"就是温柔敦厚。屈子的"绝世之行"在乎自沉;自沉确是不合乎中——就是超中,倒未尝不可。战国文辞,铺排而有圭角;他受了时代的影响,"体慢"语切(《文心雕龙·辨骚》篇论《楚辞》云:"体慢于三代。"),不能像《诗》那样"不指切事情"也是有的。可是《史记》里说得好:

屈平……虽放流,眷顾楚国,系心怀王,不忘欲反,冀幸君之一悟,俗之一改也。其存君兴国而欲反复之,一篇之中,三致志焉。然终无可奈何。

又以人穷呼天,疾病呼父母喻他的怨。他这怨只是一往的忠爱之忱,该够温柔敦厚的。至于他"引类譬谕",虽非"经义所载",而"依《诗》取兴"(以上三语都见王逸《离骚经章句序》),异曲同工,并不悖乎《诗》教。班氏也承认"后世莫不……则象其从容"(《离骚序》);这从容的气象便是温柔敦厚的表现,不仅是"妙才"所能有。那么,"露才扬己"确是"失中"之语,而淮南王所论并不为"过其真"了。

汉以后时移世异,又书籍渐多,学者不必专读经,经学便衰了下来。讽诵《诗》的少了,引《诗》的自然也就少了。乐府诗虽然代"三百篇"而兴,可是应用不广,不能取得"三百篇"的权威的地位;建安以来,五言诗渐有作者,他们更没有涵盖一切的力量。著述里自然不会引用这些诗。《诗》教的传统因而大减声势。不过汉末直到初唐的诗虽然多"缘情"而少"言志"(陆机《文赋》:"诗缘情而绮靡。"《今文尚书·尧典》:"诗言志。"《左传》襄公二十七年:"诗以言志。""言志"离不开政教,详《诗言志》篇),而"优游不迫"(严羽《沧浪诗话·诗辩》云:"〔诗之〕大概有二:曰优游不迫,曰沉着痛快。"),还不失为温柔敦厚;这传统还算在相当的背景里生活着。盛唐开始了诗的散文化,到宋代而大盛;以诗说理,成为风气。于是有人出来一面攻击当代的散文化的诗,一面提倡风人之诗。这种意见北宋就有,而南宋中叶最盛。(北宋时沈括论韩愈诗,以为是"押韵之文",不是诗,见惠洪《冷斋夜话》二。南宋提倡风人之诗的以刘克庄、严羽为代表。刘说散见《后村先生大全集》。严说见《沧浪诗话》。)这是在重振那温柔敦厚的《诗》教。一方面道学家也论到了《诗》教。道学家主张"文以载道",自然也主张"诗以言志"。当时《诗》教既经下衰,诗又在散文化,单说"温柔敦厚"已经不足以启发人,所以他们更进一步,以《论语》所记孔子论《诗》的"思无邪"一语为教;他们所重在道不在诗。北宋程子、谢良佐论《诗》,便已特地拈出这一语[《吕氏家塾读诗记》卷一引程氏曰:"思无邪,诚也。"又引谢氏曰:"……其(诗)为言率皆乐而不淫,忧而不困,怨而不怒,哀而不愁,……其与忧愁思虑之作,孰能优游不迫也?孔子所以有取焉。作诗者如此,读诗者其可以邪心读之乎!"],但到了南宋初,吕祖谦的《吕氏家塾读诗记》里才更强调主张,他成为这一说的重要的代表。他以为"作《诗》之人所思皆无邪"[朱子《读吕氏诗记桑中》篇云,"孔子之称'思无邪'也,……非以作诗之人所思皆无邪也"(《朱文公文集》七十)],以为"《诗》人以无邪之思作之,学者亦以无邪之思观之,闵惜惩创之意自见于言外"(《吕氏家塾读诗记》卷五)。朱子却觉得如此论《诗》牵强过甚,以为不如说"彼虽以有邪之思作之,而我以无邪之思读之,则彼之自状其丑者,乃所以为吾警惧惩创之资"。又道:"曲为训说而求其无邪于彼,不若反而得之于我之易也。巧为辨驳而归其无邪于彼,不若反而责之于我之切也。"(见《读吕氏诗记桑中》篇)这便圆融得多了。

朱子可似乎是第一个人,明白的以"思无邪"为《诗》教。在《吕氏诗记》的序里,他虽然还是说"温柔敦厚之教",但在《诗集传》的序里论《诗》之所以为教",便只发挥"思无邪"一语。他道:

诗者，人心之感物而形于言之余也。心之所感有邪正，故言之所形有是非。惟圣人在上，则其所感者无不正，而其言皆足以为教。其或感之之杂，而所发不能无可择者，则上之人必思所以自反，而因有以劝惩之。是亦所以为教也。

昔周盛时，上自郊庙朝廷而下达于乡党闾巷，其言粹然，无不出于正者。圣人固已协之声律而用之乡人，用之邦国，以化天下。至于列国之诗，则天子巡守，亦必陈而观之，以行黜陟之典。降至昭、穆而后，浸以陵夷；至于东迁而遂废不讲矣。孔子生于其时，既不得位，无以行帝王劝惩黜陟之政。于是特举其籍而讨论之，去其重复，正其纷乱。而其善之不足以为法，恶之不足以为戒者，则亦刊而去之，以从简约，示久远。使夫学者即是而有以考其得失，善者师之而恶者改焉。是以其政虽不足行于一时，而其教实被于万世。是则《诗》之所以为教者然也。

这是以"思无邪"为《诗》教的正式宣言。文中以正邪善恶为准，是着眼在"为人"上。我们觉得以"思无邪"论《诗》，真出于孔子之口，自然比"温柔敦厚"一语更有分量；但当时去此取彼，却由于道学眼。其实这两句话一正一负，足以相成，所谓"合之则两美"。道学眼也无妨，只要有一只眼看在诗上。文中从学者方面说到"考其得失，善者师之而恶者改焉"，阐明诗是怎样教人。又从作诗方面说到所感有纯有杂，纯者固足以为教，杂者可使上之人"思所以自反，而因有以劝惩之"，也足以为教。这都足以补充温柔敦厚说之所不及。原来不论"温柔敦厚"也罢，"无邪"也罢，总有那些不及中的。前引孔颖达说人君以"六经"教民,"能与民至极"者少,"未能行之至极"者多,可是都算行了六艺之教。那是说"教"虽有参差,而为教则一——《诗》教自然也如此。朱子却是说,《诗》虽有参差,而为教则一。经过这样补充和解释,《诗》教的理论便圆成了。但是那时代的诗尽向所谓"沉着痛快"一路发展。一方面因为散文的进步,"文笔"、"诗笔"的分别转成"诗文"的分别,选本也渐渐诗文分家,不再将诗列在"文"的名下,像《文选》以来那样。诗不是从前的诗了,教也不及从前那样广了;"温柔敦厚"也好,"无邪"也好,《诗》教只算是仅仅存在着罢了。这时代却有用"温柔敦厚"论文的,如杨时《龟山集》十《语录》云:

> 为文要有温柔敦厚之气;对人主语言及章疏文字,温柔敦厚尤不可无。……君子之所养,要令暴慢邪僻之气不设于身体。

这简直将《诗》教整套搬去了,虽然他还是将诗包括在"文"里。这时代在散文的长足的发展下,北宋以来的"文以载道"说渐渐发生了广大的影响,可以说成功了"文教"——虽然并没有用这个名字。于是乎"六经"都成了"载道"之文——这里所谓"文"包括诗;——于是乎"文以载道"说不但代替了《诗》教,而且代替了六艺之教。

(原载朱自清:《诗言志辨》,开明书店1947年版)

1900—1950

罗庸：思无邪

几年前，在杭州，偶然和友人戴静山先生谈《诗经》，说起《论语·为政》篇"诗三百，一言以蔽之，曰：思无邪"这一章，觉得不容易用浅喻一语道破。古今善说此章者无如程子，那是再简要没有了；却被朱子引作旁参，集注里还是说使人得性情之正一类的话。清代汉学家说鲁颂，更多新解，但和《论语》此章大义，全无关涉；也许鲁颂的思无邪另有本义，但至少孔子引用时，已非旧义了。集注立意要圆成美刺法戒之说，却无意中已落到"道着用便不是"的地步。我以为最好还是程子的话："思无邪者诚也。"这真是一语破的之论。以质静山先生，颇以为然。

越年夏，住在北平的香山，记起数年前和友人谢似颜先生说过的一段戏谈，正不妨翻转来说明此义；当时便想把这一段意思写出来，却始终没有动笔。

其后卧病西湖蓬庐家中，随手翻阅《朱子语类》，发现说此章的十几条中，先后颇不一致。如有一条是：

> 问：思无邪，子细思之，只是要读《诗》者思无邪。曰：旧人说似不通，中间如许多淫乱之风，如何要思无邪得？如止乎礼义，

中间许多不正诗，如何会止乎礼义？怕当时大约说许多中格诗，却不指许淫乱底说。

照此解释，如何还是"诗三百一言以蔽之"呢？但后来说法就变了，如另一条说：

思无邪乃是要使读《诗》人思无邪耳。读三百篇诗，善为可法，恶为可戒，故使人思无邪也。若以为作诗者思无邪，则桑中溱洧之诗，果无邪耶？某诗传去小序，以为此汉儒所作，如桑中溱洧之类，皆是淫奔之人所作，非诗人作此以讥刺其人也。圣人存之。以见风俗如此不好，至于做出此诗来，使读者有所愧耻而以为戒耳。

此外如说："淫奔之诗固邪矣；然反之则非邪也。故某说其善者可以感发人之善心，恶者可以惩创人之逸志。"如说："集注说要使人得情性之正，情性是贴思，正是贴无邪，此如做时文相似，只恁地贴方分晓。"都是要维持那一贯的法戒之说，实在和三百篇当谏书相去无几。集注虽不废程子之说，但语类里对于问程子之说的，却不免支离其词，泛然答应。如说：

思无邪不必说是诗人之思及读《诗》之思，大凡人思皆当无邪。如毋不敬不必说是说《礼》者及看《礼记》者当如此，大凡人皆当毋不敬。

便几乎与本题无关了。只有一条似略近程子之意，但嫌用力太过，然法戒之说没有了却是好的：

问：《诗》说思无邪，与《曲礼》说毋不敬意同否？曰：毋不敬是用功处，所谓正心诚意也。思无邪思至此自然无邪，功深力到处，所谓心正意识也。

这便比以前的许多话直接平易得多了。尤其是自然无邪四个字，当颇有所见。可惜为三百的作者未必都是功深力到者，则此段所说，还是贴读者一面为多，集注既成显学，连这些话都少人注意了，致令法戒之说，一脉独传，历数百年而无异论。

说古书只要少存些春秋为汉制法的意思，葛藤便会剪除不少；况且《论语》本文只说"诗三百一言以蔽之曰思无邪"，并未说"其义使读者归于无邪"，则美刺法戒之说，于何安立？

所以思无邪最好就是思无邪，不须旁征博引，更不须增字解经，若必须下一转语的话，那末，"思无邪者，诚也"。

记得几年前有一位学体育而嗜好文学的朋友谢似颜先生和我谈文学，他说：读一篇好的文章，确有如珠走盘之感；坏的文章便只觉得直率呆板，没一点灵活。我道：我从前有一种说法，我戏称它为"几何文学论"：那有句无章的文字，譬如许多点，勉强联起来也不成贯串，《文心雕龙·附会》篇所谓"尺接寸附"者是也。有章无篇的文字譬如线，《文心·章句》篇所谓"跗寻相衔，首尾一体"，只是不脱节而已。成篇的文章譬如面，《文心·熔裁》篇所谓"三准既定"的文字便是。等到横看成岭侧成峰，那便是立体的文字了。功夫再深些，笔势圆转到成了球体，那就如珠走盘了。

这原是一段笑谈，但不妨借来说明文学外形的工拙；至于思无邪，诚，却是文学内在的境界，其方向与此恰相背驰。

我们读一篇好的作品，常常拍案叫绝，说是"如获我心"，或"如我心中之所欲言"，那便是作者与读者间心灵合一的现象，正如几何学上两点同在一个位置等于一点一般。扩而充之，凡旷怀无营，而于当境有所契合，便达到一种物我相忘的境界，所谓"此中有真意，欲辩已忘言"，这便是文学内在的最高之境，此即诚也。诚则能动，所以文境愈高，感人愈深。

思无邪便是达此之途，那是一种因感求通而纯直无枉的境界。正如几何学上的直线是两点之间最短的距离一般。凡相感则必求通，此即思也，无邪就是不绕弯子。思之思之，便会立刻消灭那距离而成为一点。孔子说："仁远乎哉？我欲仁，斯仁至矣。"孟子说："思则得之，不思则不得也。"思得仁至，必须两点之间没有障碍不绕弯子才行。

"古之愚也直"，所以愚人是不会绕弯子的，"诗之失愚"，所以不绕弯子也便是好诗。绕弯子就是有邪，有邪就是未尝真思。

"唐棣之华，翩其反而，岂不尔思？室是远而。"孔子曰："未之思也，夫何远之有！"其病就在绕了一个弯子。假如孔子有删诗的一回事，则此诗之逸，必是为了有邪无疑。

所以文字的标准只须问真不真，不必问善不善，以真无有不善故。天下事唯伪与曲为最丑，此外只要是中诚之所发抒，都非邪思，一句"修辞立其诚"而善美异矣。

性情的界域到直线为止，文学内容的界域也到直线为止，一入于面便是推理的境界，举一反三，告往知来，便都是推理之境，非复性情之所涵摄了。

理智到成了立体便是过胜，俗语说"八面玲珑"，即言其人之巧黠。成了球体便是小人之尤，元次山之所以"恶圆"，恶其滑也。

故文学内在之境以点为极则，文学外形之标准却要成球体，看似相反而实相成。盖文笔不能如珠走盘只是无力，而无力之故，由于内境之不诚，倘使一片真诚，未有不达者，达则如珠走盘矣。

所以思无邪不只就内容说，外形之能达实亦包括在内，此所以"一言以蔽之"也。

（二十四年旧稿，二十九年十二月十七日重写于昆明，以付《国文月刊》。自记）

（原载《国文月刊》第1卷第6期，1941年2月）

罗庸：诗的境界

各位，今晚的讲题是"诗的境界"。

什么是诗的境界呢？我们平常游览一处名山胜迹，或是看到一所园林的布置，遇到赏心悦意的时候，常常赞美着说：这地方颇有诗意。苏东坡称赞王维，说："观摩诘之诗，诗中有画；味摩诘之画，画中有诗。"这"有诗意"，"画中有诗"，即言其园林或绘画中含有诗的境界。

境界就是意象构成的一组联系。意象是一切艺术的根源，没有意象就没有艺术。照相馆里普通的摄影，虽然毫发毕肖，但我们不把它算作艺术品，就因为它缺乏意象。凡艺术必本于现实，而一切现实不得称为艺术者，就因为艺术是在现实上加了一番删汰练绎的功夫，又加了一番组织配合的想象。鉴赏艺术的人，所得的快慰，是在那一段表现的手法，而不在具体事物的本身。艺术家本领之高下，也就是手法的高下，这手法即是意象。意象构成一组的联系，浑全不可分的表现出来，便是境界。

现实有具体的存在，而境界则存于艺术家的想象中，所以它可以神变无方，不拘一格。尽管有美的现实，倘无艺术家的创造，便可以转神奇为臭腐；反之，尽管很平凡的事物，经过艺术家的创造，也可以化臭腐为神奇。所以，在一初的艺术中，现实的地位不过占十分之一，艺术家的手法却占十分之九。因此，我们可以说，境界是一切艺术生命的核心。

广义地说，文学也是艺术的一部分，只不过表现的工具不同而已。造型艺术所利用的材料是颜料或石膏，文学所利用的是语言文字，工具虽异，其所表现的境界则同。但是一切造型艺术非有具体的意境就无法表现出来，而语言文字则可以在不够具体或超过具体的程度中有所表现。所以，文学不离语言文字，而语言文字不就是文学。诗是最纯粹的文学，所以诗的境界也就是最纯粹的艺术境界。照此而论，诗就是艺术，应该没有问题的了，却不料问题更多。

原来诗除了意象以外，还有音律，格式，许多元素。意象的创造很难，而音律格式则学会甚易，许多没有境界的语言文字，也可以假借诗的形式表现出来。最明显的如《马医歌括》之类不用说了；便是略有境界而不够诗的程度的作品，也可以用诗的形式出现。因此，诗境的问题，也就头绪纷繁。

大概没有艺术修养的人，眼中所见，唯有物境。这和初有知识的小孩差不多，只会看见个别的具体事物，而不会说明物与物之间的关系。《声律启蒙》里的"云对雨，雪对风，大陆对长空"，便是一类。在坏一方面说，只会堆砌事物的绝不能叫作诗，在好一方面说，文人的本领有时也偏爱在此处出奇制胜。王褒的《僮约》，韩愈的《画记》，其所根据的只是一些具体的事物，但他们用一种巧妙的手法，把这些事物联络起来，便成为有组织的文章。然而毕竟无意味之可言。

比物境略高一筹的是事境，那是较为注意到物与物之间的关系而说明其联系者。笑话中说的"檐前飞四百，楼上补万草，墙高猫跳'咚'，篱密狗钻'吭'"便是这一类。大致长篇的赋往往利用这些字句铺陈篇幅，但在诗中便不容许了。有些作家在没有办法的时候，便用一些华丽字句遮掩事境，如秦少游的"小楼连苑横空，下窥绣毂雕鞍骤"。东坡讥笑他说："十三个字不过说有车马从楼前过。"便是这一类。事境虽非诗境，但在语言文字上已经要费安排，相传欧阳修在史馆，和宋郊、宋祁同记马踏犬的事。或说："适有奔马，一犬遇之而毙。"或说："有犬死于奔马之下。"最后还是欧阳修说："适有奔马，踏死一犬。"这故事正说明散文所需要的是事相的说明，而不是意境的创造。也就是说：只到语言的组织，而不到艺术的构成。

写景的句子，本也属于事境，但能入诗的写景语必需兼有感情，至少也要能在景中表出作者的感觉，或是事物的动态。唐人咏瀑布有句云："一条界破青山色。"大为宋人所讥，就因为它既无感觉，又非动态。像王维的"山中一夜雨，树杪百重泉"，便被称为体物甚工，就因为写得出动态来。到了"曲终人不见，江上数峰青"，已经入于情景交融之境了；至若"数峰清苦，商路黄昏雨"，便是以情语为景语，超出事境的范围了。

比事境再高一筹的是情境，原来一切的感情必有所托才能表现，所谓"其歌也有思，其哭也有怀"，单纯的歌哭是不容易表现的，此所以情语必须兼是景语。彼此分数的多少，便有刻露与含蓄之分，而在艺术的原则上说，含蓄高于刻露。也就是说，寄托越深远，便是表情越深远。"何不策高足，先据要路津，无为守穷贱，坎坷常苦辛"，固然有一段率真之致；但比"苦恨年年压金线，为他人作嫁衣裳"，便觉后者婉约多了。北朝乐府的"驱羊入谷，白羊在前，老女不嫁，蹋地唤天"，固然质朴可喜；但比白居易《上阳人》的"惟向深宫望明月，东西四五百回圆"，便觉《上阳人》的格调高多了。文学本来以表情为主，情不虚设，所以情景交融，便是最高之境，再加以寄托深远，便是诗境的极则了。

驾于情境之上，而求超出，便是理境，文学的界域与哲学的界域就在这里分途。守住文学界域而参入理境，可以使意境更高；但太高了，也可以使文学的温情变为枯冷，使人读了有高处不胜寒之感。若舍弃情境而单纯说理，那就脱离文学的范围了。陶渊明的"日暮天无云，春风扇微和"，王船山说有灵台无滓之意，但仍旧是诗，不是说教的口号。像王维的"独坐幽篁里，弹琴复长啸，深林人不知，明月来相照"，虽然有"白石清泉万古心"之意，但已近于幽寂了。至于像邵康节的《击壤集》有"初分大道非常道，才有先天未后天"一类的话，那简直不是诗了。唐朝的王梵志喜用白话作诗说教，看了只令人有标语口号之感，如说："城外土馒头，馅草在城里，一人吃一个，莫嫌没滋味。"可谓情景俱无。

诗境的最后是无言之境，非但情景交融，兼且物我两忘，所以渊明的"采菊东篱下，悠然见南山"，传为千古名句。后世唯李白的"众鸟高飞尽，孤云独去闲，相看两不厌，惟有敬亭山"，约略似之。而说理诗反倒无法到此境界，就因为说理诗完全在那里运用理智，而真诗所需要的是感情。感情期于合，理智期于分，情景交融，物我两忘之境，由理智出发是无法达到的。理事无碍，仍须经过感情也。

综合上面所说，诗的境界，下不落于单纯的事境，上不及于单纯的理境，其本身必须是情景不二的中和。而一切物态，事相，都必需透过感情而为表现；一切理境，亦必需不脱离感情，所以感情是文学的根本。"诗以理性情"，其意在此，音律格式，不过是诗的皮毛而已。

《礼记·孔子闲居》篇，孔子谓"夙夜基命宥密"为无声之乐，懂得了无声之乐，便懂得了诗的境界；懂得了诗的境界，才算懂得文学。

（三十一年十月七日昆明广播讲稿）

（原载《国文月刊》第 22 期，1943 年 7 月）

1895—1990

钱穆：释诗言志
——读文随笔之一

"诗言志"这句话，似乎语义甚明白，不烦再解释。但究竟这是两千年前人的话，他们讲这句话时的真意义，是否如两千年后我们所想象？这里却有问题了。

清儒治古经籍，总是尊重汉人旧说，认为汉儒去古未远，而且有师说相承，因此汉儒对古人的了解，总比后代更亲切，更可靠。清儒这一番意见，实值得我们再注意。让我且举郑玄《六艺论》论诗一节略加以阐述。郑玄说：

> 诗者，弦歌讽谕之声也。自书契之兴，朴略尚质，面称不为谄，目谏不为谤，君臣之接如朋友然，在于诚恳而已。斯道稍衰，奸伪以生，上下相犯。及其制体，尊君卑臣，君道刚严，臣道柔顺，于是箴谏者希，情志不通。故作诗者以诵其美而讥其过。

郑玄这番话，认为诗之兴起，弦歌讽谕之为用，乃在斯道稍衰，礼乐制作之后，这意见大有庄老道家意味，在历史事实上，确可商榷。但至少有两点该注意。第一，诗言志，必有一所与言之对象，并不像后代如李太白《春日醉起言志》、《冬夜醉宿龙门觉起言志》之类，在自言自语地言志。第二，所谓"志"，乃专指政治方面言，也不似后代诗人之就于日常个人情感言。《诗经》三百首中，如《雅》、《颂》，显然关涉政治者可不论。即如《十五国风》，近人都说是民间文学。夷考其实，颇不然。即有些原是民间的，但已经诗人一番整理，文字雅化了，音节配上固定的曲谱了，其使用意义，也可能与原先意义不同了。即如《关雎》那一首诗，裒然列为《诗三百》之第一首，郑氏说：

关雎，后妃之德也，《风》之始也，所以风天下而正夫妇也。故用之乡人焉，用之邦国焉。

既"用之邦国"，我们不能定说它只是一首民间的自由恋爱诗。古经师的说法，我们不能定说它全没有根据。不论此诗是指周文王时，抑康王时，总之在赋诗言志的人，他意有所讽谕，则决不定限于某一时，某一人，与某一事。而且任何人，借着机会，唱出当时流行的某一首旧诗，而别有所讽谕，那亦是赋诗言志了。

古代贵族极重礼，列国君卿相见，必有一番宴享之礼。逢宴享时，又例必作乐唱诗。于是借着那席间唱诗的机会，虽然所唱只是些当时流行人人习熟的某一首旧诗，但在唱诗人心中则别有所指，借他所唱来作讽谕。此事在春秋时代极盛行。让我们举《左传》鲁襄公二十七年郑七子赋诗言志那一番有名的故事来作证。《左传》原文如下引：

> 郑伯享赵孟于垂陇，子展、伯有、子西、子产、子大叔、二子石从，赵孟曰："七子从君，以宠武也。请皆赋，以卒君贶，武亦以观七子之志。"子展赋《草虫》，……伯有赋《鹑之贲贲》，……子西赋《黍苗》之四章，……子产赋《隰桑》，……子大叔赋《野有蔓草》，……印段赋《蟋蟀》，……公孙段赋《桑扈》。

赵孟明说我将借以"观七子之志"。当时七人都唱了一首诗，所唱都是些旧诗，但赵孟听了，都了解他们心中所指，对每一人都有一答复。可见诗言志，古人多运用在政治场合中。所言之志，都牵涉到政治。我尝说，中国古代文学，大体是一种政治性的贵族文学，《诗经》三百首，亦不例外。所以章学诚要说《六经》皆史"，这实在是一极大的发明。章氏所谓"《六经》皆史"，殊不如我们所想象，认为《六经》皆可作史料看。当知章氏所谓"《六经》皆史"之史字，乃指当时的官书言。在章氏本意，只说《六经》皆是当时的王官学而已。此在章氏原书《文史通义》中，说得很明白很详细。我们读清代乾嘉时人著作，尚易滋误会，更何况读两千年前的古经籍？

我们明白得这一义，才知诗"长于讽谕，主文而谲谏，言之者无罪，闻之者足以戒"，这些话皆有其真际与分限。而中国后代言诗，皆主温婉，不主峭直，皆由此渊源。我们并亦因此而可以明白章氏《文史通义》中所论战国策士游说之文，其源出于春秋时代行人辞命的这一番创见。正因由春秋到战国，那时贵族古礼都破坏了，不再有临宴赋诗那些事。而时代风气，也一切在激急地变，到战国时，也没有像郑玄所说君道刚严、臣道柔顺那一种分别了。因此战国策士游说，已不是赋诗言志那一套，于是变成直抒己见，又创出了新文体。明白言之，则由诗转成为散文。由散文来言志，不是更显豁，更明畅了吗？

直到近代，中国社会家宅大门外，还有写着"诗礼传家"的习用语。在郑玄，把礼之变来说诗之兴起，那即是我常所主张，要把中国全部文化史作背景来写中国文学史之微旨所在。清儒中有焦循，深识此微旨，因此焦循论文学，也时时有他特出的创见。

（原载《中国文学论丛》，九州出版社2011年版）

1904—1957

浦江清：苏轼的超然与达观

苏轼与欧阳修、王安石、曾巩等同为古文家，与他们不同的，他不完全是受孔孟儒家思想影响，也接受了庄子的思想和佛学中的禅宗哲学思想。苏轼从小就喜欢《庄子》，他说："吾昔有见，口未能言，今见是书，得吾心矣。"足见他受庄子思想影响之深，他的思想与庄周有拍合之点。

《超然台记》是苏轼知密州任上所写。他从杭州通判到胶西密州任知州，离开了江南富庶之区、湖山胜地，到一清苦的小地方。此时密州"岁比不登，盗贼满野，狱讼充斥；而斋厨索然，日食杞菊"。水灾、旱灾，生活很苦，连太守也不能吃饱，但苏轼却不以为苦，自得其乐，"处之期年，而貌加丰，发之白者，日以反黑"。一年之后，筑超然台，相与登览，并撰《超然台记》，发挥了他的超然主义思想，"凡物皆有可观。苟有可观，皆有可乐，非必怪奇伟丽者也。哺糟啜醨，皆可以醉，果蔬草木，皆可以饱。……吾安往而不乐？""人之所欲无穷，而物之可以足吾欲者有尽。美恶之辨战乎中，而去取之择交乎前，则可乐者常少，而可悲者常多"。他认为人之所以不乐者，是因为有欲望而不能得到之故。减少欲望则减少痛苦；追求欲望则可乐常少，而可悲常多。"岂人之情也哉！物有以盖之矣。彼游于物之内，而不游于物之外；物非有大小也，自其内而观之，未有不高且大者也。彼挟其高大以临我，则我常眩乱反复，如隙中之观斗，又焉知胜负之所在？是以美恶横生，而忧乐出焉；可不大哀乎！"在他看来，"万物皆有可观。苟有可观，皆有可乐"。人有情感，但不能溺于物欲。去除物欲，就能常得物之可乐。苏轼登上台，曰：乐哉游乎！题台名曰"超然"。"以见余之无所往而不乐者，皆游于物之外也"。

苏轼所谓超然的态度，就是"游于物外"。这种人生哲学是接近于庄子《逍遥游》中的思想的。虽然属于主观唯心论的范畴，但在困苦的境遇中积极、乐观，不悲观、沮丧。"游于物外"的超然思想要求一种自由的意志，要求思想上的解放，这也就形成了苏轼文学创作中豪放、旷达的风格。

他的这种超然物外的思想也表现在他的认识论方面，如《题西林壁》诗说："横看成岭侧成峰，远近高低各不同。不识庐山真面目，只缘身在此山中。"他认为要超然于物外，方才能认识物的本体。这种思想也是从庄子和禅宗哲学派生出来的，可是不完全是唯心论的，而是比较客观的、唯物的。

超然物外的人生观也体现在苏轼的艺术观和艺术评论上。他批评王维和吴道子的画说："吴生虽妙绝，犹以画工论。摩诘得之于象外，有如仙翮谢笼樊。吾观二子皆神俊，又于维也敛衽无间言。"他说吴道子尚拘泥于形似，王维则能超脱。所谓"象外"，即形象之外。他认为最高的艺术是超乎象外的。如果把"象"解释成个别的事物，超乎象外就是体现艺术的典型。当时有驸马都尉王晋卿者，善于书画，常请苏轼题跋。苏轼在为他写的《宝绘堂记》中说："君子可以寓意于物而不可留意于物。寓意于物，虽微物足以为乐，虽尤物不足以为病；留意于物，虽微物足以为病，虽尤物不足以为乐。"他认为王晋卿爱好书画是好的，每个人都可以有所爱好，但不要爱好太过。他对于一切爱好的东西抱艺术家欣赏的态度，而不抱功利主义的态度。苏轼认为人不妨有嗜好，但他反对沉溺其中。

　　苏轼超然游于物外的思想形成他在人生态度上和文学上的达观主义。这在他的《赤壁赋》中有鲜明体现。当时苏轼在黄州团练副使任上，生活很清苦，但他极为达观。从上司那里要来一块地，自己经营，建雪堂，名其地曰"东坡"，自此遂自号"东坡居士"。此间，他多次游历黄州赤壁，写下了前后赤壁赋。在《赤壁赋》(即《前赤壁赋》)中，先借客之口抒发了功业不就人生苦短的感慨，接着以苏子作答的形式，明确地说，"盖将自其变者而观之，则天地曾不能以一瞬"，宇宙万物是不断变化的；但是"自其不变者而观之，则物与我皆无尽也，而又何羡乎"。从无限宇宙的角度看，宇宙和人类都是无穷尽的，有什么可悲观的呢？苏轼就在这变与不变和物我不尽的形象描述中，寄托了他的达观的人生态度。所以，尽管一生颠沛流离，他总能在达观中求得解脱，且能自得其乐。苏轼主张超然、达观，但并不一味反对仕进。有感于灵璧张氏园亭有"开门而出仕"、"闭门而归隐"之妙，写了《灵璧张氏园亭记》

抒发自己的感慨："古之君子，不必仕，不必不仕。必仕则忘其身，必不仕则忘其君。譬之饮食，适于饥饱而已。"他不赞成"违亲绝俗"的隐遁派，更反对"怀禄苟安"追逐功名富贵之人，认为两种人都是极端，都不达观，不近人情。应该以义为节，追求心之所安。

最后要说明的，苏轼的超然物外的达观主义思想，并不是脱离现实生活。他的《水调歌头》里说："明月几时有，把酒问青天。……我欲乘风归去，又恐琼楼玉宇，高处不胜寒。起舞弄清影，何似在人间。"他的达观主义在哲学上是唯心的，但对人生还是执着爱好的，因此他说："但愿人长久，千里共婵娟。"

（原载浦江清著，浦汉明、彭书麟编选：《无涯集》，百花文艺出版社2005年版）

后 记

西南联大作为近代以来扎根中国大地办教育的一个典范,其历史功绩已载入史册,她所蕴含的精神至今仍熠熠生辉。目前,社会各界关注西南联大者越来越多,有关西南联大的研究渐成"显学"。历史是时代前行最好的坐标,我们走得再远都不能忘记来时的路。多年来,西南联大博物馆坚定当好西南联大精神的守护者、传承者和实践者,持续不断地挖掘、整理和利用西南联大历史资料,在此基础上进行展览展示、宣传教育、研究阐释等诸多工作,传承和弘扬西南联大精神,讲好西南联大教育救国故事。

"西南联大名师课"丛书是西南联大博物馆与东方出版社共同策划、勠力打造的挖掘、整理西南联大历史资料的一项成果。在整套丛书的编纂过程中,西南联大博物馆的李红英、朱俊、铁发宪、祝牧、张沁、王欢、李娅、姚波、马艺萌等老师参加了各册的选编、审校工作,博物馆其他同志也为编纂提供了保障支持,这是本套丛书顺利面世的重要保障。

高山仰止,景行行止。西南联大名家荟萃,大师们的学识博大精深。编纂这套丛书,我们一方面深感意义重大,另一方面也感到责任重大。由于时间仓促、水平有限,本丛书难免存在遗漏或不当之处,尚望联大校友及其亲属、专家学者和读者朋友批评指正。还有少量作者的亲属未联系上,敬请见到本套丛书后发邮件至1071217111@qq.com,与我们取得联系,我们将按照国家相关规定支付稿酬、奉送样书。

编 者